3 MUJERES

TARRYN FISHER

3 MUJERES

1.ª edición: noviembre 2021
2.ª edición: junio 2022

Editado por HarperCollins Ibérica, S.A.
Núñez de Balboa, 56
28001 Madrid

Tres mujeres
Título original: The Wives
© 2019 by Tarryn Fisher
© 2021, para esta edición HarperCollins Ibérica, S.A.
Publicada originalmente por Graydon House
© De la traducción del inglés, Isabel Murillo

Diseño de cubierta: Rudesindo de la Fuente - Diseño gráfico
Imágenes de cubierta: Shutterstock

ISBN: 978-84-9139-707-6
Depósito legal: M-24275-2021

Para Colleen

UNO

Viene todos los jueves, cada semana. Ese es mi día, hecho a medida para mi nombre, porque casualmente me llamo Thursday. Es un día de esperanza, perdido en medio de los días más importantes; no es ni el principio ni el final, sino una parada. Un aperitivo del fin de semana. A veces me pregunto por los otros días, y si esos otros días se preguntarán por mí. Las mujeres somos así, ¿o no? Siempre preguntándonos cómo serán las otras, con una curiosidad y un odio que acaban cuajando en lagunas emocionales. Aunque eso de poco sirve, la verdad; si te pasas el día formulándote preguntas, todo acaba saliendo mal.

Preparo la mesa para dos. Noto que estoy un poco colocada cuando pongo los cubiertos y tengo que pararme un instante a pensar dónde va cada cosa según las normas de etiqueta. Me paso la lengua por los dientes y sacudo la cabeza para espabilarme. Estoy tonta; en la cena solo estaremos Seth y yo, es una cita en casa. Y no es que hagamos gran cosa más; no salimos a cenar muy a menudo por riesgo a ser vistos. Imagínatelo… no querer ser vista con tu propio marido. O que tu marido no quiera ser visto contigo. El vodka que me he tomado antes me ha puesto a tono, me ha relajado piernas y brazos y me siento más suelta. Estoy a punto de tirar el jarrón de flores al colocar un tenedor al lado de un plato: un

9

ramo de rosas del tono rosado más claro que he encontrado. Las he elegido por su insinuación sexual, porque cuando te encuentras en una posición como la mía, controlar al máximo el juego sexual es de vital importancia. «Mira qué flores más delicadas, pétalos rosas, ¿no te hacen pensar en mi clítoris? ¡Estupendo!».

A la derecha de las flores vaginales coloco dos palmatorias de plata con velas blancas. Mi madre me dijo en una ocasión que bajo la luz titilante de la llama de una vela, las mujeres podemos parecer hasta diez años más jóvenes. Mi madre le daba importancia a esas cosas. Cada seis semanas, el médico le clavaba una aguja en la frente y le inyectaba treinta centímetros cúbicos de bótox en la dermis. Estaba suscrita a todas las revistas de moda que se te puedan pasar por la cabeza y coleccionaba libros sobre cómo conservar al marido. Nadie se esfuerza tanto en conservar al marido, a menos que ya lo haya perdido. En aquella época, cuando mis ideales no estaban aún contaminados por la realidad, la consideraba una mujer superficial. Yo albergaba grandes planes para ser cualquier cosa que no fuese mi madre: ser amada, tener éxito, tener unos hijos preciosos. Pero la verdad es que los deseos del corazón no son más que una corriente que va en contra de la marea de tu crianza y la naturaleza de tu carácter. Puedes pasarte la vida nadando contra ella, pero al final te cansas y la corriente de los genes y la educación que has recibido te engulle. Acabé convirtiéndome en una mujer muy parecida a ella y solo un poco parecida a mí.

Acciono la rueda dentada del encendedor con el pulgar y acerco la llama a la mecha. El encendedor es un Zippo, con una gastada bandera de Gran Bretaña estampada en la carcasa. La lengua parpadeante de fuego me recuerda mi breve temporada con el tabaco. Para hacerme la interesante, básicamente; nunca me tragué el humo, pero me encantaba ver aquella cerecita encendida entre mis dedos. Mis padres me compraron las palmatorias como regalo de inauguración de mi casa, después de que yo las viera en el catálogo de Tiffany's. Me habían parecido terriblemente elegantes. Cuando eres recién casada, ves un par de palmatorias y te imaginas las infinitas cenas íntimas que acompañarán. Cenas muy similares a la que celebraremos hoy. Mi vida es casi perfecta.

Miro por la ventana en saliente del salón mientras doblo las servilletas. La vista del parque se extiende debajo de mí. Hace un día gris, típico de Seattle. La vista del parque es la razón por la cual elegí este apartamento en vez del otro, mucho más grande y bonito, el que domina Elliott Bay. Por mucho que sepa que la mayoría se habría decantado por el apartamento con vistas a la bahía, yo prefiero tener vistas sobre la vida de la gente. Una pareja con el pelo blanco está sentada en un banco, de cara al camino por donde circulan cada pocos minutos ciclistas y corredores. No se tocan, aunque sus cabezas se mueven al unísono cuando pasa alguien. Me pregunto si Seth y yo seremos igual que ellos algún día, pero me sube rápidamente el calor a las mejillas cuando pienso en las otras. Imaginar lo que me deparará el futuro es complicado cuando debes tener en cuenta a las otras dos mujeres que comparten tu marido contigo.

Pongo en la mesa la botella de *pinot grigio* que he elegido hoy en el mercado. La etiqueta es aburrida, sin nada que llame la atención, pero el hombre de aspecto austero que me la ha vendido me ha descrito con gran detalle su sabor y se iba frotando las manos mientras hablaba. Y a pesar de que apenas han pasado unas horas, no recuerdo muy bien qué me ha dicho. Estaba distraída, concentrada en la tarea de reunir todos los ingredientes. La cocina, tal y como me enseñó mi madre, es la única manera de conseguir ser una esposa.

Retrocedo unos pasos y examino mi trabajo. En términos generales, la mesa ha quedado impresionante aunque, de todas maneras, sé que soy la reina de la presentación. Todo está en su debido lugar, tal y como a él le gusta y, por lo tanto, tal y como me gusta a mí. No es que yo no tenga personalidad, sino simplemente que todo lo que soy está reservado para él. Como debe ser.

* * *

A las seis en punto, oigo la llave girar en la cerradura y luego el siseo de la puerta al abrirse. Oigo el clic que produce al cerrarse y las llaves de él entrando en contacto con la mesita del recibidor. Seth nunca llega tarde, y cuando vives una vida complicada como la suya, el orden es importante. Me paso la mano por el cabello que con tanto esmero me he ondulado y salgo de la cocina al pasillo para recibirlo. Está mirando el correo y las gotas de lluvia resbalan por las puntas de su pelo.

—¡Has recogido el correo! Gracias.

El entusiasmo de mi voz me produce turbación. No es más que el correo, por el amor de Dios.

Seth deja las cartas en la mesita de mármol de la entrada, al lado de las llaves, y sonríe. Noto un vacío en el estómago, luego calor y una oleada de excitación. Me acerco hasta quedarme a escasa distancia de él, aspiro su aroma y hundo la cara en su cuello. Es un cuello espléndido, bronceado y ancho. Sostiene una cabeza con una estupenda mata de pelo y una cara clásicamente atractiva, con una minúscula insinuación de picardía. Me acurruco en él. Cinco días sin el hombre que amas es mucho tiempo. En mi juventud, pensaba que el amor era una carga. ¿Cómo ibas a poder hacer cualquier cosa cuando debías tener en cuenta a otra persona durante todos los segundos del día? Pero cuando conocí a Seth, todo eso se fue por la borda. Me convertí en mi madre: permisiva, complaciente, abierta de brazos y piernas tanto a nivel emocional como sexual. Me emocionaba y me provocaba repulsión al mismo tiempo.

—Te he echado de menos —le digo.

Le beso la parte inferior de la barbilla, luego ese punto tan sensible que tiene junto a la oreja y a continuación, me pongo de puntillas para llegar a su boca. Estoy sedienta de sus atenciones y mi beso resulta agresivo e intenso. Emite un gemido gutural y su maletín cae al suelo con un ruido sordo. Me rodea con los brazos.

—Una bienvenida muy agradable —dice.

Presiona con dos dedos los nudos de mi columna vertebral, como si tocara el saxofón. Los masajea con delicadeza hasta que yo me retuerzo contra él.

—Podría ser aún mejor, pero la cena está lista.

Sus ojos se vuelven neblinosos y me emociono en silencio. He conseguido excitarlo en menos de dos minutos. Me gustaría decir: «Supera eso». Pero ¿a quién? Noto alguna cosa desenroscándose en mi estómago, una cinta que se desenrolla, que se desenrolla. Intento sujetarla antes de que vaya demasiado lejos. ¿Por qué siempre tengo que pensar en ellas? El secreto para que esto funcione consiste precisamente en no pensar en ellas.

—¿Qué has preparado?

Desanuda su bufanda y la enlaza alrededor de mi cuello, me atrae hacia él y me besa otra vez. Su voz suena ardiente y traspasa mi frío trance. Dejo de lado mis sentimientos, decidida a no echar a perder nuestra noche juntos.

—Huele bien.

Sonrío y echo a andar en zigzag hacia el comedor, unos buenos golpes de cadera para acompañar la cena. Me detengo en el umbral de la puerta para observar su reacción cuando vea la mesa.

—Lo haces todo bonito.

Intenta alcanzarme con sus manos fuertes, bronceadas, recorridas por gruesas venas, pero me revuelvo en broma para apartarme de él. A sus espaldas, veo la ventana bañada por la lluvia. Miro por encima del hombro de Seth; la pareja del banco se ha ido. ¿Qué cenarán? ¿Comida china por encargo? ¿Sopa de lata?

Paso a la cocina, asegurándome de que Seth no deje de mirarme en ningún momento. La experiencia me ha enseñado que si te mueves de la manera adecuada, los hombres no pueden despegar la mirada de ti.

—Costillar de cordero —digo, hablando por encima del hombro—. Cuscús…

Seth coge la botella de vino de la mesa, la sujeta por el cuello y la ladea para estudiar la etiqueta.

—Un buen vino.

En teoría, Seth no bebe vino; con las otras no bebe. Por motivos religiosos. Pero conmigo hace una excepción, que tengo anotada como otra más de mis pequeñas victorias. Lo he engatusado para que comparta conmigo tintos intensos, *merlots* y frescos *chardonnays*. Nos hemos besado, reído y follado borrachos. Solo conmigo; eso no lo ha hecho con ellas.

Una tontería, lo sé. Soy yo quien ha elegido esta vida, y no se trata de competir, sino de aportar, pero es imposible evitar llevar la cuenta cuando hay otras mujeres implicadas.

Cuando salgo de la cocina con la bandeja de la cena sujeta con dos manoplas, Seth ha servido el vino y está mirando por la ventana, saboreando una copa. Debajo de la ventana de la duodécima planta, la ciudad tararea su ritmo nocturno. Por la parte frontal delantera del parque discurre una calle concurrida. A la derecha, fuera de nuestra vista, está el Sound, salpicado de veleros y transbordadores en verano, y cubierto por la niebla en invierno. Desde la ventana del dormitorio, se ve una extensión de agua que puede estar en calma o revuelta. La vista perfecta de Seattle.

—La cena me da igual —dice—. Te quiero ahora.

Su voz suena autoritaria; Seth no suele dejar espacio para las preguntas. Es un rasgo de su personalidad que le ha resultado útil en todas las áreas de la vida.

Dejo la bandeja en la mesa. Mi apetito por una cosa se ha esfumado para ser sustituido por el hambre de otra. Sin despegar su mirada de mí en ningún momento Seth sopla las velas para apagarlas y pongo rumbo al dormitorio, palpándome la espalda en busca de la cremallera del vestido para empezar a bajarla. Muy despacio, para que él pueda mirar, retiro la capa de seda. Lo percibo detrás de mí: su voluminosa presencia, el calor, la anticipación de lo que está por llegar. Mi cena perfecta se enfría en la mesa, la grasa del cordero se solidifica en los bordes de la bandeja decorada con tonalidades anaranjadas y beis a la par que voy quitándome el vestido, me doblo por la cintura y dejo que mis manos se hundan en la cama. Tengo las muñecas cubiertas por el edredón cuando sus dedos me arañan las caderas y enganchan la cinturilla elástica de mis bragas. Me las baja, y cuando resbalan hasta la altura de mis tobillos, me libro de ellas de una patada.

El «tinc» del metal y luego el «zzzwiiip» de su cinturón. No se desnuda; solo se escucha el sonido amortiguado del pantalón cuando se desliza hasta sus tobillos.

Después, envuelta en un albornoz, recaliento la cena en el microondas. Noto una pulsación entre las piernas, un hilillo de semen en el muslo; estoy dolorida en el mejor sentido posible. Le llevo el plato hasta el sofá, donde, descamisado, Seth se ha tumbado. Con un brazo por encima de la cabeza, es la pura imagen del agotamiento. Por mucho que lo intente, me resulta imposible borrar la sonrisa de mi cara. Esta sonrisa de colegiala es como una grieta en mi fachada habitual.

—Eres preciosa —dice cuando me ve. Su voz suena ronca, como le sucede siempre después del sexo—. Me encanta follarte. —Me acaricia el muslo y coge el plato—. ¿Recuerdas esas vacaciones de las que estuvimos hablando? ¿Adónde quieres ir?

Esta es la esencia de la conversación postcoital con Seth: después de correrse, le gusta hablar del futuro.

¿Que si me acuerdo? Pues claro que me acuerdo. Recompongo mis facciones para parecer sorprendida.

Lleva un año prometiéndome unas vacaciones. Solos los dos.

Se me acelera el corazón. Llevo tiempo esperando esto. No quería presionarlo porque sé que está muy ocupado, pero aquí lo tengo: mi año. He estado imaginando todos los lugares donde podríamos ir. Al final, he restringido la búsqueda a un lugar de playa. Arenas blancas y aguas de color lapislázuli, largos paseos a orillas del mar dándonos la mano en público. ¡En público!

—Pensaba en algún sitio cálido —respondo.

No lo miro a los ojos, no quiero que vea lo ansiosa que estoy por tenerlo solo para mí. Soy absorbente, celosa y mezquina. Dejo que el albornoz se abra cuando me inclino para dejar la copa de vino en la mesa de centro. Introduce la mano y la ahueca para abarcarme un pecho, como sabía que haría. En ciertos aspectos, es muy predecible.

—¿Islas Turcas y Caicos? —sugiere—. ¿Trinidad?

¡Sí y sí!

Me instalo en el sillón, delante del sofá, y cruzo las piernas de tal modo que el albornoz vuelve a abrirse y deja a la vista un muslo.

—Elige tú —replico—. Has estado en más lugares que yo.

Sé que eso le gusta, lo de tomar las decisiones. ¿Y qué me importa a mí adónde vayamos? Mientras lo tenga durante una semana entera, sin interrupciones, sin compartirlo. Durante esa semana, solo será mío. Una fantasía. Pero ahora llega el momento para el que vivo y, que a la vez, tanto temo.

—Cuéntame qué tal te ha ido la semana, Seth.

Deja el plato en la mesita y se frota las puntas de los dedos. La grasa de la carne los ha dejado brillantes. Me gustaría acercarme y llevarme esos dedos a mi boca, chuparlos hasta dejarlos limpios.

—Lunes no se encuentra nada bien, el bebé…

—Oh, no —dijo—. Está aún en el primer trimestre, eso le durará unas cuantas semanas más.

Seth mueve la cabeza en un gesto de asentimiento y en sus labios asoma una leve sonrisa.

—Pero a pesar de las náuseas, está muy emocionada. Le compré uno de esos libros con nombres para bebés. Está subrayando los que más le gustan y cuando vaya a verla de nuevo los repasaremos juntos.

Siento una punzada de celos y la alejo de inmediato.

Esta es la parte más memorable de mi semana, oír detalles sobre las otras. No quiero echarlo a perder con sentimientos mezquinos.

—Emocionante, sí —digo—. ¿Y ella qué quiere, niño o niña?

Ríe y se levanta para ir a la cocina y dejar el plato en el fregadero. Oigo correr el agua y luego la tapa del cubo de basura después de que tire la servilleta de papel.

—Ella quiere niño. Con el pelo oscuro, como yo. Pero a mí me parece que, tengamos lo que tengamos, tendrá el pelo rubio, como ella.

Me imagino a Lunes: melena rubia lisa como una tabla, bronceado de surfista. Es delgada y musculosa, con una dentadura blanca y perfecta. Ríe mucho —sobre todo por las cosas que él dice— y está juvenilmente enamorada. Seth me comentó un día que tiene veinticinco años, pero que parece una colegiala. En condiciones normales, vería con malos ojos a un hombre que pensara eso, que persiguiera el cliché que los hombres buscan en las mujeres más jóvenes, pero en el caso de Seth no se aplica. A Seth le gusta la conexión.

—¿Me lo dirás cuando sepas lo que vais a tener?

—Falta aún para eso, pero sí. —Sonríe y la comisura de su boca se eleva—. Tenemos cita con el médico la semana que viene. Tendré que ir directamente hacia allí el lunes por la mañana.

Me guiña el ojo y carezco de la habilidad suficiente como para esconder mi rubor. Tengo las piernas cruzadas y muevo el pie hacia arriba y hacia abajo mientras noto el calor inundándome el vientre. Sigue ejerciendo sobre mí el mismo efecto que el día en que nos conocimos.

—¿Te preparo una copa? —pregunto, y me levanto.

Me acerco al mueble bar y le doy a la tecla «Play» del equipo de música. Por supuesto que quiere una copa, siempre quiere una copa durante las veladas que pasamos juntos. Un día me contó que en su despacho guarda ahora en secreto una botella de *whisky* y me regodeo mentalmente por mi mala influencia. Tom Waits empieza a cantar y cojo la botella de vodka.

Antiguamente le preguntaba por Martes, pero Seth duda más en hablar sobre ella. Siempre lo he atribuido a que Martes está en una posición de autoridad por ser la primera esposa. La primera esposa, la primera mujer que él amó. En cierto sentido, resulta desalentador saber que no soy más que su segunda elección. Me he consolado a menudo con el hecho de que sí soy la esposa legal de Seth, que a pesar de que ellos dos siguen juntos, tuvo que divorciarse de ella para casarse conmigo. Martes no me gusta. Es egoísta; su carrera profesional ocupa un papel dominante en su vida, el espacio que yo reservo para Seth. Y aunque lo desapruebo, tampoco es que la culpe por ello. Seth está fuera cinco días a la semana. Tenemos un día de rotación en el que vamos turnándonos, pero nuestro trabajo consiste en llenar la semana con cosas que no sean él; en mi caso, con estupideces como hacer cerámica, leer novelas románticas y ver Netflix. Pero en el caso de Martes, ella llena ese tiempo con su profesión. Busco mi bálsamo labial en el fondo del bolsillo del albornoz. Fuera de nuestro matrimonio tenemos vida. Es la única forma de mantener la cordura.

«¿Otra vez *pizza* para cenar? », solía preguntarle yo. Seth me reconoció un día que Martes era más una chica de comida preparada que una chica de cocinar.

«Tú siempre tan crítica con las habilidades culinarias de los demás», me replicaba entonces, en tono de broma.

Saco dos vasos largos y los lleno de hielos. Noto que Seth se mueve por detrás de mí, se levanta del sofá. La botella de refresco para el combinado sisea cuando la abro y relleno a continuación los vasos hasta arriba. Antes de que me haya dado tiempo a preparar las copas, lo tengo pegado a mí, besándome el cuello. Ladeo la cabeza para que pueda acceder mejor. Coge su copa, se acerca a la ventana y yo tomo asiento.

Lo miro desde mi lugar en el sofá, noto la humedad de la copa en la mano.

Seth se sienta a mi lado y deja la bebida en la mesa de centro. Estira el brazo para rascarme la nuca y ríe.

Sus ojos bailan, flirtean. Me enamoré de esos ojos y de que siempre parece que estén riendo. Esbozo una sonrisa y me recuesto en él para disfrutar de la sensación sólida de su cuerpo contra mi espalda. Sus dedos ascienden y descienden por mi brazo.

¿Qué nos queda por hablar? Quiero asegurarme de que estoy familiarizada con todas las áreas de su vida.

—¿El trabajo…?

—Alex…

Se interrumpe. Observo cómo se pasa el pulgar por el labio inferior, una costumbre que me encanta.

«¿Qué habrá hecho ahora?»

—Lo he pillado en otra mentira —dice.

Alex es el socio de Seth; fundaron juntos la empresa. Por lo que alcanzo a recordar, Alex siempre ha sido la cara visible del negocio: el que se reúne con los clientes y contrata a los trabajadores, mientras que Seth es el que gestiona la construcción de las casas, el que se ocupa de las subcontratas y de las inspecciones. Seth me contó que la primera vez que tuvieron un encontronazo fue por el tema del nombre de la empresa: Alex quería ver su apellido incorporado en el nombre del negocio, mientras que Seth quería que incluyera el término «Pacific Northwest». Lo resolvieron sin que ni el uno ni el otro se erigiera vencedor, y finalmente se decidieron por Emerald City Development. Con el paso de los años, su atención al detalle y la increíble belleza de las casas que construyen les ha proporcionado clientes de alto nivel. No conozco a Alex; Alex no sabe que existo. Piensa que la esposa de Seth sigue siendo Martes. Cuando Seth y Martes llevaban poco tiempo casados, fueron de vacaciones con Alex y su mujer, una vez a Hawái y otra vez a esquiar a Banff. He visto a Alex en foto. Es un par de centímetros más bajito que su mujer, Barbara, que fue en su día Miss Utah. Achaparrado y con calvicie incipiente, es un tipo que parece de lo más engreído.

Hay mucha gente que no conozco. Los padres de Seth, por ejemplo, y sus amigos de infancia. Como segunda esposa que soy, tal vez nunca se me brinde esta oportunidad.

—Oh —digo—. ¿Y qué ha pasado?

Mi existencia es agotadora, con tantos juegos que jugar. Es la maldición de la mujer. Ser directa, pero no serlo excesivamente. Formular preguntas, pero no demasiadas. Le doy un sorbo a mi copa y me recuesto en el sofá.

—¿Te gusta esto? —pregunta Seth—. Es un poco extraño, que preguntes sobre…

—Me gustas tú. —Sonrío—. Conocer tu mundo, lo que sientes y experimentas cuando no estás conmigo.

Y es verdad, ¿no? Amo a mi esposo, pero no soy la única. Están las otras. Mi único poder reside en que lo sé. Podría desbaratarlo todo, sacar ventaja de ello, follármelo hasta que reventara y luego fingir un interés distante e indiferente, todo ello formulando tan solo unas pocas preguntas en el momento adecuado.

Seth suspira y se frota los ojos con los puños.

—Vayamos a la cama —dice.

Le estudio la cara. Por esta noche, ya ha hablado bastante. Me tiende una mano para ayudarme y la acepto. Dejo que tire de mí para ponerme en pie.

Y esta vez hacemos el amor, con besos profundos mientras lo enlazo con las piernas. No debería preguntármelo, pero lo hago. ¿Cómo es posible que un hombre ame a tantas mujeres? ¿Que tenga una mujer distinta prácticamente a días alternos? ¿Y dónde me ubico yo en la categoría de sus favores?

Se queda dormido enseguida, pero yo no. El jueves es el día que no duermo.

DOS

El viernes por la mañana, Seth se marcha antes de que yo me despierte. He estado moviéndome de un lado a otro y dando vueltas en la cama hasta las cuatro y luego debo de haberme quedado profundamente dormida, puesto que no lo he oído marcharse. A veces me siento como una jovenzuela que se despierta sola en la cama después de una aventura de una noche, con él largándose sigilosamente antes de que le dé tiempo a ella de preguntarle ni tan siquiera su nombre. Los viernes siempre me quedo en la cama más rato y observo el hueco que ha dejado Seth en la almohada hasta que el sol entra por la ventana y me da directo en los ojos. Pero hoy el sol aún tiene que extender sus dedos sobre el horizonte y miro su hueco como si estuviera dándome vida.

Las mañanas son duras. En un matrimonio normal, te despiertas al lado de una persona, validas tu vida con su cuerpo empapado en sueño. Hay rutinas y agendas, que acaban siendo aburridas, aunque son también un consuelo. Yo no tengo el consuelo de la normalidad, un marido que ronque y al que poder dar patadas durante la noche, ni dentífrico pegado al lavabo que friegas y friegas con frustración. Seth no se percibe en las fibras de esta casa y eso, la mayoría de los días, me duele en el corazón. Pasa poco tiempo aquí y luego se marcha a ocupar la cama de otra mujer mientras la mía se enfría.

Miro el teléfono y la aprensión me provoca mariposas en el estómago. No me gusta enviarle mensajes de texto. Imagino que a diario se ve inundado por mensajes de las otras, pero esta mañana siento la necesidad de coger el teléfono y escribirle: «Te echo de menos». Él lo sabe, a buen seguro lo sabe. Cuando no ves a tu marido durante cinco días a la semana, él debe de saber que lo echas de menos. Pero no cojo el teléfono, y no le envío ningún mensaje. Con determinación, dejo caer las piernas por mi lado de la cama, me calzo las zapatillas y mis dedos acarician la suavidad de su lanilla interior. Las zapatillas forman parte de mi rutina, de mi búsqueda de normalidad. Voy a la cocina y observo la ciudad desde la ventana. En la 99 hay una serpiente de luces rojas de freno, la gente que va a trabajar está esperando a que cambie el semáforo. Los limpiaparabrisas se mueven hacia un lado y hacia otro, limpiando la lluvia fina de los cristales. Me pregunto si Seth estará entre ellos, pero no, cuando se marcha de aquí coge la 5. Cuando se marcha lejos de mí.

Abro la nevera, saco una botella de cristal de Coca-Cola y la dejo en la encimera. Busco en el cajón de los cubiertos el abridor y maldigo para mis adentros cuando un palillo se me clava en la uña. Me llevo el dedo a la boca y con la otra mano abro la botella. Solo guardo una botella de Coca-Cola en la nevera, y escondo el resto debajo del fregadero, detrás de la regadera. Cada vez que bebo una, la sustituyo. De este modo, parece que la misma botella de Coca-Cola esté eternamente allí. No engaño a nadie, solo a mí misma. Y quizás no quiero que Seth sepa que bebo Coca-Cola para desayunar. Se reiría de mí, y no me importa que se ría, pero a nadie le gusta que los demás sepan que desayunas con refresco. Cuando era pequeña, era la única de mis amigas a la que le gustaba jugar con Barbies. Con diez años de edad, ellas ya se habían pasado a los productos de maquillaje y la MTV, y por Navidad pedían a sus padres ropa en vez de la nueva caravana de Barbie. Mi amor por las muñecas Barbie me daba muchísima vergüenza, sobre todo después de que mis amigas se burlaran de mí por ello, diciéndome que era un bebé. En uno de los momentos más tristes de mi joven vida, recogí todas mis muñecas Barbie y las guardé en mi armario dentro de una caja. Aquella noche me dormí llorando porque no quería separarme de algo que adoraba, pero consciente también de que seguirían burlándose de mí si no lo hacía. Cuando unas semanas más tarde mi madre descubrió la caja de las muñecas mientras me guardaba la ropa limpia en el armario, me preguntó al respecto. Sin poder parar de llorar, le conté la verdad. Era demasiado mayor para seguir con mis Barbies y había llegado el momento de dar un paso adelante.

«Puedes jugar con ellas en secreto. Nadie tiene por qué saberlo. No tienes por qué abandonar lo que quieres por el simple hecho de que los demás lo desaprueben», me dijo.

Secretos: soy buena teniendo secretos, y también guardándolos.

Veo que se ha hecho una tostada antes de irse. Los restos de migas cubren la superficie y en el fregadero hay un cuchillo, sucio de mantequilla. Me regaño por no haberme levantado antes para prepararle alguna cosa. «La semana que viene», me digo. La semana que viene lo haré mejor, le prepararé el desayuno a mi marido. Seré una de esas esposas que ofrecen sexo y sustento tres veces al día. La ansiedad me encoge el estómago y me pregunto si Lunes y Martes se levantarán para prepararle el desayuno. ¿Habré estado pifiándola todo este tiempo? ¿Pensará de mí que soy negligente porque me quedo en la cama? Limpio las migas, las sacudo en la palma ahuecada de mi mano y las echo enrabietada al fregadero. Cojo la Coca-Cola y voy al salón. La botella está fría y bebo un trago mientras empiezo a pensar en todos los aspectos en los que podría mejorar.

Cuando me despierto, ha pasado un rato, la luz ha cambiado. Me siento y veo la botella de Coca-Cola tumbada sobre la mesa y una mancha marrón en la alfombra, a su alrededor.

—Mierda —digo en voz alta.

Me levanto. Debo de haberme quedado adormilada con la botella en la mano. Es lo que tiene pasarse la noche en vela, mirando el techo. Corro a buscar un trapo y un producto para quitar las manchas y me dispongo a limpiar la alfombra; me arrodillo y empiezo a frotar con energía. La Coca-Cola se ha secado en la alfombra de nudos de color crudo y ha quedado como un caramelo pegajoso. Estoy enfadada por algo, me doy cuenta de que estoy llorando. Las lágrimas se suman a la mancha de la alfombra y froto con más fuerza. Cuando la alfombra está limpia, me siento sobre los talones y cierro los ojos. ¿Qué me ha pasado? ¿Cómo me he convertido en la persona dócil que soy, en una persona que vive para los jueves y el amor de un hombre que se reparte tan tranquilamente entre tres mujeres? Si con diecinueve años alguien me hubiera dicho que mi vida iba a ser esta, me habría reído en toda su cara.

La semana que viene hará cinco años del día en que Seth me encontró. Yo tenía al caer el último examen de enfermería, un muro que no me sentía aún preparada para superar, y estaba estudiando en una cafetería. Llevaba dos días sin dormir y estaba en ese momento en el que bebía café como si fuese agua, simplemente para mantenerme despierta. Medio sumida en un estado de delirio, estaba balanceándome en la silla cuando Seth tomó asiento a mi lado. Recuerdo que su presencia me fastidió. Había cinco espacios libres que podría haber elegido, ¿por qué decidirse justo por el que estaba a mi lado? Era guapo, con el pelo negro y brillante y ojos de color turquesa, bien dormido, bien aseado y bien hablado. Me preguntó si estaba estudiando para ser enfermera y le respondí en tono cortante, aunque al instante me disculpé por haberme mostrado maleducada. Restó importancia al asunto y me preguntó si quería que me hiciese preguntas, como si fuera el examen.

Solté una carcajada, pero me corté cuando me di cuenta de que lo había dicho en serio.

—¿Quieres pasar tu viernes por la noche haciendo preguntas de examen a una estudiante de enfermería medio muerta? —le pregunté.

—Pues claro —respondió, sonriendo con los ojos—. Supongo que si con ello consigo que saques buena nota, no me dirás que no cuando te pida si quieres cenar conmigo.

Recuerdo que lo miré con el ceño fruncido, preguntándome si todo aquello no sería una broma. Si cabía la posibilidad de que lo hubieran mandado sus amigotes con la intención de humillar a la chica triste que estaba sentada en un rincón. Era demasiado guapo. De los que nunca se toman la molestia de perder el tiempo con chicas como yo. Porque aun no siendo fea, era de lo más normalita. Mi madre siempre decía que a mí me había tocado el don del cerebro y a mi hermana, Torrence, el de la belleza.

—¿Lo dices en serio? —le pregunté, sintiéndome de pronto muy consciente de mi cola de caballo poco arreglada y de que ni siquiera llevaba rímel.

—Solo si te gusta la comida mexicana —me respondió—. No podría enamorarme jamás de una chica a la que no le guste la comida mexicana.

—No me gusta la comida mexicana —le dije, y se llevó la mano al corazón como si estuviera muerto de dolor. Recuerdo que me eché a reír al ver a aquel hombre tan guapísimo fingiendo que le daba un infarto en una cafetería.

—Es broma. Pero dime, ¿qué tipo de ser humano complicado eres como para que no te guste la comida mexicana?

En contra de lo que hubiera sido sensato, y a pesar de que tenía una agenda loca e increíblemente ocupada, accedí a quedar con él para cenar a la semana siguiente. Al fin y al cabo, había que comer. Cuando me dirigía al restaurante a bordo de mi pequeño y machacado Ford, casi esperaba que no se presentara. Pero en cuanto salí del coche, lo vi esperando en la puerta, protegiéndose de la lluvia que inevitablemente manchaba los hombros de su gabardina.

Se mostró encantador durante el primer plato, formulándome preguntas sobre mis estudios, mi familia y qué tenía pensado hacer cuando acabara la carrera. Yo, entre tanto, iba mojando nachos en la salsa e intentando recordar la última vez en que alguien había mostrado tanto interés por mí. Encandilada, fui respondiendo con entusiasmo a todas y cada una de sus preguntas y, cuando acabamos de cenar, caí en la cuenta de que no sabía absolutamente nada de él.

—Eso lo reservamos para la cena de la semana que viene —me dijo, cuando saqué el tema a relucir.

—¿Y cómo sabes que habrá una cena la semana que viene? —le pregunté.

Se limitó a sonreírme y, justo en aquel momento, supe que tenía un problema.

Me ducho y me visto y solo me paro un momento para mirar el teléfono cuando estoy ya de camino hacia la puerta. Como Seth está ausente cinco días a la semana, siempre me presto voluntaria a trabajar los turnos de noche que no quiere nadie. Pasarme las noches sola en casa, pensando que él está con las otras, se me hace insoportable. Prefiero mantener la cabeza ocupada a todas horas, estar concentrada en algo. Los viernes voy al gimnasio y luego al mercado. A veces, como algo rápido con una amiga, pero últimamente todo el mundo parece estar demasiado ocupado como para poder quedar. La mayoría de mis amigas son o recién casadas o madres recientes, y nuestras vidas se han bifurcado en trabajo y familia.

El teléfono me informa de que Seth me ha enviado un mensaje de texto. «*Ya te echo de menos. Me muero de ganas de que llegue la semana que viene*».

Sonrío con pocas ganas y pulso el botón del ascensor. Es muy fácil expresar añoranza cuando siempre tienes a alguien a tu lado. Pero sé que no debería pensar así. Sé que nos ama a todas, que nos echa de menos a todas cuando no está con nosotras.

«*¿Cenamos pizza cuando nos veamos el próximo día?*». Mi intento de broma.

Me responde de inmediato con otro mensaje, esta vez con el emoticono que llora de tanto reír. ¿Qué hacía la gente antes de que existieran los emoticonos? Me parecen la única forma razonable de restarle peso a una frase cargada de sentimiento.

Guardo el teléfono en el bolso cuando entro en el ascensor y esbozo una leve sonrisa. Incluso en los días más duros, un pequeño mensaje de Seth lo arregla todo. Y días duros hay muchos, días en los que me siento incompetente e insegura sobre el papel que juego en su vida.

«A todas os quiero de forma distinta, pero igual.»

Me gustaría saber qué quiere decir con eso, los detalles. ¿Se refiere a nivel sexual? ¿Emocional? Y si tuviera que elegir, si tuviera una pistola apuntándole en la cabeza, ¿me elegiría a mí?

Cuando Seth me contó lo de su esposa, estábamos en un restaurante italiano llamado La Spiga, en Capitol Hill. Era nuestra cuarta cita. La sensación de torpeza que acompaña el proceso de dos personas cuando se están conociendo había desaparecido y habíamos pasado a una fase más cómoda. A aquellas alturas ya nos dábamos la mano… y nos besábamos. Seth me había dicho con antelación que quería comentarme un tema y yo había pensado que tal vez querría mantener una conversación sobre hacia dónde iba nuestra relación. Pero en cuanto la palabra «esposa» salió de su boca, solté el tenedor, me limpié la salsa de la pasta que pudiera haber en mis labios, cogí el bolso y me marché. Seth salió rápidamente a la calle en mi persecución y me encontró parando un taxi, y luego nos persiguió el camarero, exigiéndonos pagar la comida que habíamos dejado a medias. Estuvimos discutiendo en la acera hasta que Seth acabó suplicándome que volviera a entrar. Lo hice, cargada de dudas, aunque una parte de mí quería escuchar lo que tuviera que decirme. Pero ¿cómo era posible que tuviera algo que decirme? ¿Cómo podía un hombre justificar una cosa así?

—Sé que suena fatal, pero te ruego que confíes en mí. —Había bebido un largo trago de vino antes de continuar—. No tiene nada que ver con el sexo. No tengo ninguna adicción, si es eso lo que estás pensando.

De hecho, era justo lo que estaba pensando. Me crucé de brazos y esperé. Por el rabillo del ojo, vi al camarero pululando a nuestro alrededor. Me pregunté si estaría esperando a que saliéramos corriendo de nuevo del restaurante, dejando la cena sin pagar.

—Mi padre… —empezó a decir.

Lo miré con exasperación. La mitad del mundo conocido era capaz de inventarse cualquier excusa empezando con «mi padre». Pero esperé a que continuara. Yo era mujer de palabra. Y todo empezó entonces a flotar a mi alrededor.

—Mis padres… polígamos… cuatro madres…

Me quedé mirándolo, pasmada. De entrada pensé que me estaba mintiendo, que me estaba contando un chiste malo, pero noté algo en su mirada. Acababa de proporcionarme información sensible y estaba a la espera de mi valoración. Yo no sabía qué decir. ¿Cuál era la forma adecuada de responder a eso? Eran cosas que se veían en televisión… pero ¿en la vida real?

—Me crie en Utah —siguió explicándome—. Me fui de allí cuando cumplí los dieciocho. Y juré que estaba en contra de todas sus creencias.

—No entiendo nada —dije.

Y realmente no entendía nada. Estaba tensa, con las manos cerradas en puños bajo la mesa, con las uñas clavándose en mis palmas

Seth se pasó una mano por la cara y, de pronto, me pareció diez años mayor.

—Mi esposa no quiere hijos —me explicó—. Y yo no soy de esos, no soy de los que presionan a una mujer para que sea quien no quiere ser.

Y entonces lo vi desde una perspectiva nueva: como un padre con un hijo montado a caballito sobre sus hombros y otro pequeño a sus pies. Comprando helados y jugando a la pelota. Tenía los mismos sueños que yo, los mismos sueños que la mayoría.

—¿Y dónde entro yo en todo esto? ¿Andas acaso buscando una mujer reproductora y resulta que yo encajo en tu tipo?

Estaba siendo malvada, pero era una puñalada fácil. ¿Por qué me había elegido a mí y quién le había dicho que yo quisiera tener niños?

Me dio la impresión de que mi acusación le dolía, pero no me sentí mal por decírselo. Los hombres como él me ponían enferma.

Pero si había vuelto a la mesa era para escucharlo, y estaba dispuesta a hacerlo. En aquel momento me pareció lo más absurdo que había oído en mi vida. Tenía una esposa, pero quería otra. Para fundar una familia. ¿Quién demonios se pensaba aquel tipo que era yo? Aquello era repugnante, y así se lo hice saber.

—Te entiendo —dijo, quedándose triste—. Te entiendo perfectamente.

A continuación, él pagó la cuenta y cada uno se fue por su lado, yo después de ofrecerle una gélida despedida. Posteriormente me comentó que nunca había imaginado que volvería a tener noticias de mí, pero cuando volví a casa, me pasé la noche entera dando vueltas en la cama, incapaz de dormir.

Me gustaba. Me gustaba de verdad. Tenía algo especial… carisma, quizás, o perspicacia. Fuera lo que fuese, cuando estaba con él nunca me hacía sentir inferior. No tenía nada que ver con los chicos con los que había salido en la universidad, que estaban siempre mirando su propio reflejo en tus ojos y te consideraban una relación «de aquí te pillo, aquí te mato». Sin embargo, cuando estaba con Seth, me sentía única. Dejé de lado todos aquellos sentimientos para llorar lo que imaginaba que habría sido el inicio de una prometedora relación. Tuve entonces un par de citas, una con un bombero de Bellevue y otra con el propietario de un pequeño negocio en Seattle. Ambas historias acabaron fatal, pues no hacía otra cosa que compararlos sin cesar con Seth. Y entonces, un mes más tarde, después de lamentar la pérdida de un hombre como nunca me había imaginado que lamentaría, me armé de coraje y lo llamé.

—Te echo de menos —le dije en cuanto cogió el teléfono—. No quiero echarte de menos, pero es la pura verdad.

Y entonces le pregunté si su mujer sabía que estaba buscando alguien para tener hijos. Se produjo una larga pausa en el otro lado de la línea, más larga de lo que me habría gustado. Y estaba yo a punto de decirle que se olvidase del tema cuando me respondió con un tembloroso «sí».

—Espera un momento —dije, pegándome el teléfono al oído—. ¿Has dicho «sí»?

—Estamos de acuerdo al respecto —replicó, con más confianza—. En que necesitaría estar con alguien que quisiera lo mismo que yo.

—¿Se lo contaste, quieres decir? —insistí.

—Después de nuestra primera cita, vi que lo nuestro podía acabar en algo y se lo conté. Sabía que corría un riesgo, pero también que entre nosotros había surgido algo. Una conexión.

—¿Y a ella le pareció bien?

—No… bueno, sí. Es duro, lo sé. Dijo que era el momento de buscar alternativas. Que me quería, pero que lo entendía.

Me quedé callada, digiriendo todo lo que me estaba diciendo.

—¿Podemos vernos? —sugirió—. Solo para tomar una copa o un café. Algo sencillo.

Me habría gustado poder decirle que no, ser la típica mujer fuerte y determinada que no cede ante nada. Pero sin quererlo, me descubrí haciendo planes para quedar con él en una cafetería a la semana siguiente. Cuando colgué, me obligué a recordarme que había sido yo la que lo había llamado y que él no me había manipulado en absoluto. «Aquí la que controlas eres tú —me dije—. «Tú serás su esposa legal». Pero estaba tan equivocada, tanto…

TRES

Terminado mi turno, llego a casa el sábado por la mañana y caigo muerta en la cama. Ha sido una noche larga, de esas que te fuerzan tanto que acabas mental y emocionalmente agotada. En la 5 se ha producido un choque en cadena en el que se han visto implicados diez coches y que ha acabado con una docena de personas en urgencias, y luego un problema doméstico que ha dado como resultado un hombre con tres heridas de bala en el abdomen. Su esposa se ha presentado diez minutos más tarde, con un niño colgado de la cadera y con una camiseta amarilla empapada en sangre. Gritaba diciendo que todo había sido un error. Las noches en urgencias solían ser auténticas películas de terror: heridas abiertas, gritos, dolor. Al final de la noche, los suelos acababan pegajosos por culpa de la sangre, embadurnados de vómito. Llevo uniforme negro para que no se vea tanta suciedad.

Estoy adormilada cuando oigo que la puerta de entrada se abre y se cierra, luego el silbido de un tren. Lo del tren forma parte de nuestro sistema de seguridad, que me avisa así cada vez que la puerta se abre. Me siento en la cama y abro los ojos de par en par. ¿Lo he soñado o acaba de pasar? Seth está en Portland; anoche me envió un mensaje de texto y no mencionaba que pensara volver a casa. Espero, completamente inmóvil, aguzando el oído, preparada para salir disparada de la cama y...

Con el corazón acelerado, giro la cabeza a derecha e izquierda en busca de un arma. La pistola que me regaló mi padre con motivo de mi veintiún cumpleaños está guardada en algún rincón del armario. Intento recordar dónde, pero estoy temblando de miedo. Otra arma, pues... Mi dormitorio es una colección de objetos blandos y femeninos; no tengo armas a mano. Retiro el edredón y me levanto, tambaleante. Soy una chica estúpida e indefensa que tiene una pistola y no sabe ni dónde está ni cómo utilizarla. ¿Se me habrá pasado cerrar la puerta con llave? Cuando he llegado a casa estaba medio dormida, me he descalzado de cualquier manera y... Pero entonces oigo la voz de mi madre en el recibidor, llamándome. La sensación de pánico desaparece, pero el corazón sigue retumbando con fuerza. Me llevo una mano al pecho y cierro los ojos. Oigo una cancioncilla pegadiza; cuando mi madre camina de un lado a otro, siempre va canturreando. Me relajo y mis hombros regresan a una posición normal y relajada. Es verdad. Iba a venir hoy a comer. ¿Cómo es posible que se me haya olvidado? «Estás cansada, necesitas dormir», me digo. Me arreglo un poco el pelo delante del espejo del tocador y me froto los ojos para intentar eliminar el sueño antes de salir de la habitación al pasillo. Cambio la expresión e intento poner cara de alegría.

—Hola, mamá —digo, corriendo a darle un pequeño abrazo—. Acabo de llegar a casa. Perdona, pero es que no he tenido ni tiempo de ducharme.

Mi madre se aparta de mi brazo para mirarme; su cabello perfecto captura la luz de la ventana y me doy cuenta de que acaba de retocarse las mechas.

—Estás fantástica —digo. Sé que es lo que se supone que tengo que decir, pero es la pura verdad.

—Pues a ti se te ve cansada —replica, y chasquea la lengua—. ¿Por qué no vas a ducharte y yo preparo algo de comer, en vez de salir por ahí?

Y así, en un abrir y cerrar de ojos, me veo despedida en mi propia casa. Es un misterio cómo mi madre es capaz de hacerme sentir todavía como una adolescente.

Muevo la cabeza en un gesto afirmativo, sintiéndome embargada por una oleada de gratitud, aun a pesar de su tono. Después de la noche que he pasado, la idea de tener que vestirme y arreglarme para salir me resulta insoportable.

Me doy una ducha rápida y cuando salgo, envuelta en el albornoz, mi madre ha improvisado un sándwich de ensalada de pollo sobre la base de un cruasán. Junto al plato, un vaso alto con cóctel mimosa. Tomo asiento, agradecida. Mi nevera recién abastecida no la ha decepcionado. Aprendí a cocinar observándola, y si algo subrayaba siempre mi madre, era la importancia de mantener la nevera bien abastecida por si había que preparar una comida sorpresa.

«¿Qué tal está Seth?» es su primera pregunta en cuanto se sienta delante de mí. Mi madre: siempre directa al grano, siempre puntual, siempre organizada. Es el ama de casa y la esposa perfecta.

—Cuando estuvo aquí el jueves, estaba cansado. No tuvimos oportunidad de hablar mucho.

La verdad. Temo que mi voz me haya traicionado y haya delatado alguna cosa más, pero cuando levanto la vista y la miro, veo que está ocupada con su plato.

—Pobre hombre —dice, cortando con determinación su cruasán. La parte inferior de sus brazos se bambolea cuando mueve el cuchillo como si fuera un serrucho y su boca forma una mueca de desaprobación—. Tanto ir de aquí para allá. Sé que los dos tomasteis la decisión correcta, pero eso no quita que siga siendo muy duro.

El único motivo por el que habla de «decisión correcta» es para no molestarme. En su día ya me dijo, de forma tajante, que mi deber era estar con Seth y que debería dejar mi trabajo para estar a su lado, dondequiera que estuviera. Antes me atosigaba por lo del matrimonio y ahora ha hecho una cómoda transición hacia el tema de tener un bebé.

Asiento. No me apetece en absoluto iniciar una discusión con mi madre, que siempre encuentra la manera de hacerme sentir una fracasada por ser la esposa de Seth. Sobre todo, por lo de darle un hijo. Está convencida de que Seth dejará de quererme si mi útero no cumple su función. Podría silenciarla diciéndole que ya tiene otra esposa, dos, de hecho, y que ellas llenan aquellos espacios en los que yo fracaso. Que una incluso está esperando un hijo suyo en estos momentos.

—Siempre podrías alquilar este apartamento e irte con él a Oregón —sugiere—. No es tan horrible. Recuerda que cuando tú tenías dos años, estuvimos viviendo un año entero allí, en casa de la abuela. Y esa casa siempre te encantó.

Lo dice como si yo no lo supiera, como si no hubiera oído aquella historia mil veces.

—No puedo —replico, entre bocado y bocado—. Seth tiene que estar en la oficina de Seattle dos días a la semana. Necesitaríamos igualmente tener casa aquí. Y además, no quiero marcharme. Mi vida está aquí, mis amistades están aquí y adoro mi trabajo.

«Verdadero, verdadero, falso». Nunca me ha gustado Portland; me parece el pariente pobre de Seattle: el mismo escenario, tiempo similar, pero una ciudad más sucia. Mis abuelos vivieron y murieron allí y nunca salieron del estado. Además de su primera residencia, tenían una casa de vacaciones en el sur, cerca de California. Pensar en Portland me provoca claustrofobia.

Mi madre me lanza una mirada de desaprobación y una salpicadura de mayonesa mancha su uña pintada de rosa nacarado. Es de la vieja escuela, en este sentido. A su entender, tienes que ir allí donde va tu hombre pues, de lo contrario, él podría caer en la infidelidad. Si supiera…

—Llegamos a este acuerdo y tiene todo el sentido del mundo —digo con firmeza. Y añado a continuación, para apaciguarla—: Por el momento.

Y es verdad. Seth es constructor. Hace poco abrió oficina en Portland, y mientras que su socio, Alex, es el que se encarga de supervisar la oficina de Seattle, Seth tiene que pasar la mayor parte de la semana en Portland, controlando los proyectos que tienen allí.

Lunes y Martes están allí, viven en esa ciudad. Son las que más lo ven, lo cual me pone enferma de celos. Come a menudo con alguna de ellas, un lujo del que yo no disfruto, puesto que dedica la mayor parte del jueves a viajar a Seattle para verme. Los viernes pasa el día en la oficina de Seattle y a veces cenamos juntos antes de que vuelva a Portland el sábado. El día de rotación que compartimos las esposas lo dedica de momento a viajar, pero con dos de ellas viviendo en Oregón, he empezado a pensar que esto acabará haciéndose permanente. Resulta duro formar parte de algo tan excepcional y no tener a nadie con quien hablar del tema. Ninguna de mis amigas lo sabe, por mucho que más de media docena de veces haya estado a punto de soltarle toda la verdad a mi mejor amiga, Anna.

A veces me gustaría ponerme en contacto con las otras esposas, tener un grupo de soporte. Pero Seth está empeñado en hacer las cosas de forma distinta a cómo funcionaba el entorno en el que se crio. Nosotras, las esposas, no tenemos contacto entre nosotras, y yo siempre he respetado su deseo de no fisgonear en la vida de las demás. Ni siquiera sé cómo se llaman.

—¿Cuándo os pondréis con lo del bebé? —pregunta mi madre.

Otra vez. Me lo pregunta cada vez que nos vemos, y ya empiezo a estar harta. No sabe la verdad y nunca he tenido el valor de contársela.

—Si tuvieras un bebé, se vería obligado a estar aquí de forma más permanente —dice, en tono conspirador.

Me quedo mirándola, boquiabierta. Mi hermana y yo éramos la suma de la vida de mi madre. Nuestros éxitos eran sus éxitos; nuestros fracasos, sus fracasos. Supongo que vivir para tus hijos mientras los estás criando está genial, pero ¿y después? ¿Qué pasa cuando ellos deciden vivir su vida y tú te quedas sin nada, sin aficiones, sin carrera profesional, sin identidad?

—Mamá, ¿me estás sugiriendo que atrape a Seth con un bebé? —pregunto, dejando el tenedor en la mesa y mirándola, pasmada.

Mi madre es un poco como una bomba de relojería, famosa por hacer comentarios fuera de lugar sobre la vida de otras personas.

Pero decirme a mí que me quede embarazada para forzar a mi marido a instalarse en casa es ir demasiado lejos, incluso para ella.

—Tampoco es algo que no se haya hecho nunca…

Está encantada de la vida, pero no me mira a los ojos. Sabe que se ha pasado. Me embarga el sentimiento de culpa. Nunca le he contado a mi madre que tuve que someterme a una histerectomía de urgencia. En aquel momento no quise hablar sobre el tema, y admitirlo ahora solo serviría para que me viera aún más fracasada.

—Yo no soy así. Y tampoco somos así como pareja. Además, ¿quién se ocuparía entonces de la oficina de Portland? —le espeto—. Estás hablando sobre nuestra economía y nuestro futuro.

Aunque no solo el mío. Seth tiene una gran familia que sustentar. Escondo la cara entre las manos y mi madre se levanta para venir a consolarme.

—Lo siento, pequeñina —dice, utilizando su forma cariñosa de dirigirse a mí—. Me he pasado. Solo tú sabes lo que más le conviene a tu relación.

Respondo con un gesto de asentimiento, cojo un poco de ensalada de pollo con los dedos y me limpio después el pulgar lamiéndomelo. Nada de todo esto es normal, y si Seth y yo queremos que funcione, necesito tener una conversación con él sobre mis sentimientos. Llevo tanto tiempo fingiendo que todo me parece estupendo, que él no tiene ni idea de las luchas internas que mantengo. Y esto no es justo, ni para él ni para mí.

Mi madre se marcha una hora después y me promete invitarme a comer fuera el lunes.

—Descansa —dice, dándome un abrazo.

Cierro la puerta y exhalo un suspiro de alivio.

Estoy desesperadamente cansada, pero en vez de ir directa a la cama, abro la puerta del pequeño vestidor de Seth. A pesar de estar fuera casi toda la semana, guarda un buen surtido de ropa en casa. Acaricio sus americanas y sus pantalones de vestir, me acerco una camisa a la nariz para buscar su olor. Lo amo tantísimo que aun teniendo en cuenta la terrible excepcionalidad de nuestra situación, no me imaginaría casada con nadie más. Y el amor es esto, ¿no? Asumir la carga que lleve encima tu pareja. Y la mía son dos mujeres más.

Estoy a punto de apagar el pequeño foco y dar media vuelta, cuando un detalle me llama la atención. Un papel que asoma por el bolsillo de uno de sus pantalones. Lo saco, preocupándome de entrada por la posibilidad de lavar el pantalón con el papel dentro y estropear con ello el resto de la colada, pero en cuanto lo tengo en la mano, siento curiosidad. Está doblado en un cuadrado perfecto. Lo sostengo en la palma de la mano un instante antes de abrirlo para echarle un vistazo. Es la factura de un médico. Empiezo a leer, preguntándome si algo va mal o si Seth habrá ido a hacerse un chequeo, pero su nombre no aparece por ningún lado. De hecho, es una factura emitida a nombre de Hannah Ovark, y su dirección aparece en la esquina superior: 324 Galatia Lane, Portland, Oregón. El médico de Seth está en Seattle.

—Hannah —digo en voz alta.

La factura dice que se ha visitado para hacerse un control y unos análisis. ¿Podría ser Hannah… Lunes?

Apago la luz del vestidor y voy con el papel al salón, sin saber muy bien qué hacer. ¿Debería preguntarle a Seth al respecto o fingir que no he visto nada? Mi MacBook está a mi lado, en el sofá. Me lo coloco en la falda y abro Facebook. Tengo la vaga sensación de que estoy quebrantando algún tipo de regla.

Tecleo el nombre en la barra de búsqueda y tamborileo con un dedo sobre la rodilla a la espera de resultados. Aparecen tres perfiles: uno es de una mujer mayor, de más de cuarenta años, que vive en Atlanta; el otro corresponde a una adolescente con el pelo teñido de rosa. Miro el tercer perfil. Seth me contó que Lunes era rubia, pero nunca me ha dado más detalles sobre su aspecto físico. Mi imagen de surfista se hace añicos cuando veo a Hannah Ovark. No es una surfista y tampoco tiene la inocencia rubia que me esperaba. Cierro el ordenador con brusquedad y corro al cuarto de baño en busca de las pastillas para dormir.

Necesito dormir desesperadamente. Me estoy volviendo majara y mi estado empieza a afectar a mi modo de ver las cosas.

Abro el armario botiquín y me recibe una hilera de frascos de color naranja. Pequeños centinelas con objetivos que van desde un aturdimiento soporífero hasta el estado de alerta. Me decido por el Ambien y me llevo una pastilla a la boca. Bebo agua directamente del grifo para tragarla y luego me acurruco en la cama y espero a que el olvido se apodere de mí.

CUATRO

Me despierto desorientada y grogui. El sol luce ya alto a través de la ventana pero... ¿no era por la tarde cuando me he quedado dormida? Miro el despertador para ver la hora y descubro que he dormido trece horas. Me levanto tan rápidamente de la cama que la habitación empieza a dar vueltas a mi alrededor.

—Mierda, mierda, mierda.

Me sujeto a la pared para estabilizarme y me quedo sin moverme hasta que noto solidez bajo mis pies. El teléfono se quedó bocabajo en el tocador; está casi sin batería. Veo siete llamadas perdidas de Seth y tres mensajes de voz. Le devuelvo las llamadas sin escuchar previamente los mensajes y mi sensación de pavor se acrecienta con cada ring.

—¿Estás bien? —es lo primero que me dice cuando responde. Tiene la voz tensa y de inmediato me siento culpable por haberle hecho preocuparse.

—Sí, estoy bien —respondo—. Me tomé una pastilla para dormir y me he quedado como un tronco toda la noche. Lo siento. Soy gilipollas.

—Estaba preocupado —dice, y su voz suena menos tensa que hace un momento—. He estado a punto de llamar al hospital para ver cuándo te habías ido de allí.

—Lo siento de verdad —digo—. ¿Y tú qué? ¿Todo bien?

No. Lo adivino por el sonido de su voz. Es imposible que sepa que he localizado a Hannah, ¿verdad? Me enrollo en el dedo un mechón de pelo mientras espero a que hable.

—Problemas de trabajo —responde—. Las subcontratas son poco fiables, como siempre. Pero ahora no puedo hablar. Solo quería oír tu voz.

Me emociona que sea mi voz la que quiere oír. No la de las demás. Sino la mía.

—Ojalá pudiera verte —digo.

—Podrías cogerte unos días libres. Venir en coche y pasar un par de días en Portland conmigo…

Casi se me cae el teléfono de la excitación.

—¿En serio? ¿Te… te gustaría?

Mientras hablo me estoy mirando en el espejo del vestidor. Llevo el pelo más largo que nunca; necesita peluquería. Me acaricio un mechón y me pregunto si mi peluquera podría atenderme antes de marcharme. Una escapada parece un buen motivo para acicalarme un poco.

—Pues claro —responde—. Ven mañana. Tienes todos los días de vacaciones que aún no has utilizado.

Mis ojos recorren el mobiliario del dormitorio, las maderas blancas, las cestas rústicas. A lo mejor un cambio de escenario es justo lo que necesito. Últimamente, no me siento yo.

—¿Y dónde me alojaría?

—Espera un momento…

Su voz queda amortiguada cuando oigo a alguien en el otro extremo de la línea diciéndole alguna cosa, pero enseguida vuelve a estar conmigo.

—Tengo que irme. Reservaré una habitación en el Dossier. ¿Nos vemos mañana?

Me gustaría preguntarle por Lunes y Martes, si tiene pensado dejarlas plantadas para estar conmigo, pero tiene prisa.

—Estoy emocionadísima —dijo—. Nos vemos mañana. Te quiero.

—Yo también te quiero, pequeña.

Y cuelga.

Llamo enseguida al trabajo y lo arreglo todo para que me cubran tres turnos; luego llamo a mi peluquera, que me informa de que ha tenido una cancelación y puede atenderme en una hora. Dos horas más tarde, de nuevo en casa, con el tinte recién hecho y un buen corte de pelo, voy al vestidor para preparar la maleta. No me acuerdo del papel que encontré, ni de Hannah Ovark hasta que cojo el MacBook, que quiero llevarme también. Me dejo caer en el sofá y fijo la vista en la pantalla, la prueba de mi acoso. La pantalla principal sigue abierta en Facebook y su cara sonriente me mira. Hacer esto a plena luz de día parece distinto, más deliberado y taimado. Dudo, y el ratón se queda parado antes de entrar en el perfil. Sé que en cuanto tenga información sobre ella no podré dar marcha atrás, que todo quedará impreso para siempre en mi cabeza. Contengo la respiración y entro en el perfil, pero cuando la pantalla se carga, veo que lo tiene configurado en privado. Con mala cara, cierro el navegador y apago el ordenador.

Hannah parece más una supermodelo que una surfista. Tiene los labios carnosos y perfectos y el tipo de pómulos que solo se ven en las modelos escandinavas.

A la mañana siguiente me despierto pensando todavía en Hannah. Y cuando cargo con mi bolsa hasta el garaje, intento ahuyentar la imagen de su cara de mi cabeza. Pero en el último momento, vuelvo al ascensor, subo a mi apartamento, cojo el papel que había dejado en la mesita de noche y lo guardo en el bolsillo más escondido de mi cartera. Por si acaso necesito su dirección. Aunque ¿por qué iba a necesitarla?, me pregunto mientras me abrocho el cinturón y salgo del garaje.

Por si acaso... Por si acaso quiero ver cómo es en carne y hueso. Por si acaso quiero mantener una conversación con ella. Por ese tipo de «por si acaso». Estoy en mi derecho, ¿verdad? Estoy en mi derecho de saber con quién comparto mi marido. Tal vez me esté cansando de preguntármelo constantemente.

El viaje en coche hasta Portland es de aproximadamente dos horas si los dioses del tráfico se sienten generosos. Bajo la ventanilla y subo la música. Cuando tengo el pelo completamente alborotado, decido descansar un poco de música y llamar a Anna, mi mejor amiga. Hace unos meses, Anna se fue a vivir a Venice Beach por un tipo que conoció por Internet.

—Es estupendo que vayas a verle —dice—. ¿Te has comprado alguna pieza de lencería para la ocasión?

—¡No! —digo—. Pero buena idea. Pararé un momento en el centro y me compraré algo. ¿Qué opinas, sexi en plan guarro o sexi elegante?

—Guarro, sin lugar a duda. A los hombres les encanta pensar que se están follando a una zorra.

Río por lo basto de su lenguaje.

—Oye —dice, cuando hay una pausa en la conversación—. ¿Qué tal todo desde…?

—Bien —le suelto. La corto antes de que pueda decir nada más. Hoy no quiero entrar en el tema. Hoy, Seth y yo tenemos una escapada sexi—. Mira, tengo que dejarte. Estoy ya delante del hotel. ¿Te llamo la semana que viene?

—Cuando quieras —responde, aunque su voz no suena muy segura.

Pero esa es Anna, siempre preocupándose. Fuimos juntas al instituto y luego fuimos compañeras de habitación en la universidad. Cuando se la presenté a Seth, le encantó mi novio, pero algo fue cambiando entre ellos y la actitud de Anna se volvió inconfundiblemente agria. Igual que he hecho con cualquier otra persona de mi entorno, he decidido mantener también con Anna el secreto de mi vida y, en consecuencia, no tiene ni idea de que existen las otras. Siempre imaginé que Seth perdió su atractivo cuando ella lo conoció mejor y que por eso cambió de actitud. Anna y yo tenemos gustos distintos en lo que a los hombres se refiere y sus novios nunca me han gustado, ¿por qué culparla, pues, si no le gusta mi marido?

Aparco yo misma el coche y evito al aparcacoches para poder salir luego corriendo, antes de que llegue Seth, a comprarme alguna prenda sexi en uno de los grandes almacenes de la ciudad. La foto de Hannah sigue presente en mi cabeza. No me extraña que Seth no quiera que sepa nada de ella. Subo a la habitación, observo mi cara en el espejo y me pregunto qué debe de ver Seth en mí. Siempre me he considerado moderadamente atractiva, al estilo de la típica vecina de al lado. Pero teniendo una mujer como Hannah, ¿por qué continuar con una esposa con un pelo castaño de lo más soso y la nariz cubierta de pecas? Tengo buen tipo —mi pecho ha llamado la atención a los hombres desde que cumplí los dieciséis—, pero no soy alta, ni delgada, y mucho menos elegante. Tengo las caderas redondas, igual que el trasero. Seth, que se autoproclama hombre de culos, siempre me acaricia el trasero cuando nos abrazamos. Y siempre me hace sentir sexi y guapa… hasta que vi la foto de Hannah, claro está. O es un hombre de gustos variados o colecciona esposas por el simple hecho de coleccionarlas. Ver la fotografía de Hannah ha despertado mi curiosidad por Martes, pero sé de sobra que Seth jamás me revelará su nombre. Se enfadaría muchísimo si se enterara de que he estado fisgoneando el perfil de su esposa embarazada.

Miro el reloj y veo que es hora de comer. Decido ir en coche hasta el Nordstrom del centro y comer algo rápido allí mismo. Portland es una ciudad más sencilla que Seattle, que es un lío de calles de una sola dirección y peatones de piernas veloces. Me cuesta poco orientarme por las calles estrechas de la ciudad y estaciono en un aparcamiento a una manzana de distancia de los grandes almacenes. Elijo un conjunto de sujetador y braguita de encaje negro y un batín transparente para encima y me acerco a una caja.

—¿Alguna cosa más? —pregunta la vendedora, rodeando la caja registradora para hacerme entrega de la compra.

—Sí —me oigo decir—. ¿Podría decirme si Galatia Lane queda muy lejos? Es que no soy de aquí.

—Oh —responde—. Está en las afueras de la ciudad. A unos seis kilómetros. Una callecita preciosa, con casas victorianas restauradas encantadoras.

—Umm… —digo, forzando una sonrisa—. Muchas gracias.

Voy directamente; los neumáticos chirrían al rozar la acera cuando paro. Sin soltar todavía el volante, bajo la cabeza para observar las casas. No es demasiado tarde para marchar. Es tan sencillo como poner primera y no volver la vista atrás. Mientras decido, tamborileo con los dedos el volante y mis ojos van saltando de casa en casa. Ya que estoy aquí, ¿qué tiene de malo echar un vistazo? Aun en el caso de que Hannah Ovark no sea Lunes, el barrio es bonito. Dejo la bolsa de Nordstrom en el asiento delantero, salgo del coche, echo a andar por la sombreada acera y contemplo maravillada las casas. Parecen casitas de un pastel: torrecillas, jardineras en las ventanas, vallas de color blanco, todas están pintadas con colores de cuento infantil. Una de color rosa claro, otra azul Tiffany, hay incluso una casa del color del helado de chocolate con menta, con persianas en marrón intenso. Recuerdo la sensación de los trocitos de chocolate helado entre los dientes, cómo aspiras con fuerza para conseguir desprenderlos. Un barrio de nostalgia. Sería de lo más fastidioso que Lunes viviera aquí. Recuerdo mi apartamento en la ciudad, apilado encima de una docena de apartamentos más, pienso en la cantidad de gente que vive en vertical en espacios pequeños, en altura. Sin magia, sin pintura de chocolate con menta, con largos viajes en ascensor y vistas sobre la ciudad. Me pregunto cómo debe de ser la vida en un lugar como este. Y ando tan inmersa en mis pensamientos que paso de largo el número 324 y tengo que dar marcha atrás.

La casa de Hannah es de color crema, con la puerta pintada en negro mate. Las ventanas tienen persianas verdes y hay macetas con pequeñas plantas de hoja perenne. El jardín está lleno de plantas, no de flores, está repleto de verde. La veo con otros ojos, una mujer que prefiere las plantas de hoja perenne a las flores, las cosas que viven. Paso cinco minutos mirando, admirando el conjunto y de pronto, el sonido de una voz me hace dar un brinco.

—Mierda —digo, llevándome la mano al corazón.

Cuando me vuelvo, ella también está mirando la casa, una rubia con varios mechones de pelo enmarcándole la cara. Tiene la cabeza ladeada, como si realmente estuviera estudiando también la casa.

—Encantadora, ¿verdad?

Mis pensamientos se reordenan alrededor de su rostro. Es una respuesta tardía, la de reconocer en carne y hueso a alguien a quien solo has visto en pantalla. Hay que encajar las facciones, la piel retocada con la piel real.

Hannah. Casi se me sale el corazón del pecho al verla. He quebrantado una regla, he violado los términos de un contrato. Siempre me he preguntado qué les pasa a los ciervos, por qué no echan a correr cuando ven un coche que avanza a toda velocidad hacia ellos. Pero aquí estoy yo, paralizada, con el corazón retumbándome en los oídos.

—Lo es —digo, a falta de algo mejor que decir. Y añado—: ¿Es tuya?

—Sí —responde alegremente—. Ya era propiedad de mi marido antes de que nos casáramos. Y después de la boda la remodelamos. Mucho. Muchísimo trabajo —dice, casi resoplando—. Por suerte, mi marido se gana la vida con esto, así que se ocupó él de todo.

«Os quiero a todas igual». ¿No es eso lo que dice siempre? ¡Igual! Pero aquí está ella, con una casa que parece salida de *Design and Home* mientras yo me marchito en un bloque de pisos. Claro que ella es la típica a la que le comprarías una casa, mientras que yo soy la típica que recibe una tarjeta de crédito. Va vestida con un kimono floreado, camiseta de tirantes y vaqueros. Por encima de la cintura del pantalón se atisba una franja de barriga, lisa y tensa. No me extraña que Seth no nos quiera cerca la una de la otra: me moriría de inseguridad.

—¿Te apetece entrar a verla? —me pregunta de repente—. La gente llama a menudo a la puerta para que se la enseñe. Nunca imaginé que ser propietaria de una casa fuera a hacerme tan popular.

Cuando ríe es una risa ronca y me pregunto si será fumadora. «Nunca más», me digo, mirándole de reojo el vientre. Es demasiado plano para contener vida, demasiado vacío. Me vienen a la cabeza pensamientos sobre cómo consiguió su embarazo... sus largas piernas enlazando el cuerpo de Seth, él impulsándose de forma implacable dentro de ella.

—Sí, me encantaría.

Las palabras salen de mi boca sin que pueda evitarlo. «Sí, me encantaría». Ojalá pudiera darme un bofetón. Pero la sigo por el camino de acceso a la puerta de entrada y ella saca la llave. Del llavero cuelga una minúscula sandalia de plástico. La palabra está prácticamente borrada, pero consigo todavía ver las letras «M-e-c-o» de México. Noto de inmediato una tensión en el estómago. ¿Habrá ido allí con Seth? Dios mío, la de cosas que no sé. Hannah parece estar peleándose con la llave. La oigo maldecir por lo bajo.

—Esta maldita llave siempre se queda enganchada —dice, cuando finalmente consigue hacerla girar.

Entro detrás de ella y miro por encima del hombro cada pocos segundos para asegurarme de que no viene nadie. «Esto no es tu barrio —pienso—. ¿Qué importa si alguien te ve?». Hannah es incluso más guapa al natural que en foto y, encima, también es agradable. Lo bastante agradable como para abrir su casa para enseñársela a una perfecta y boquiabierta desconocida. «No tan desconocida», me digo, siguiéndola. Al fin y al cabo, compartimos el mismo pene.

Estoy al borde de soltar una carcajada típica de una maniaca cuando se me forma un nudo en la garganta. Emito un pequeño «ejem» para eliminarlo mientras Hannah deposita las llaves en un colgador decorativo y se vuelve hacia mí con una sonrisa. La casa cruje a nuestro alrededor, reafirmando con delicadeza su edad. Los suelos de madera están relucientes e inmaculados, son de la típica caoba rústica que me habría gustado instalar en el apartamento. Seth vetó en su momento mi elección porque quería algo más moderno y por eso nos decantamos por una pizarra gris. Pongo el pie en el primer peldaño de una escalera de forma curva, sin saber muy bien si debería o no descalzarme. Tengo la extraña sensación de haber estado antes aquí, aunque sé que es imposible. Hannah no hace ningún gesto para darme instrucciones, de modo que me descalzo y dejo los zapatos al lado de la escalera. Dos zapatos planos de color rosa en medio de tanto beis. A mi derecha hay una mesa antigua con un jarrón cargado de buganvilias de tonalidades intensas. No hay fotografías familiares en ningún lugar que alcance mi vista, lo cual agradezco. ¿Cómo te sentirías viendo a tu marido posando en fotografías familiares con otra mujer? Todo está dispuesto a la perfección y con un gusto exquisito. Hannah tiene ojo para la decoración.

—Es una casa encantadora —digo, y noto mi mirada hambrienta por asimilarlo todo.

Hannah, que se ha descalzado también y se ha puesto unas zapatillas de seda, me sonríe. Sus pómulos nórdicos son afilados y sonrosados. La cara de Seth es de ángulos marcados, con mandíbula cuadrada y nariz larga y recta. Me pregunto qué criatura divina habrán creado entre los dos y se me encoge el estómago al pensar en su bebé. Su bebé. Su viaje a México. Su casa.

—Me llamo Hannah, por cierto —dice.

Me guía escaleras arriba. Y entonces empieza a contarme detalles sobre el hombre que construyó la casa para su esposa hace cien años y yo pienso en que la última esposa de Seth, la más aventajada, está viviendo en ella. Hace justo un año que accedí a todo esto. Nuestros planes se frustraron, pero el amor sigue ahí. Siempre quise complacerle, supongo que igual que Martes, cuando accedió a mi presencia.

Me enseña varias habitaciones y dos cuartos de baño remodelados. Busco fotografías, pero no hay ninguna. Luego me guía hacia la planta baja para que vea el salón y la cocina. Me enamoro de la cocina de inmediato. Triplica en tamaño la cocina minúscula de mi apartamento y hay espacio suficiente para preparar varios banquetes a la vez. Al ver la cara que estoy poniendo, Hannah sonríe.

—No siempre fue tan enorme. Decidí prescindir del segundo salón para poder ampliar la cocina. Nos gusta recibir gente.

—Es preciosa —digo.

—Antes, los armarios de la cocina eran de color amarillo y el suelo estaba embaldosado en blanco y negro.

Arruga la nariz mientras habla, como si solo pensar en cómo era antes le resultara desagradable. Me imagino a la perfección la antigua cocina, con armarios del color de la mantequilla, probablemente pintados a mano por el primer propietario.

—La odiábamos. Sé que lo correcto es valorar el encanto de lo antiguo, pero me moría de ganas de cambiarlo todo.

Plural. Otro *shock*. A mi Seth no le gusta recibir gente en casa. Intento imaginármelo aquí de pie, con las vigas de este techo por encima de su cabeza, cortando cebolla en la isla de mármol mientras Hannah saca alguna cosa del horno doble. Es demasiado, y de repente me siento mareada. Me llevo una mano a la cabeza y busco una silla donde poder apoyarme.

—¿Te encuentras bien?

La voz de Hannah suena preocupada. Aparta un taburete de la isla y me siento.

—Te serviré un vaso de agua —dice.

Vuelve con un vaso grande de agua y bebo, preguntándome cuándo tiempo hace que no bebo nada. Durante la comida bebí té, y una copa de vino rosado. Lo más probable es que esté deshidratada.

—Una cosa, Hannah, acabas de invitar a una desconocida a entrar en tu casa. Podría ser una asesina en serie o algo por el estilo. Y ahora me ofreces un vaso de agua —digo, meneando la cabeza—. No puedes hacer estas cosas.

Su rostro adquiere picardía cuando sonríe, sus ojos brillan de forma endiablada. Es bastante más joven que yo, pero tiene también algo que la hace parecer regia y mayor. Dudo que haya bebido muchas Mike's Hard Lemonades y se haya pasado noches enteras vomitando como yo cuando era adolescente. No, esta mujer es demasiado estupenda, demasiado responsable y demasiado bien hablada. Entiendo lo que le vio Seth, la elegancia. La madre perfecta para el hijo perfecto.

—Es el momento ideal para picar alguna cosa —dice con alegría—. Y yo no he comido aún.

Abre la nevera, luego va a la despensa y, canturreando, va sacando cosas. Y cuando vuelve, lo hace con un surtido de quesos, galletas saladas y frutas dispuestas de forma muy artística y experta sobre una tabla de madera. Siento cierta familiaridad con ella, con su buena disposición para dar de comer a una desconocida. Yo habría hecho lo mismo. Como unos trocitos de queso y enseguida me siento mejor.

Mientras comemos, me cuenta que es fotógrafa *freelance*. Le pregunto si las imágenes enmarcadas que hay en el pasillo son suyas. Su rostro se ilumina cuando me dice que sí. Y vuelvo a preguntarme por qué no habrá fotos de familia. Cabría pensar que una fotógrafa debería tener montones de imágenes repartidas por su casa.

—¿Y tú a qué te dedicas? —me pregunta, y le cuento que soy enfermera.

—¿Aquí, en el Regional? —quiere saber, interesada.

—No, no. Estoy aquí de fin de semana con mi marido. Vivo en Seattle.

No me extiendo en detalles. Me da miedo delatarme. Charlamos un rato más sobre hospitales y sobre la restauración de la preciosa casa de Hannah y me levanto.

—Ya te he robado bastante tiempo —digo, sonriéndole con

calidez—. Ha sido muy amable por tu parte. ¿Puedo invitarte a comer la próxima vez que venga de visita a la ciudad?

—Me encantaría —responde con entusiasmo—. No soy de Oregón. Me vine a vivir aquí con mi marido y aún no he hecho muchas amistades.

—Oh, ¿de dónde eres?

Ladeo la cabeza e intento recordar si Seth me ha comentado alguna vez de dónde es.

—De Utah.

Me escuece la piel. Seth es de Utah. ¿Conocería a Hannah cuando vivía allí? No, es imposible. Martes es su primera esposa; había estado con ella en Utah. Y entre Seth y Hannah hay bastante diferencia de edad, así que no es probable que estudiaran juntos. Hannah saca el teléfono del bolsillo posterior de su vaquero y le doy mi número para que pueda anotarlo.

Me dirijo al vestíbulo y vuelvo a calzarme. De pronto, estoy desesperada por salir de la casa. ¿En qué estaría yo pensando? Seth podría pasar por casa durante su pausa para comer y encontrarme con Hannah. ¿Qué diría si descubriera juntas a dos de sus esposas? Voy hacia la puerta y me agacho para colocarme bien el zapato por la parte del talón. Y es entonces cuando veo la esquirla de cristal en el suelo, cerca de la ventana, de unos cinco centímetros de largo y dentada. La recojo y la sostengo sobre la palma de la mano. Veo un clavo en la pared, donde en algún momento debió de colgar un marco. Me vuelvo y le enseño el cristal a Hannah.

—Estaba en el suelo —digo—. No me gustaría que te cortaras el pie…

Lo coge y me da las gracias, pero me doy cuenta de que está sonrojada hasta el cuello.

—Debe de ser de la foto que tenía colgada aquí. Hubo un accidente y se desprendió de la pared.

Hago un gesto de asentimiento. Son cosas que pasan. Pero entonces, cuando retira la mano sujetando con cuidado el cristal entre dos dedos, veo que tiene el antebrazo lleno de moratones. Que están volviéndose amarillentos. Aparto rápidamente la vista para que no me sorprenda mirándola y abro la puerta.

—Adiós, hasta la próxima —digo.

Me saluda con la mano antes de cerrar la puerta.

De camino de vuelta al coche no puedo dejar de pensar en los moratones. ¿Eran como marcas de dedos? «No —me digo—, te estás imaginando cosas».

CINCO

Cuando llegue al hotel, tendré solo tiempo suficiente para darme una ducha rápida antes de salir para reunirme con Seth para cenar. Por el camino, estoy distraída y casi me estampo contra una furgoneta de reparto que está parada en un semáforo en rojo. «Hannah, Hannah, Hannah». Su cara flota ante mis ojos. Me pongo el vestido negro que tanto le gusta, ceñido en los lugares más adecuados, y me dejo el pelo suelto sobre los hombros. Debajo del vestido llevo el conjunto de lencería que me he comprado. El encaje me pica y mentalmente he hecho comparaciones sobre cómo le sentaría a Hannah. Será una buena noche, me digo. Tengo ganas de estar con él en nuestro tiempo robado. Es como si estuviera cometiendo una infidelidad y esto me excita. Hannah tal vez sea todo lo que yo no soy, pero él ha elegido pasar esta noche conmigo. Lo llamo para comprobar la hora de la reserva y cuando me responde, su voz me calienta justo allí donde toca.

—¿Cuánto has gastado? —pregunta.

Bromea, por supuesto. Le gusta hacerse el tacaño cuando yo gasto dinero, pero luego le encanta ver las cosas que compro y hacer comentarios. Es un esposo interesado, lo cual es excepcional.

—Mucho —respondo.

Ríe.

—Me muero de ganas de verte. Llevo todo el día distraído en el trabajo pensando en esta noche.

—¿Vendrás aquí o voy yo? —pregunto.

—Quedamos mejor allí. ¿Has traído ese vestido negro que tanto me gusta?

—Claro —digo, sonriendo un poco.

La mayoría de los días sigo sintiendo mariposas en el estómago cuando oigo su voz por teléfono. A veces, eso me hace sentir una mujer fácil, como si a él le bastara con utilizar ese susurro profundo para deshacerme en sus manos. Pero hoy noto una ausencia de emoción cuando lo escucho. Siento una leve desconexión en algún rincón de mi cabeza. Charlamos como normalmente, pero mi corazón no está por la labor. Tal vez el hecho de haber visto a Hannah, la otra esposa, me haya cambiado. Lo haya vuelto todo real y haya dejado de ser una situación de la que me siento emocionalmente desapegada. Su bebé. Su viaje a México, su casa. Ojalá tuviera tiempo para tomar una copa, pienso tristemente cuando cojo el abrigo que he dejado en el asiento.

Cuando le doy las llaves al aparcacoches, veo que Seth está ya esperándome. El restaurante es coqueto y romántico, un lugar donde las nuevas parejas acuden para conectar y las parejas antiguas acuden para reconectar. Al ver las servilletas de lino blanco y los delantales hasta los tobillos que lucen los camareros, me emociono al pensar que es el local elegido por él para nuestra noche juntos. La recepcionista nos acompaña hasta una mesa en un rincón; tomo asiento de cara a la ventana. Y en lugar de sentarse delante de mí, Seth se coloca a mi lado.

Miro a mi alrededor para ver si alguien nos está observando, si alguien se fija en nosotros. Cuando descubro que nadie nos está señalando y riéndose, me relajo.

—Jamás pensé que sería una chica de esas —digo, bebiendo un poco de agua.

—Nos reíamos de ellos, ¿te acuerdas? —Seth suelta una carcajada—. De esas parejas guarras…

Sonrío.

—Sí, pero me doy cuenta de que nunca tengo suficiente de ti. Supongo que es porque tengo que compartirte.

—Soy tuyo —dice Seth—. Te quiero mucho.

Su voz me parece plana. ¿Habrá sonado siempre así? «Te estás volviendo paranoica y quisquillosa hasta no poder más —me digo—. Él no ha cambiado, la que ha cambiado eres tú».

Resulta difícil no preguntarse cuán a menudo dice esto mismo a las demás. El rostro de Hannah me ocupa la cabeza y experimento una oleada de inseguridad. Por eso Seth nos mantiene separadas, para que no nos obsesionemos con los celos y con las demás y nos centremos, en cambio, en nuestra relación con él. Reprimo mis sentimientos. Es lo que tengo que hacer: compartimentar, organizar, priorizar.

Seth pide un filete y yo me decanto por el salmón. Charlamos sobre el hospital y sobre la casa que él está construyendo en Lake Oswego para una actriz retirada. Todo muy banal y muy normal, la típica pareja casada comentando los pequeños detalles de sus respectivas vidas. Casi empiezo a sentirme mejor y noto que el vino está ablandando los perfiles rugosos de mi ansiedad, hasta que veo a una chica rubia acercarse a la recepcionista con un recién nacido en brazos. Lo único visible es la coronilla de la cabeza del bebé, el pelo oscuro que sobresale por encima del arrullo que lo envuelve. El calor de los celos me sacude con fuerza. Siento como si no pudiera respirar, pero no puedo apartar los ojos de la escena. La pareja de la mujer la acaricia con ternura, luego le pasa un brazo protector por encima de los hombros y ambos contemplan, juntos, su diminuta creación. Me quedo paralizada, los observo con todo detalle, y la ya conocida oleada de dolor se apodera de mí. Comparten esa intimidad porque han creado juntos un niño. No, eso no se aplica a todo el mundo. Hay mucha gente que tiene hijos en común y solo tienen eso. Pero no puedo evitar pensar en Hannah y Seth, en que tendrán algo en común que yo nunca tendré.

Seth ve que los estoy mirando y me coge la mano.

—Te quiero —dice, mirándome con preocupación.

A veces pienso que adivina que estoy pensando en ellas —en las otras— y entonces me avasalla con palabras. Palabras para apaciguar a la segunda esposa, la estéril. «No has podido darme lo que más deseaba en este mundo, pero ¡oye! Aún te quiero muchísimo».

—Lo sé.

Sonrío con tristeza y aparto la vista de la familia feliz.

—Eres más que suficiente para mí —dice—. Lo sabes, ¿verdad?

Me gustaría arremeter contra él, decirle que si soy suficiente, por qué va a tener un hijo con otra. ¿Por qué hay otras? Pero no lo hago. No quiero ser una sensiblera, una quejica. Mi madre era una quejica. Crecí viendo la cara de sufrimiento de mi padre mientras ella le echaba una bronca tras otra, crecí sintiendo lástima por él. Y sus comentarios mordaces se intensificaron con la edad, igual que las arrugas en la avejentada frente de mi padre. La cara de mi padre era como cuero repujado, mientras que la de ella era una fachada de bótox y rellenos.

—Te veo cansado —digo.

—Lo siento —replica—. Ha sido una semana de trabajo muy dura.

Muevo la cabeza en un gesto de comprensión.

—¿Puedo hacer algo por ayudarte?

Cuando Seth me mira, sus ojos muestran cariño. Busca mi mano y sus labios esbozan una media sonrisa sexi.

—He elegido esta vida y todo lo que ello implica. Salgo adelante. Pero estoy preocupado por ti. Después de…

—No te preocupes por mí. Estoy bien.

Intento tranquilizarlo, pero es una mentira descarada y quizás, de no estar tan distraído, tan estresado, se habría dado cuenta de ello. No estoy bien, pero puedo estarlo. En un momento de debilidad he pensado que podría comentarle mis luchas internas, pero Seth ya tiene suficiente con lo suyo. Además, si Hannah puede hacerlo, también puedo hacerlo yo. Ella está esperando un bebé de un hombre con varias esposas y sin embargo, cuando he estado con ella, no he captado ninguna inseguridad. Parecía una mujer feliz. Recuerdo entonces los moratones que le he visto en el brazo, oscuros como ciruelas, que parecían marcas de dedos, y entrecierro los ojos.

—¿Qué pasa? —pregunta Seth—. Acabas de hacer esa cosa con las cejas…

Su mano busca mi muslo por debajo de la mesa, lo presiona con delicadeza y noto un cosquilleo entre las piernas. El cuerpo me traiciona la cabeza, típico de mí; no tengo control. Sobre todo en lo concerniente a Seth.

—¿Qué cosa? —pregunto, pero sé de sobra qué cosa es; simplemente me gusta que me lo diga.

—Cuando las impulsas hacia arriba y luego frunces los labios como si quisieras que te diera un beso.

—Y es que a lo mejor lo quiero —replico—. ¿Acaso no lo has pensado?

—Lo he pensado.

Seth se inclina hacia delante para besarme y noto la suavidad de sus labios pegándose a los míos. Huele a vino y a él y, de pronto, quiero que vea mi ropa interior nueva. Quiero ver el deseo alcanzándole los ojos antes de que me empuje sobre la cama. «Está muy bien desear a tu marido y que él te desee», pienso.

Estamos besándonos como dos adolescentes cuando oigo la voz de una mujer por detrás de nosotros, una voz insolente, algo enojada. Seth se aparta para mirar por encima del hombro, pero yo estoy aún aturdida e imaginándome la cama del hotel.

—Una pelea de enamorados —dice, volviéndose de nuevo hacia mí.

Veo que se trata de una pareja que está discutiendo en la barra.

Paso el dedo por el borde de la copa de vino y lo miro a los ojos. Adivino que, a pesar de que está concentrado en su vaso de agua, está aguzando el oído para saber qué dicen. Parece que esté disfrutando con el sonido de las voces, agudizadas por la tensión. Observo sus labios para ver si dice alguna cosa que indique que va a tomar partido por alguien, pero no, se limita a escuchar. Seth y yo rara vez discutimos, seguramente porque siempre me obligo a ser muy agradable con él. ¿Le he visto alguna vez perder los nervios? Repaso mis recuerdos, intentando conjurar la imagen de mi marido lo bastante rabioso como para pegar… zarandear… empujar.

—Seth —digo—. ¿Te peleas a menudo con ellas?

El vino me ha soltado la lengua y mi fachada de indiferencia se derrumba mientras estudio la cara de mi marido. No me mira a los ojos.

—Todo el mundo se pelea.

—Sí, supongo —digo, aburrida ya con su respuesta—. ¿Y por qué tipo de cosas peleáis?

Seth coge el vaso y parece incómodo. Está vacío, claro, y su cabeza se mueve en busca del camarero; pretende amortiguar mi pregunta con alcohol. Mis ojos siguen pegados a su cara. Quiero saber.

—Sobre cosas normales.

—¿Por qué respondes con evasivas?

Tamborileo con los dedos sobre la mesa. Me siento agraviada. Rara vez formulo preguntas y si lo hago, espero una respuesta. Espero respuestas a cambio de mi docilidad. Mi papel no es fácil.

—Mira, he tenido una semana muy dura, de verdad. Estar contigo es una pausa muy agradable. Y preferiría poder disfrutar de tu compañía en vez de tener que ponerme a pensar en todas las peleas que he tenido con ellas.

Noto que me ablando. Escondo las manos debajo de la mesa y sonrío, como queriéndole pedir perdón. Seth parece aliviado. No he estado correcta. ¿Por qué pasar el tiempo que estamos juntos hablando de sus otras relaciones cuando podemos concentrarnos en reforzar nuestro vínculo? Alejo de mi cabeza a Hannah y sus moratones.

—Lo siento —digo—. ¿Te apetece una copa más antes de irnos?

Seth pide dos copas más y cuando llegan, me lanza una mirada que solo puede describirse como de solemne culpabilidad.

—¿Qué pasa? Conozco esta mirada. Suéltalo.

Ríe un poco y se inclina hacia mí para darme un beso en la boca.

—Qué bien me conoces —dice, y sonríe.

Me recuesto contra el respaldo firme de cuero de la bancada y espero las malas noticias.

—De hecho, sí, tengo que comentarte un tema.

—Muy bien…

Veo que le da otro trago al *bourbon* para ganar tiempo y colocar mentalmente en orden las palabras que pretende decirme. Imagino que si se trata de algo malo, habrá ensayado cómo comunicarme lo que quiera que sea. Me irrita un poco pensar que tal vez me ha invitado a venir aquí simplemente para camelarme antes de darme la dichosa mala noticia.

—Es sobre Lunes —dice.

Se me revuelve el estómago y experimento una oleada de pánico. Ha descubierto que he ido a ver a Hannah. Se me secan los labios de golpe. Me paso la lengua por ellos para hidratarlos y empiezo a componer mentalmente las frases, las excusas que voy a darle.

—¿Lunes?

—Con el bebé todo va bien. Hasta el momento. Pero estaba pensando que no es muy buena idea que tú y yo nos vayamos de vacaciones este año con el bebé en camino y…

Sus palabras caen entre nosotros y lo único que puedo hacer es quedarme mirándolo, atónita. No es tan malo como pensaba, pero es malo.

—¿Por qué? —le espeto—. ¿Qué tiene eso que ver? Podemos ir antes de que lo tenga.

—Es precisamente por eso —dice Seth. Se acerca el camarero y Seth le entrega la tarjeta de crédito sin ni siquiera mirar la cuenta—. Cuando llegue el bebé, necesitaré tiempo libre. No puedo tomarme vacaciones. Además, las cosas andan muy liadas en el trabajo. Necesito estar presente.

Me cruzo de brazos y miro hacia la ventana. De pronto, no me siento tan especial y tan amada como hace tan solo unas horas. Me siento despechada, abandonada. No soy yo la que va a parir a su hijo —es ella— y, en consecuencia, mis necesidades son menos importantes. Dios, me ha invitado a Portland para suavizar el golpe. No ha sido una escapada romántica, sino una manipulación: las palabras cariñosas, el flirteo, la cena… darme cuenta de ello, duele.

—He sacrificado muchas cosas, Seth…

Me encojo al captar la amargura de mi propia voz. No quiero comportarme como una niña, pero que me roben mi tiempo con él me resulta insoportable.

—Lo sé. Y me duele tenerte que pedir esto —dice.

Rechazo su tono. Es como si le estuviera hablando a una cría, como si se dispusiera a darme una lección.

Lo miro, alarmada, sopesando mis ganas de soltarle una fresca que pueda dejarlo herido de verdad.

—¿Pedirme? Más bien me parece que simplemente estás comunicándomelo.

Empieza a llover y una pareja sale corriendo del restaurante y cruza la calle hacia el garaje. Viéndolos juntos, me pregunto cómo debe de ser estar con un hombre que solo te quiera a ti. Antes de Seth, salí con pocos chicos. Era una de esas muchachas serias que evitan las relaciones para centrarse en sus estudios. De haber tenido más experiencia encima, tal vez no habría accedido tan fácilmente al tipo de vida que me ofrecía Seth.

—Sabes que eso no es verdad.

Intenta tocarme la mano y la retiro para esconderla bajo la mesa, en mi regazo. Las lágrimas me escuecen en los ojos.

—Me gustaría irme —digo.

Seth tiene el atrevimiento de mirarme con mala cara.

—No puedes huir de esto. Tenemos que hablar las cosas. Las relaciones funcionan así. Cuando me casé con ella , ya sabías lo que eso implicaba. Y te mostraste de acuerdo.

Estoy tan rabiosa que cuando me levanto, vuelco el vaso de agua vacío. Empujo el asiento y echo a correr hacia la puerta. Oigo que me llama, pero nada de lo que me dice podría detenerme. Necesito estar sola, pensar en todo esto. ¿Cómo se atreve a darme lecciones sobre el matrimonio? Su camino es el fácil.

SEIS

A la mañana siguiente me despierta el sonido de la puerta al abrirse. Con las prisas por meterme en la cama, me olvidé de colgar el cartel de «No molestar». Oigo la voz de alguien que sugiere «Servicio de habitaciones» y grito un apagado «Más tarde». Espero a que la puerta vuelva a cerrarse antes de darme la vuelta en la cama y ver que tengo siete mensajes de texto y cinco llamadas perdidas de Seth. Si yo lo llamara con esta insistencia cuando no tengo noticias de él, le daría la impresión de que soy una mujer dependiente e insegura. Apago el teléfono sin leer los mensajes y me levanto para recoger las pocas cosas que he traído conmigo. Quiero estar en casa. Venir hasta aquí ha sido un error. Echo de menos la familiaridad de mi apartamento, la Coca-Cola fría que me espera en la nevera. Cuando llegue, pienso meterme en la cama y quedarme allí hasta que me toque ir a trabajar. Me gustaría llamar a mi madre o a Anna para contarles lo que ha pasado, pero de hacerlo, me vería obligada a contarles también toda la verdad y no estoy preparada para eso. Voy de camino al vestíbulo cuando pienso en Hannah y siento la necesidad urgente de volver a verla. Es la única que sabe qué es esto, la tortura de compartir a tu esposo. Con la correa de la bolsa de viaje clavándoseme en el brazo, le envío un mensaje mientras voy hacia el aparcamiento. Anoche estaba tan distraída que no recuerdo dónde aparqué el coche. Recorro arriba y abajo varias hileras de coches, cambiándome la bolsa de brazo cuando noto que me pesa ya demasiado. Cuando por fin localizo el coche y abro la puerta, veo un ramo de rosas de color lavanda en el asiento del conductor y una tarjeta apoyada en el volante. Sin ni siquiera abrir la tarjeta, traslado ambas cosas al asiento del acompañante y entro. Enciendo el motor. No quiero ni sus flores ni las disculpas. Lo quiero a él: su tiempo, su preferencia. Estoy casi incorporándome a la autopista, y por un momento me he olvidado del mensaje que antes le he enviado a Hannah, cuando el teléfono me avisa de que acaba de entrarme una respuesta. Le he preguntado si estaba libre para un desayuno tardío antes de marcharme de la ciudad. Su respuesta hace que mi corazón se ponga a latir como un loco.

«¡Me encantaría! ¿Quedamos en Orson's a las diez? Te paso la dirección.»

Tecleo la dirección en el teléfono y doy una vuelta de noventa grados. Esta mañana, antes de salir del hotel, apenas me he mirado al espejo. Mientras espero a que el semáforo se ponga en verde, bajo el parasol del coche, abro el espejito y me examino la cara. Estoy pálida y cansada, los ojos hinchados de tanto llorar. Busco el lápiz de labios en el bolso y me lo aplico rápidamente.

Orson's es un cuchitril donde sirven desayunos con un cartel con letras mayúsculas encima de la puerta de entrada. En la «O» hay un agujero del tamaño de una bola de golf donde se ven claramente varias telarañas. Entro, me recibe un olor intenso a huevos y café, y miro a mi alrededor en busca de una mesa vacía.

El local está lleno a rebosar, concurrido por el tipo de gente con el que no me imagino que fuera a entablar amistad Hannah, con sus elegantes pómulos. Crestas, pelos de color rosa, tatuajes… hay una mujer que solo en la cara lleva siete *piercings*.

Encuentro una mesa al lado de una ventana, desde donde puedo ver la puerta, y dejo el bolso en la silla vacía de delante. He estado un montón de veces en cafeterías donde la gente desesperada intenta robarte las sillas. Hannah llega diez minutos más tarde, enfundada en un vestido rojo y con zapatos planos de color negro.

Lleva el pelo recogido, pero varios mechones le caen sobre la cara, como si la hubiera pillado un vendaval.

Cuando se deja caer en la silla y se recoge los pelos sueltos detrás de las orejas, parece hecha polvo.

—Siento llegar tarde. Acababa de salir de la ducha cuando he visto el mensaje.

Se quita las gafas de sol, las deja sobre la mesa y, a continuación, se presiona con los dedos el puente de la nariz.

—¿Dolor de cabeza? —pregunto.

Hace un gesto afirmativo.

—Dolor de cabeza provocado por la falta de cafeína. Estoy intentando eliminarla, pero creo que hoy me tomaré un café.

—Iré a buscarlo si me dices qué tipo quieres —digo, levantándome.

Siento una necesidad urgente de protegerla. Hannah asiente y mira a su alrededor.

—De acuerdo, supongo que no podemos correr el riesgo de perder la mesa.

Me dice lo que quiere que le pida y me pongo en la cola de la caja. Es entonces cuando empiezo a sudar. Pero ¿qué demonios estoy haciendo? ¿Lo hago para devolvérsela a Seth? No, me digo, cuando llego ya al mostrador. Estoy buscando mi propio grupo de soporte. Necesito entenderme a mí misma, y la única manera de conseguirlo es conociendo a otra mujer que ha tomado decisiones similares a las mías. Además, encontrar un grupo de esposas de polígamos por Internet —igual que existen grupos de madres adoptivas— tampoco debe de ser muy sencillo.

Pido el desayuno y vuelvo a mi sitio con un soporte con el número de pedido que me han dado. Hannah se está mordiendo las uñas y mirando una mancha de café que hay en la mesa.

Le miro el brazo, el lugar donde ayer vi el moratón. Ha pasado a un tenue color azul.

Me ve mirando y se lo tapa con la mano. Sus uñas, con una manicura perfecta, envuelven el brazo.

—Un accidente —dice.

—Parecen marcas de dedos.

Es un comentario que hago de pasada, pero se queda sorprendida, como si acabara de darle un bofetón. La miro a los ojos. Tienen un azul tan perfecto que parecen pintados y sus pestañas se arquean gracias al rímel que parece aplicado por una mano profesional. «Todo demasiado perfecto», pienso. Cuando las cosas son tan perfectas, algo falla por algún lado.

Mientras esperamos, charla sobre otra remodelación que quiere hacer en la casa, pero me comenta que su marido le da largas. Yo asiento y sonrío, y gravito entre odiarla o enamorarme de ella. Qué desgracia debe de ser vivir en un lugar tan encantador y nunca sentirse satisfecha. ¿Estará Seth agotado por sus exigencias? Imagino que Seth me lo contará pronto, que me preguntará qué pienso sobre esa remodelación que ella quiere hacer. Al final, Seth siempre me consulta estas cosas, como si me pidiera permiso. Le diré que le dé lo que ella quiere, claro. Así quedaré bien. De pronto, Hannah cambia de tema y empieza a formularme preguntas sobre mi apartamento y sobre cómo lo tengo decorado. Su interés me adula y me confunde a la vez. Agradezco que llegue pronto el desayuno y las bebidas que hemos pedido. Miro mi plato, observo la tortilla, que es más sana que la que habría pedido de estar sola yo, y siento la necesidad desesperada de contarle algo personal.

—Anoche descubrí que mi marido está engañándome.

Hannah suelta el tenedor. Rebota contra el plato y luego gira en el aire para aterrizar en el suelo. Las dos nos quedamos mirándolo.

—¿Qué? —dice.

Su respuesta llega con tanto retraso que casi resulta graciosa. Me encojo de hombros.

—No sé muy bien cómo procesarlo. Anoche discutimos y me marché del restaurante.

Hannah mueve la cabeza en un gesto de preocupación y se agacha para recoger el tenedor. Y en vez de pedir otro, saca del bolso una toallita antibacteriana y lo limpia.

—Lo siento —dice—. Dios mío, yo aquí, parloteando sin cesar sobre… Lo siento de verdad.

Deja el tenedor y se queda mirándome.

—Es espantoso, en serio. Yo estaría para el arrastre. ¿Cómo lo haces para…?

—No tengo ni idea —digo, sinceramente—. Le quiero.

Hannah asiente, como si esta respuesta le bastara.

Me mira por encima de su plato de claras de huevo. Apenas ha tocado la comida. Me gustaría decirle que coma, que tiene un bebé que alimentar.

—Estoy embarazada —dice.

Finjo sorpresa. Tampoco tengo que esforzarme mucho porque me sorprende de verdad que me lo diga, que se lo comente a una perfecta desconocida.

Mi mirada desciende hacia su vientre, plano y firme.

—De muy poco —reconoce—. No se lo he dicho aún a nadie.

—¿Ni a tu… tu marido? —pregunto, aunque me habría gustado decir «nuestro marido».

—Sí. —Suspira—. Él sí lo sabe.

—¿Y… y está… feliz?

Ya sé la respuesta, claro —Seth estaba feliz como una puta perdiz—, pero quiero oírlo de boca de Hannah. ¿Qué le parece a ella la excitación que embarga a mi marido?

—Está feliz.

—Lo dices pero sin decirlo.

Me limpio la boca con la servilleta y la miro fijamente. Mi madre no soporta esta característica mía; dice que soy demasiado directa, pero a Hannah no parece molestarle mi afirmación. Se limpia también la boca con una servilleta de papel y suspira.

—Sí, supongo que sí. —Me mira como si estuviese viéndome por primera vez—. Me gusta que seas tan directa.

Me muerdo las mejillas por dentro para no sonreír.

—¿Y qué pasa entonces? Con alguien tendrás que hablarlo, ¿no?

Intento hacerme la despreocupada, pero noto los dedos de los pies tensos dentro de los zapatos y la pierna saltando sin parar debajo de la mesa. Me siento como una drogadicta. Necesito más, necesito oírlo todo, necesito entender.

Hannah me mira por debajo de sus pestañas negras y curvas y esboza un mohín.

—Me esconde las píldoras anticonceptivas.

Me llevo el dorso de la mano a la boca cuando me atraganto con el sorbo de café que acabo de beber. Debe de estar bromeando. ¿Seth escondiendo píldoras anticonceptivas? Seth es el tipo de hombre que consigue lo que quiere sin necesidad de hacer trampas. Aunque a lo mejor resulta que eso es solo conmigo.

—¿Cómo sabes que te las esconde? —pregunto, y dejo la taza en la mesa.

Hannah cambia de postura en la silla y mira a su alrededor, como si esperara que Seth fuera a filtrarse a través de la pared y a aparecer en cualquier momento.

—Bromeó sobre el tema y luego mis píldoras se esfumaron.

—Es similar a cuando una mujer hace agujeros en los condones para atrapar al hombre con un embarazo —digo, meneando la cabeza—. Pero ¿por qué querría atraparte con un embarazo?

Hannah cierra la boca con fuerza y aparta la vista. Se me corta la respiración y mis ojos se desplazan de nuevo hacia los moratones del brazo.

—Querías irte…

Me mira, pero no dice nada. Casi puedo atisbar la verdad en sus ojos, escondida detrás de su rápido parpadeo. Mi cabeza piensa a toda velocidad. Me resulta inconcebible imaginarme a Seth haciéndole daño a una mujer, a Seth escondiendo píldoras anticonceptivas. Quiero preguntarle si le quiere, pero tengo la lengua pegada al paladar.

—Hannah, puedes contarme lo que sea…

Pasa por nuestro lado una mujer con rastas y un bebé colgado al pecho en una de esas mochilas que llevan los *hippies*. Hannah la mira, embelesada, y me pregunto si estará imaginándose también con un bebé. Es algo que yo he hecho mil veces, imaginar el peso de un ser humano minúsculo en mis brazos, preguntarme qué debe de sentirse al saber que has creado algo tan pequeño y perfecto. Observo su bello rostro. Hannah no es lo que parece: la casa perfecta, la cara perfecta, el modelito perfecto… y luego, esos moratones. Quiero conocerla, entenderla, pero me siento más confusa a cada segundo que paso con ella. Hace tan solo unas horas, estaba furiosa con Seth, y ahora, sentada delante de otra esposa de mi marido, mi ira se transfiere a ella. Me siento absolutamente bipolar por lo que a mis emociones se refiere: en un momento dado no me fío del uno, y al siguiente no me fío de la otra. ¿Por qué habrá Hannah accedido a todo esto si no es para tener un hijo con él? Por eso… fue precisamente por eso por lo que incorporó otra esposa. Porque yo no podía darle un hijo.

—¿Fue él el que te hizo este moratón en el brazo?

Me inclino hacia delante y estudio su cara en busca de indicios de mentira incluso antes de que me responda.

—Es complicado —dice—. No fue intencionadamente. Estábamos peleándonos y me aparté de él. Entonces me agarró por el brazo. Me salen morados con mucha facilidad… —sugiere, débilmente.

—Eso no está bien.

Hannah parece desanimada, como si prefiriera estar en cualquier otro lugar en vez de aquí. Mira con anhelo hacia la puerta. Descanso una mano en su brazo y la miro a los ojos.

—¿Te había pegado antes?

Mi pregunta está cargada de intención. No solo estoy preguntándole a Hannah Ovark si su marido le pega, sino que estoy preguntándole también si mi marido le pega.

—¡No! No me pega. Mira, creo que has malinterpretado lo que he dicho.

Me dispongo a preguntarle qué es lo que he malinterpretado cuando alguien tropieza con nuestra mesa. Me aparto, pero es demasiado tarde. Veo una taza cayendo hacia mí, vaciando su contenido sobre mi ropa. La chica que llevaba la taza me mira sorprendida y se queda boquiabierta.

—Mierda —dice, dando un respingo—. Lo siento muchísimo. Está frío, gracias a Dios que es café con hielo.

Cojo el bolso para apartarlo de la trayectoria mientras un charco marrón se extiende por la mesa. Hannah está pasándome servilletas, sacándolas una a una del servilletero. La miro con impotencia e intento secarme el pantalón.

—Tengo que irme —digo.

—Lo sé. —Hace un gesto de asentimiento, como si me entendiera—. Gracias por el desayuno —dice—. Ha sido muy agradable poder hablar con alguien. No lo hago muy a menudo.

Le sonrío débilmente y pienso en la mujer con las rastas y el bebé. Está mintiéndome. Hannah Ovark esconde alguna cosa y voy a averiguar de qué se trata.

SIETE

Cuando Seth me llama, unos días más tarde, estoy en casa, acurrucada bajo una manta en el sofá. Llevo días controlando sus llamadas, desviándolo directamente al buzón de voz al primer timbrazo. Pero ahora estoy relajada después de dos copas de vino y por eso respondo. No he parado de darle vueltas a lo que Hannah me dijo, me he repetido mentalmente sus palabras una y otra vez, hasta que me han entrado ganas de llorar de frustración. Seth es el primero en hablar; su voz suena cansada aunque esperanzada.

—Hola —digo, casi en un suspiro.

Sujeto el teléfono con una mano mientras que con la otra voy repasando el dibujo del cojín que tengo en la falda.

—Lo siento —dice enseguida—. Lo siento mucho.

Parece sincero.

—Lo sé…

Mi ira se evapora, palpo a mi alrededor en busca del mando a distancia y silencio el episodio de telebasura que estaba mirando. Esos programas son la principal distracción para un corazón destrozado.

—He hablado con Hannah —dice—. Lunes se llama así.

Contengo la respiración, me incorporo hasta sentarme y tiro el cojín al suelo. ¿De verdad que acaba de revelarme su nombre? Me parece un triunfo que Seth me confíe algo que jamás ha querido compartir. Estoy prácticamente segura de que ninguna de las otras esposas sabe cómo me llamo yo. Y entonces caigo: Hannah tiene todo el poder. Es la esposa embarazada. De repente me siento claustrofóbica y mi estado de relajación queda sustituido por los nervios. Si Hannah hubiera decidido que es importante para Seth estar con ella en vez de irse de vacaciones conmigo, eso es justo lo que él haría. Por mucho que yo sea la esposa legal de Seth, el bebé me ha recolocado en el lugar de hijo mediano, y todo el mundo sabe de sobra que el hijo mediano es siempre el olvidado. Carraspeo un poco, decidida a actuar con normalidad a pesar de mis sentimientos.

—¿Y qué ha dicho?

El corazón me late con fuerza y mis uñas encuentran solas el camino hasta la boca, donde mi dentadura inicia su ataque.

Se produce una pausa en el otro extremo de la línea.

—Le he explicado que para mí es muy importante ir de viaje contigo —dice—. Que tú tienes razón. Que no puedo robarte tiempo. No es justo.

Sé que tendría que mostrarme amable, jugar el papel de la buena esposa, pero las palabras salen proyectadas de mis labios antes de que me dé tiempo a contenerlas.

—No quiero tu caridad. Quiero que quieras ir de viaje conmigo.

—Y lo quiero. Hago todo lo que puedo, pequeña.

—No me llames así, Seth.

Otra larga pausa, seguida por un suspiro.

—De acuerdo. ¿Qué quieres que diga?

La rabia florece en mi pecho. ¿Que qué quiero que diga? ¿Que me elige a mí? ¿Que solo me quiere a mí? Esto no va a pasar nunca. No firmé para que esto funcionara así.

—No quiero peleas —dice Seth—. Simplemente te he llamado para decirte que estoy pensando cómo solucionarlo. Y que te quiero.

Me pregunto si me habrá presentado ante ella como la chica mala, si le habrá contado que le he montado un pollo. ¿Y por qué tendría que importarme lo que Hannah piense de mí? Pero me importa lo que Hannah piense de mí, por mucho que no sepa quién soy. Bueno, lo sabe, ¿no? Lo que pasa es que no sabe que lo sabe, vaya lío.

—Le he dicho que para mí es importante ir —dice Seth.

Y su voz y su tono suenan como Seth. El que nunca quiere ser el malo de la película. Seth necesita complacer y ser complacido. Y me hace el amor de la misma manera, alternando entre un tierno respeto y movimientos salvajes y acometidas bruscas que me obligan a hablar como una actriz porno.

De pronto, su voz cambia y me presiono el teléfono contra el oído.

—No sé si aún me quieres ahí… el jueves…

Alejo de mí la culpabilidad que siento por ser tan dura y tener en cuenta mis sentimientos. ¿Quiero que venga? ¿Estoy preparada para verlo? Podría contarle ahora lo que hice y pedirle una explicación. Pero él podría negármelo todo y nunca más podría volver a hablar con Hannah. Seth le contaría a Hannah quién era yo y ella se sentiría traicionada por lo que yo había hecho. Existen enormes probabilidades de que esté haciendo una montaña de un grano de arena y que acabe quedando como una idiota patética delante de la única persona del mundo con la que me siento unida.

—Puedes venir —digo en voz baja.

Sé que si no lo hace, irá con una de ellas. Por mucho que esté enfadada con él, sigo siendo una mujer competitiva.

—De acuerdo —replica.

Colgamos con apenas poco más que un «Te quiero» por parte de Seth. Que sé que me quiere de verdad. Pero yo no le digo lo mismo. Quiero hacerle sufrir. Necesita saber que en un matrimonio no hay mentiras, por mucho que estés casado con varias mujeres, lo cual hace que la verdad sea aún más complicada. Pero aun así…

No sé qué hacer. Me agrío más a cada día que pasa, como la leche dejada al calor. Cuando llega el jueves, decido no preparar nada de cena, un acto de desafío. No pienso cocinar para él, no pienso hacer el numerito como si todo estuviera bien. Porque no lo está. No me arreglo el pelo ni tampoco me pongo uno de mis vestidos sexis. En el último momento, me echo un poco de perfume en las muñecas y en el escote. «Y lo hago por mí —me digo—, no para él». Cuando Seth abre la puerta, estoy sentada en el sofá en chándal, con el cabello recogido en un moño, comiendo ramen y viendo *Bravo*. Se para al llegar al umbral del salón y me observa con expresión burlona. Tengo un fideo colgando de la boca, los labios ahuecados para capturarlo.

—Hola —dice.

Lleva una chaqueta de punto subida hasta los codos y una camiseta de color azul claro con cuello en V. Las manos hundidas en el bolsillo del pantalón vaquero, como si no supiera qué hacer con ellas. Avergonzado. Qué encantador.

En condiciones normales, ya me habría levantado, habría corrido hacia él para que me abrazara y me sentiría aliviada de poder tocarlo por fin. Pero esta vez permanezco sentada, y el único reconocimiento que hago a modo de saludo es un débil levantamiento de cejas mientras acabo de sorber el solitario fideo. El fideo en cuestión me roza la mejilla con el movimiento y me entra en el ojo una salpicadura de caldo salado de pollo.

Observo cómo recorre el salón y toma asiento delante de mí, en uno de los silloncitos con estampado floral que elegimos juntos, una tela de color verde esmeralda en la que flotan gardenias de color crema. «Casi como si estuvieran atrapadas por el viento», dijo cuando la vio en la tienda. Me decidí por aquella tela única y exclusivamente por esa descripción.

—En la despensa hay ramen —digo con despreocupación—. De pollo y de ternera.

Espero una reacción de sorpresa, pero no la hay. Es el primer jueves en todo lo que llevamos de matrimonio en el que no he preparado una cena sofisticada.

Seth, con las manos descansando sobre las rodillas, mueve la cabeza en sentido afirmativo. Estoy maravillada con el cambio. De repente, es como si él no perteneciera a este lugar y yo sí. Ha perdido su poder y eso me gusta. Me acerco el cuenco con caldo a los labios, bebo y me relamo cuando acabo. Delicioso. Había olvidado lo bueno que puede llegar a estar un *brick* de fideos chinos. «Dios mío, qué sola estoy».

—Y bien —digo, esperando animar con ello a Seth a que diga lo que quiera que está reteniendo entre sus dientes.

Por la tensión que refleja su cara, es como si se estuviera ahogando con todas las palabras que no ha pronunciado. No puedo creer que se me haya pasado por la cabeza la idea de que este hombre fuera capaz de darle una paliza a una mujer. Examino su cara, su barbilla débil y su nariz excesivamente bonita. Resulta extraño cómo la amargura es capaz de alterar la percepción. Nunca había pensado que su barbilla fuese débil, nunca había considerado su nariz excesivamente bonita. El hombre cuya cara siempre he amado y acunado entre mis manos me parece de repente débil y patético, ha quedado transformado por el giro de ciento ochenta grados que ha dado la opinión que tengo de él.

Empiezo a cambiar canales, sin fijarme realmente en lo que hay en pantalla. No quiero mirarlo por temor a que pueda ver reflejadas en mis ojos las cosas tan feas que estoy sintiendo.

—Pensaba que sabría hacerlo —dice.

Le concedo una mirada antes de seguir zapeando.

—Hacer ¿el qué?

—Amar a más de una mujer.

La carcajada que brota de entre mis labios es cortante y horrorosa.

Seth se queda mirándome, entristecido, y siento una punzada de culpabilidad.

—¿Y quién sabría hacer una cosa así? —pregunto, moviendo la cabeza—. Dios mío, Seth. El matrimonio con una persona ya es complicado de por sí. Y en una cosa tienes razón —digo, dejando el mando a distancia en el sofá y volcando en él toda mi atención—: Me siento decepcionada. Me siento traicionada.

Estoy… celosa. Una mujer va a tener un hijo tuyo, y esa mujer no soy yo.

Es lo máximo que he dicho nunca sobre nuestra situación. Y de inmediato quiero dar marcha atrás, tragarme mis palabras. Mi tono ha sonado a hastío. Y esa no es una versión de mí misma que quiero que Seth conozca. Los hombres prefieren una mujer mimosa y confiada, una mujer segura… es lo que dicen los libros. Es lo que decía Seth de mí cuando empezamos a salir: «Me gusta que no te sientas amenazada por nada. Eres tú, siempre, independientemente de quién esté presente…». Pero ahora no es así, ¿verdad? Hay otras dos mujeres presentes, y percibo su presencia en cada minuto de cada día. Miro a mi alrededor, el pequeño salón de mi apartamento, y mis ojos entran en contacto con las tonterías y las piezas artísticas que Seth y yo elegimos juntos: un cuadro de un paisaje marino inglés, un cuenco de madera de deriva que encontramos en Port Townsend cuando no llevábamos ni un año de casados, una montaña de libros con encuadernación lujosa que juré que necesitaba pero que jamás he hojeado. Todos los objetos que forman parte de nuestra vida, aunque ninguno esté lleno de recuerdos ni represente una vida de unión, como sí representaría un bebé. Nuestra existencia conjunta es superficial. Si no hay hijos, ¿qué hay? ¿Sexo? ¿Compañerismo? ¿Acaso hay algo más importante que traer una vida al mundo? Sin pensarlo, me llevo una mano al vientre. Eternamente vacío.

OCHO

Han sido tres días milagrosamente soleados en Washington y el cielo nocturno resplandece con júbilo repleto de estrellas. He abierto las contraventanas justo antes de meterme en la cama para tener la sensación de que estamos acostados debajo de ellas pero ahora, que permanezco desvelada al lado de mi marido, que ronca tranquilamente, me parecen incluso demasiado brillantes. Miro el reloj y veo que no es más que medianoche cuando de pronto se ilumina la pantalla del teléfono de Seth. Lo ha dejado en su mesita de noche y me incorporo ligeramente para ver quién le manda mensajes a mi marido. Regina. Parpadeo al ver el nombre. ¿Será... Martes? A ningún cliente se le ocurriría enviarle mensajes a estas horas, y conozco el nombre de todo el personal de su oficina. Tiene que ser ella. Vuelvo a tumbarme y miro el techo repitiendo mentalmente el nombre una y otra vez: Regina... Regina... Regina...

La primera esposa de Seth es Martes. No sé si fui yo o fue Seth quien le puso ese apodo, pero antes de Hannah, éramos solo Seth y nosotras dos. Tres días eran para Martes, tres días para mí, y el día restante lo reservaba él para sus desplazamientos. La situación por aquel entonces era más segura; tenía la sensación de controlar tanto mi corazón como el de él. Yo era su nueva esposa, resplandeciente y amada, mi chochito era una novedad y no un viejo amigo. Había, por supuesto, la promesa de tener hijos y formar una familia, y yo sería la que se los proporcionaría, no ella. Lo cual impulsaba mi posición, me daba poder.

Martes y Seth se conocieron en la universidad, en su segundo año de estudios, en un encuentro social celebrado en Navidad y organizado por uno de sus profesores de Derecho. Antes de meterse en el mundo de los negocios, Seth estudió Derecho. Cuando Seth llegó, Martes, que era también estudiante de segundo curso, estaba junto a la ventana bebiendo una Coca-Cola Light, sola y resplandeciente bajo las lucecitas de Navidad. Él se fijó de inmediato, aunque no consiguió hablar con ella hasta el final de la noche. Según el relato de Seth, Martes llevaba una falda roja y zapatos negros con tacón de diez centímetros. Nada que ver con la vestimenta desaliñada del resto de los estudiantes. Seth no recuerda nada de la blusa que llevaba ella aquel día, aunque dudo que fuera escandalosa. Los padres de Martes eran miembros del profesorado, mormones respetuosos. Ella vestía siempre de forma recatada, con excepción del calzado. Seth decía que desde el principio llevó zapatos para follar y que, con los años, su afición por el calzado se ha intensificado. Intento imaginármela: pelo castaño rata, blusa abotonada hasta el cuello y zapatos de puta. Un día le pregunté a Seth cuál era la marca de zapatos preferida de Martes, pero no supo responderme. Se ve que tiene un armario lleno. «Tienes que mirar si tienen la suela roja», me habría gustado decirle.

Ya por la noche, cuando la gente empezaba a marcharse para regresar a los dormitorios, Seth la abordó.

«Llevas los zapatos más sexis que he visto en mi vida.»

Fue su frase de presentación. Y a continuación le dijo: «Les pediría salir, pero creo que me dirían que no».

A lo que Martes le replicó: «Pues entonces, tendrías que pedirme salir a mí».

Se casaron dos meses después de la graduación. Seth afirmaba que durante los dos años y medio que estuvieron saliendo no se pelearon ni una sola vez. Lo decía con orgullo, aunque cuando me lo contó, creo que enarqué involuntariamente las cejas por considerarlo ridículo. Las peleas son el papel de lija que suaviza las asperezas durante los primeros años de cualquier relación. Evidentemente, después de eso sigue habiendo desencuentros, pero las peleas lo dejan todo al descubierto, permiten que la otra persona sepa lo que es importante para ti. Se mudaron a Seattle cuando un amigo del padre de Seth le ofreció un puesto de trabajo, pero Martes no se aclimató bien al tiempo gris y la llovizna constante de Seattle. Al principio, se sintió triste, pero más adelante adoptó una postura descaradamente hostil y acusó a Seth de alejarla de su familia y sus amistades para dejarla pudriéndose en la húmeda y horrorosa Seattle. Y luego, cuando llevaban un año casados, él la sorprendió tomando píldoras anticonceptivas y ella le confesó que no quería tener hijos. Seth se llevó un disgusto. Pasó el año siguiente intentando convencerla de que cambiara de idea, pero Martes era una mujer para la que la carrera profesional era lo primero y Seth era un hombre de familia.

Ella consiguió matricularse en un máster de Derecho en Oregón, su sueño. Llegaron al acuerdo de iniciar una relación con idas y venidas durante los dos años que le llevaría terminarlo. Cuando acabara, evaluarían de nuevo la situación y Seth buscaría trabajo más cerca de ella. Pero el negocio que dirigía Seth iba viento en popa y su inversión en tiempo y esfuerzo fue en aumento. Cuando el propietario sufrió un ictus, accedió a venderle la empresa a Seth, que llevaba gestionándola desde hacía dos años. El traslado de Seth a Oregón quedó de este modo frustrado. No quería dejar a Martes, la quería mucho, de modo que siguieron trabajando cada uno en su estado y haciendo viajes en coche, conduciendo, conduciendo y conduciendo. A veces, Martes se desplazaba hasta Seattle, pero casi siempre era Seth el que hacía los sacrificios. Le guardo rencor a Martes por eso, por ser la primera esposa, siempre muy egoísta. Seth abrió oficina en Portland en parte para estar más cerca de Martes, y en parte también porque era una buena oportunidad para el negocio. Cuando nos conocimos, le pregunté por qué no se había divorciado de ella para seguir adelante con su vida. Me miró casi con pena y me preguntó si alguna vez me habían abandonado. Y me habían abandonado más de una vez, claro. ¿Qué mujer no ha experimentado un abandono por parte de un progenitor, un amante, un amigo? Tal vez lo dijo para intentar distraerme de la pregunta, y le funcionó. Brotaron las lágrimas, regresaron recuerdos amargos, y pensé que Seth era mi salvador. Él, pasara lo que pasase, no me abandonaría. Pero más adelante entraron en juego los celos, cuando alguien o algo amenazó mi felicidad. En aquel momento había entendido a Seth, lo había admirado, incluso. Él no la había abandonado, pero el lado negativo del tema era que no abandonaba a nadie. Simplemente se adaptaba a las circunstancias. En vez de divorciarse, buscó una nueva esposa que pudiera darle hijos. Yo era la segunda esposa. Martes, comprometida a seguir sin hijos, aceptó a divorciarse legalmente de Seth y yo me casé con él. Yo iba a ser la madre de sus hijos. Hasta… Hannah.

—¿Seth? —digo—. ¿Seth…? —repito, más fuerte esta vez.

La luna brilla al otro lado de la ventana del dormitorio y su resplandor ilumina la cara de mi marido cuando abre lentamente los ojos. He interrumpido su sueño, pero no parece que esté enfadado. Antes, Seth se ha colocado detrás de mí, me ha rodeado por la cintura y me ha besado muy despacio el cuello mientras contemplábamos la ciudad. Debo de haberlo perdonado en algún momento entre el cuenco de ramen y el rato que hemos pasado haciendo el amor, porque lo único que siento por él ahora es un amor intenso.

—¿Sí?

Su voz suena cargada por culpa del sueño y le acaricio la mejilla.

—¿Estás enfadado conmigo por lo que pasó con nuestro bebé?

Se gira para ponerse bocarriba y ya no puedo ver todos los detalles de su cara, solo el perfil de la nariz y un ojo azul verdoso.

—Es más de medianoche —dice, como si yo no lo supiera.

—Ya lo sé —digo en voz baja. Y por si acaso, añado—: No puedo dormir.

Suspira y se pasa la mano por la cara.

—Estuve enfadado —reconoce—. Pero no contigo… con la vida… con el universo… con Dios.

—¿Y por eso buscaste a Lunes?

Formar una frase con estas palabras me exige toda la valentía de la que soy capaz. Me siento como si acabara de rasgarme el pecho y me hubiera arrancado el corazón.

—Lunes no te ha sustituido —dice, al cabo de un rato—. Quiero que creas de verdad que el compromiso que tengo contigo es real. —Extiende la mano y me acaricia la cara. La calidez de su palma resulta reconfortante—. Las cosas no salieron como queríamos, pero seguimos los dos aquí y lo que existe entre nosotros es real.

No ha respondido a mi pregunta. Me paso la lengua por los labios mientras pienso cómo reformularla. Mi posición en nuestro matrimonio es inestable, el propósito que desempeño ahora no está claro.

—Podríamos haber adoptado —digo.

Seth vuelve la cara hacia el otro lado.

—Sabes que eso no lo quiero —replica en tono cortante.

Fin de la historia. He sacado a relucir el tema de la adopción en otras ocasiones y él siempre lo ha rechazado de inmediato.

—¿Y si a Lunes le pasara lo mismo… que me pasó a mí?

Vuelve la cabeza de golpe para mirarme, pero esta vez sin ninguna amabilidad. Su mirada me sorprende.

—¿Por qué dices eso? Solo imaginarlo me parece espantoso.

Se impulsa hasta quedarse sentado. Lo imito, y me apoyo en los codos hasta que los dos nos quedamos mirando hacia las ventanas y las estrellas.

—No… no quería decir eso —digo rápidamente, pero Seth está furioso.

—Es mi esposa. ¿Qué piensas que haría yo?

Me muerdo el labio y agarro las sábanas cerrando los puños; he dicho una estupidez, sobre todo teniendo en cuenta lo bien que ha ido todo durante la velada.

—Es solo que… me abandonaste. La encontraste después de…

Seth fija la vista al frente, sin ver en realidad nada. Veo el movimiento brusco de los músculos de su mandíbula.

—Sabías que quería hijos. Y estoy aquí. Estoy aquí contigo.

—Pero ¿lo estás? —contraataco—. Necesitas dos mujeres más…

—Ya basta —dice, interrumpiéndome. Se levanta de la cama y coge el pantalón—. Creía que este tema ya estaba cerrado.

Miro cómo se los pone, sin siquiera molestarse en abrochárselos antes de coger la camisa.

—¿Adónde vas, Seth? Mira, lo siento, yo solo…

Se dirige hacia la puerta y paso las piernas hacia el otro lado de la cama, decidida a no dejarlo marchar. Y menos de esta manera.

Me abalanzo sobre él, lo agarro por el brazo e intento retenerlo. Y todo sucede en un instante, me empuja de un manotazo. Me pilla desprevenida y caigo hacia atrás. Impacto contra la mesita de noche y sufro un corte en la oreja antes de aterrizar de culo sobre el parqué. Grito, pero Seth ya ha salido de la habitación. Me llevo la mano a la oreja y noto un rastro de sangre caliente en los dedos justo en el mismo momento en que oigo el portazo de la puerta al cerrarse. Me estremezco con el sonido, no porque suene muy fuerte, sino por la rabia que transmite. No tendría que haberlo hecho, no debería haberlo despertado en plena noche y empezar a llenarle la cabeza con pensamientos sobre bebés muertos. Lo que sucedió no solo fue duro para mí, sino que Seth perdió también a su hijo. Me levanto, tambaleante. Cierro los ojos con fuerza, me cubro con la mano la oreja, que sigue sangrando, espero a que pase el mareo y camino despacio hacia el cuarto de baño. Enciendo la luz para evaluar los daños. En la parte exterior de la oreja, corriendo en paralelo con el cartílago, tengo un corte de un centímetro. Me escuece. Me lo limpio con un algodón empapado en alcohol y me aplico un poco de pomada antibiótica en la herida. Ya ha dejado de sangrar, pero no de doler. Cuando vuelvo a la habitación me quedo mirando un buen rato la cama, vacía, con las sábanas arrugadas. La almohada de Seth conserva aún la hendidura en el lugar donde descansaba su cabeza.

—Tiene mucho estrés —digo en voz alta.

Me acuesto de nuevo en la cama. Pienso que mis problemas y mis inseguridades son extremas pero que, por otro lado, solo tengo un hombre al que hacer feliz. Seth tiene tres mujeres: tres conjuntos de problemas, tres conjuntos de quejas. Estoy segura de que cada una de nosotras lo presiona de una manera distinta: Lunes y su bebé, Martes y su carrera profesional... yo y mis sentimientos de inferioridad. Repliego las rodillas contra el pecho y cierro los ojos. Me pregunto si habrá vuelto con Hannah. O si esta vez será con Regina.

Me prometo a mí misma no buscarlas en Internet, respetar la privacidad de Seth, pero sé que no lo haré, Ya he cruzado una línea, entablar amistad con otra de sus esposas. Mañana, tecleáre sus nombres en el buscador para ver quiénes son. Para estudiar sus ojos, para buscar en ellos rencor, dolor... o cualquier cosa similar a lo que reflejan los míos.

NUEVE

Regina Coele es diminuta, no creo que llegue ni al metro cincuenta en sus días mejores. Me alejo del ordenador, que descansa sobre la encimera de la cocina, y abro la nevera. Son solo las diez de la mañana, pero necesito algo más fuerte que la Coca-Cola que me he abierto para desayunar. Saco la botella de vodka que tengo metida a presión entre una bolsa de guisantes y una caja de hamburguesas congeladas. Estudio la foto que aparece en la página web de Markel & Abel's, un bufete de abogados pequeño con dos despachos, uno en el centro de Portland y otro en Eugene. En la foto, Regina luce unas gafas de montura oscura sobre una nariz ligeramente respingona. De no ser por el toque de lápiz de labios de color rojo y el peinado sofisticado, podría confundirse sin problemas con una veinteañera. Lleno el vaso de zumo hasta arriba con vodka y le añado unos cuantos cubitos. Muchas mujeres se sentirían afortunadas por tener un aspecto tan juvenil. Pero me imagino que en el tipo de trabajo que desempeña Regina, necesita que los clientes la respeten y no se cuestionen si ya tiene edad para beber. El zumo de naranja no camufla la cantidad generosa de vodka que le he echado. Me paso la lengua por los dientes y pienso qué más hacer. Antes me he dicho que solo necesitaba verla, echarle un vistazo rápido. Es lo que me he prometido en silencio cuando he introducido su nombre en la casilla de búsqueda, pero ahora que la estoy mirando, quiero saber más. Bebo lo que queda de zumo con vodka y me sirvo otra copa antes de trasladarme al salón con el ordenador.

Le saco el capuchón a la pluma e instalo la libreta en el brazo del sillón, lista para ponerme a trabajar. Con caligrafía perfecta, escribo «Regina Coele» en la parte superior de la hoja y luego el nombre del bufete donde trabaja. A continuación, anoto su dirección de correo electrónico, el teléfono del bufete y la dirección postal. Tapo de nuevo la pluma, la dejo a un lado, salgo de la página web del bufete y me dirijo al lugar más evidente donde buscar a una persona. Facebook no ha oído hablar nunca de Regina Coele o, como mínimo, de la que yo ando buscando. Hay docenas de perfiles de Reginas que no se corresponden con ella, que no tienen nada que ver con lo que han averiguado ya mis dotes detectivescas. Pero no, pienso con tristeza, es evidente que nunca se le ocurriría utilizar su verdadero nombre en las redes sociales, por temor a que sus clientes pudieran buscarla.

Tecleo «Gigi Coele», «R. Coele» y «Gina Coele», sin obtener resultados alentadores. Me recuesto en el sofá, uno las manos y levanto los brazos por encima de la cabeza para estirar los músculos. Quizás no está en Facebook; hay mucha gente que se mantiene alejada de las garras intrusivas de las redes sociales. Pero entonces visualizo mentalmente las pecas, la nariz redondeada y me acuerdo de una niña que vivía en mi calle, cuando era pequeña. Georgiana Baker, o Barker, o algo por el estilo. Era muy marimacho en comparación con lo niña que era yo y le gustaba que la llamaran Georgie. Y no sé por qué, mi recuerdo de infancia de Georgie me hace pensar en Regina. Tal vez por la nariz pecosa.

Tecleo «Reggie Coele» en la barra de búsqueda de Facebook y encuentro el tesoro. Aparece de pronto una versión distinta de Regina Coele, con el pelo ondulado, perfilador de ojos muy marcado y labios carnosos. Su configuración de privacidad me restringe ver más allá de su foto de perfil, pero su manera despreocupada de abrazar a una amiga y de ir vestida con una camiseta de tirantes finos, me da a entender que esta es su versión real, nada que ver con la rigidez formal de los letrados. En cuanto la encuentro, es como sumergirse en una madriguera de información. No puedo parar y mi dedo empieza a mover el cursor del MacBook de una página web a otra. Realizo una búsqueda enloquecida y la odio en un momento y me cae bien en el siguiente. Abro los ojos de par en par asimilando la información que llevo dos años anhelando conocer y se me forma un nudo de ansiedad y excitación en el estómago. Es la otra mujer de mi esposo. Una de ellas, mejor dicho. Miro su cuenta de Instagram (privada también) y su cuenta de Twitter, que no es privada, pero la última vez que publicó algo fue hace un año. Pensando en el caso improbable de que estuviera haciendo algo que no debería, busco su nombre en una página web que conectaría a Regina (o Reggie) a cualquier página popular de citas. Y mi búsqueda da dos resultados: Choose, una página que te permite moverte a derecha o izquierda para elegir o eliminar potenciales parejas de tu zona, y GoSmart, una página web de citas más sofisticada que te empareja según los resultados del test de personalidad Myers-Briggs.

¿Por qué se apuntaría Regina a páginas de citas? Llevaba con Seth desde la universidad, cuando él no debía de tener ni pelo en el pecho, y no había habido en su relación ningún lapso de tiempo en el que ella hubiera estado soltera. Me coloco mejor en el sofá, me siento sobre mis pies, enfundados en calcetines y miró la pantalla con determinación. Tengo que averiguarlo, ¿verdad? Lo más probable es que Seth no esté al corriente de nada de todo esto y este tipo de cosas cambian por completo la vida de la gente. Cuando pienso en el tremendo dolor que le causaría saber que su amada Regina le está siendo infiel, casi cierro la tapa del ordenador.

Tal vez sería mejor no removerlo. Dejar que mis celos al rojo vivo se aplaquen sabiendo que una de las esposas de Seth es una zorra infiel. Me levanto, llevo el vaso a la cocina y luego empiezo a dar vueltas por el salón con los dedos presionándome la frente, pensando. Y entonces me doy cuenta: no puedo quedarme en la inopia. Debo descubrir los secretos de la primera esposa de mi marido o me volveré loca.

Para acceder al perfil completo de Regina necesito abrir una cuenta. Decido que voy a ser Will Moffit, propietario de una página web, que acaba de instalarse en Portland procedente de California. Cuando me piden que suba fotos, utilizo imágenes de mi primo Andrew, que está actualmente en la cárcel por robo de identidad. Qué ironía. Me siento un poco culpable, pero no lo bastante como para parar. Da igual, la verdad. En cuanto tenga la información que necesito, borraré la cuenta. Sin hacer ningún daño a nadie. Solo quiero echar un vistazo rápido. Relleno el formulario. Mis dedos se deslizan con facilidad sobre el teclado del MacBook, llenando líneas y líneas de tonterías. La película favorita de Will es *Gladiator*. Corre maratones y tiene un montón de sobrinos y sobrinas a los que quiere mucho, pero no tiene hijos. Tecleo cada vez más rápido. Me sumerjo en la información que estoy creando. Y de pronto, este hombre, Will Moffit, me parece de lo más real. Lo cual está bien. Está perfecto, de hecho. Regina también pensará que es real. Quiero la información que condene a la primera esposa de mi marido que me deje a mí en una posición favorable, de esposa fiel. «¡Mira lo que he encontrado, amor mío! ¡Ella no te quiere como yo!»

Y, de pronto, tengo toda la información delante de mí. Compilada en una página web con una esperanzadora pancarta de color verde donde puede leerse: *¡El amor de tu vida está a solo unos clics de ti!* Presionó con una mano el ratón para acceder al perfil de Regina mientras la otra tamborilea sobre mi rodilla. Tengo suerte de que no haya nadie presente para ser testigo de mi nerviosismo. Seth siempre dice que mi lenguaje corporal delata mis sentimientos.

Aparece como una divorciada de Utah de treinta y tres años de edad. Entre sus intereses destacan el senderismo, el *sushi,* leer biografías y ver documentales. Qué aburrimiento, pienso, haciendo crujir los nudillos. No he visto a Seth mirar un documental en todos los años que llevamos juntos. Me los imagino a los dos en el sofá, haciendo manitas bajo una manta, ella con una pierna por encima de la de él. No me encaja. Aunque tal vez sea porque el Seth que yo conozco es distinto al que conoce Regina. La verdad es que eso es algo que no me había planteado hasta ahora. ¿Es posible que un hombre sea distinto con cada una de sus esposas? ¿Es posible que le gusten cosas distintas? ¿Cuándo hace el amor con ellas se comporta con dureza o con ternura? A lo mejor es por eso por lo que Regina se ha apuntado a una página web de citas. Porque los dos no tienen nada en común y está buscando a alguien con quien compartir su vida, alguien que tenga sus mismos intereses.

Empiezo a mirar sus fotos y reconozco algunos lugares: el Arlene Schnitzer Concert Hall, donde Seth me llevó a ver a los Pixies hace dos años. Regina posa delante de un póster de Tom Petty; tiene las manos en las caderas y luce una sonrisa de oreja a oreja. En otra foto, está sentada en un kayak, lleva una gorra del equipo de los Mariners que proyecta una sombra que le oculta casi toda la cara y sostiene un remo por encima de la cabeza, en actitud triunfante. Miro la última fotografía y es entonces cuando la veo. Tengo que parpadear unas cuantas veces para despejar mi vista. ¿Cuánto tiempo llevo mirando la pantalla? ¿Me estará jugando una mala pasada el cerebro?

Me levanto, dejo el MacBook en la mesita de centro y me acerco al mueble bar para prepararme una copa de verdad. Sin zumo de naranja para amortiguar el sabor del alcohol. Me sirvo dos dedos de *bourbon* y vuelvo al sofá. No estoy del todo segura de lo que he visto, y a lo mejor es que no he visto nada, pero la única forma de saberlo con seguridad es volver al ordenador y mirar lo que acaba de espantarme tanto. Me inclino hacia delante y toco la barra espaciadora. La pantalla se ilumina y veo que la foto de Regina sigue allí. La miro un instante y entrecierro los ojos antes de volver la cabeza. No puedo estar segura del todo, no hay suficiente como para estar segura del todo. Es una fotografía de Regina delante de un restaurante y está rodeando con el brazo los hombros de una amiga. Ha recortado la foto para que se vea solo ella, pero allí, a su lado, se ve el fino perfil de una mujer mucho más alta y mucho más rubia. Una mujer que sorprendentemente se parece mucho a Hannah Ovark. Le doy al icono que dice «Enviar mensaje» y empiezo a escribir.

DIEZ

Cuando a la tarde siguiente voy en coche al trabajo, estoy tan absorta en mis pensamientos sobre las esposas de mi marido que paso de largo el desvío hacia el hospital y pierdo veinte minutos en dar la vuelta y sortear el tráfico que me encuentro por el camino. Maldiciendo para mis adentros, estaciono de mala gana en el aparcamiento para empleados y subo los peldaños de dos en dos en vez de esperar el ascensor. Después de comer me he concentrado en redactar un mensaje para Regina de parte de Will. Al final, he sido breve: «¡Hola! Soy nuevo en la zona. Veo que eres abogada. Genial. Has aparecido en mis coincidencias y he pensado en escribirte. Y la verdad es que creo que soy bastante torpe escribiendo. Nadie dijo que fuera bueno en esto de las citas». He terminado el mensaje con una cara sonriente y le he dado a «Enviar». Creo haber mostrado un encanto lo bastante autocrítico como para llamar la atención de una mujer. Es como si Will estuviera proclamando a gritos «¡Soy sincero y tu éxito no me supone ninguna amenaza!», o eso me ha parecido a mí. En el improbable caso de que Regina le responda, jugaré con ventaja para conocerla.

—Llegas tarde —dice Lauren, una de las enfermeras, mirándome con mala cara cuando cruzo la puerta.

¿Por qué la gente siempre siente la necesidad de decirte que llegas tarde, como si tú no lo supieras ya de sobra? Tenso la mandíbula. Odio a Lauren. Odio su perfección y su puntualidad, la facilidad con la que gestiona a los pacientes difíciles, como si disfrutara haciéndolo. Le encanta mandar: una generala guapa y rubia.

Relajo la expresión, en un intento de simular que lo siento, y murmuro algo sobre el tráfico mientras intento abrirme paso por su lado. Pero ella empuja la silla para alejarse del ordenador, me intercepta y me mira de arriba abajo.

—Vaya pinta que llevas —dice—. ¿Qué pasa?

Lo último que deseo es tener que darle explicaciones a Lauren Haller, la sabelotodo. La miro mientras pienso qué responder.

—No he dormido bien. A veces, este horario resulta jodido, no sé si me explico.

Miro con anhelo la sala de descanso y espero que me deje pasar. Lauren me evalúa unos instantes, como si estuviera decidiendo si me cree o no, hasta que al final hace un gesto de asentimiento.

—Te acostumbrarás. A mí me pasó igual el primer año, estaba tan cansada que no daba pie con bola.

Reprimo mi cara de asco y sonrío, en cambio. No es mi primer año. En realidad, ella solo lleva un año más que yo trabajando, por mucho que alardee de su antigüedad como una animadora uniformada que grita «¡Ra, Ra, soy mejor que tú!».

—¿Sí? Gracias, Lo, seguro que mejoraré.

Cabizbaja, me dirijo hacia la sala de descanso para guardar mis cosas en la taquilla.

—Tómate una copa de vino —dice Lauren—. Antes de acostarte. Es lo que yo hago.

Levanto la mano para darle a entender que la he oído y desaparezco de su vista. Lo último que quiero es hacer cualquier cosa que haga Lauren. Antes prefiero pasarme el resto de mi vida sobria que imitar su conducta antes de irse a dormir.

Por suerte, la sala de descanso está vacía. Respiro para tranquilizarme y miro las taquillas como hago cada día. Más de lo de siempre. La gente ha decorado la puerta de su taquilla con fotos de maridos, hijos y nietos exhibiendo matices variados de felicidad. Hay tarjetas de cumpleaños, imanes de lugares de vacaciones y alguna que otra flor seca, todo pegado orgullosamente con celo. Aparto de un puntapié un globo de color verde que flota justo delante de mi taquilla, los restos del cumpleaños de alguien. *¡Felices 40!*, declara en colores primarios. Veo que tiene una mancha de glaseado blanco, la huella de un dedo pegajoso. La puerta de mi taquilla está limpia, exceptuando los restos de un adhesivo de Sun Pop que su anterior ocupante pegó torcido sobre el metal. Cuando los de mantenimiento intentaron eliminarlo, dejaron una pelusilla grisácea que se niega tercamente a despegarse, por mucho que haya intentado rascarla. La verdad es que tendría que ponerle algo encima, tal vez una foto de Seth conmigo.

Pensarlo me deprime. Supongo que por eso no lo he hecho. No tengo la sensación de que sea todo mío y saber que alguien más, que otras dos mujeres podrían tener una foto de Seth en su despacho o en una taquilla, me revuelve el estómago. Sin querer, me llevo la mano a la herida de la oreja y pienso en los moratones de Hannah. Un accidente, había dicho. Similar a lo que sucedió anoche. Un accidente.

Mi mirada se desvía hacia la taquilla de Lauren, que está cuatro por encima de la mía. La mayoría de los días intento no mirar y mantengo los ojos clavados en mi espacio en blanco, recordándome que no importa… pero hoy miro todas y cada una de sus fotos y en mi estómago empieza a hervir un sentimiento extraño. En su mayoría son selfis pequeños, con alguna tarjeta pegada entre ellos, con mensajes sensibleros del estilo *Eres el amor de mi vida*, escritos en letra cursiva de color rosa. Las tarjetas parecen un desafío. Cualquiera puede acercarse y abrirlas para leer lo que pone en su interior, y en parte pienso que eso es lo que quiere Lauren. Doy un paso adelante para estudiar las fotos: Lauren y John posando delante de la Torre Eiffel, Lauren y John besándose delante de las pirámides, Lauren y John abrazándose junto a un tranvía en San Francisco. ¿Cuántas veces le habré oído contar a la gente que son una «pareja aventurera»?

Sospechaba que la única razón por la que Lauren y John viajaban tanto es porque no pueden tener hijos, y mi sospecha quedó confirmada cuando yo me quedé embarazada y ella de pronto dejó de hablarme. Le pregunté a otra enfermera al respecto y me contó en voz baja que a Lauren le costaba estar en presencia de embarazadas porque había sufrido muchos abortos. Le resté importancia al asunto e intenté mantener las distancias y procurar no mencionar nada relativo a mi embarazo en su presencia. Unos meses más tarde, cuando sucedió lo del bebé, Lauren volvió a interesarse de inmediato por mí y a comportarse como si fuéramos hermanas que habíamos perdido el contacto durante mucho tiempo. Incluso llegó al extremo de enviarme un ramo de flores enorme a mi apartamento cuando me tomé una semana de baja para superar el trauma. Todo aquello, lo de tener en común con aquella mujer algo tan desagradable y devastador, me hizo sentir incómoda. A lo mejor, si tuviéramos en común el interés por la lectura, por el maquillaje o por un determinado programa de televisión… pero tener un vientre vacío no era para mí un vínculo de unión. Ignoré las invitaciones que me hizo para que Seth y yo fuéramos a cenar a su casa hasta que por fin dejó de hacerlas. Sus mensajes de texto también terminaron y ahora apenas si nos miramos, a menos que ella quiera tocarme las narices con alguna cosa.

La verdad es que las historias sobre las vacaciones felices de Lauren y su encantador esposo me ponen celosa. Ella no tiene que compartir su marido con nadie y es lo que a mí me gustaría, por mucho que intente pensar que no. Todo sería mucho más sencillo si no hubiera dos mujeres más en la imagen. Poder ir de vacaciones cuando nos apeteciera, cenar en público donde todo el mundo pudiera ver la preciosa pareja que hacemos, un marido que abriera la puerta de casa cada noche y no solo dos veces por semana. Incluso la pelea que tuvimos anoche podría haberse evitado ya que, al fin y al cabo, fue instigada por la situación.

Acabo de coger el estetoscopio y de guardarme en el bolsillo las tijeras de traumatología, cuando me entra un mensaje de Seth. Me animo solo ver su nombre. Cierro la taquilla rápidamente y me preparo para leer lo que a buen seguro será un mensaje de disculpa; yo me he disculpado ya por haber provocado la discusión. Guardar rencor no sirve de nada. Pero cuando abro el mensaje, no es lo que me esperaba. Se me queda la boca seca mirando la pantalla.

«He comprado algo para picar. Me inventaré una excusa y saldré antes. Te quiero.»

Sigo mirando el escrito, intentando encontrarle el sentido, y entonces caigo: el mensaje no es para mí. Seth ha cometido un error, ha enviado el mensaje a la persona equivocada. Resulta doloroso darse cuenta de que has recibido un mensaje de tu marido que iba destinado a otra mujer. Y más doloroso aún si les has dado permiso para que lo haga. «¿Para quién de ellas será? —pienso con amargura—. ¿Para Regina o para Hannah?». Cierro los ojos con fuerza, me guardo el teléfono en el bolsillo y respiro hondo unas cuantas veces antes de cruzar la puerta. Puedo hacerlo. Accedí a ello. Todo va bien.

Entre paciente y paciente, alterno entre leer de nuevo el mensaje que Seth me ha enviado por error y preguntarme de dónde querría salir, y repasar las fotos de Regina. Decido enviarle un mensaje a Hannah… a ver si se cuenta algo.

«¡Hola! Espero que sigas bien. Era para ver qué tal estabas.» Lo envío y me guardo el teléfono hasta cinco minutos después, cuando noto un sonido en la pierna mientras estoy cambiándole el suero a un paciente.

—¡Mecachis! Me he olvidado de ponerlo en silencio.

Le guiño el ojo al paciente, un hombre de mediana edad que ingresó con dolor en el pecho.

—No te preocupes, mira quién es, cariño —dice—. Ya sé que los jóvenes vais locos con estos teléfonos.

Es un mensaje de Hannah. «Gracias por preguntar. ¡Estoy de fábula! ¿Cuándo vuelves por la ciudad?»

El mensaje me parece incluso demasiado alegre. La última vez que la vi me confesó que Seth le había escondido las píldoras anticonceptivas para que se quedase embarazada.

«¿Todo bien con tu maridito?», respondo. Y luego, como si fuera una ocurrencia tardía, añado en otro mensaje: «Tal vez a finales de mes. ¡Podemos quedar si quieres!».

«Todo solucionado. ☺ Sería estupendo.»

Frunzo el entrecejo y vuelvo a guardar el teléfono en el bolsillo. Hannah es una mujer feliz en estos momentos.

—Mira tú que bien, Seth —murmuro.

Cuatro horas más tarde, Seth sigue sin dar señales de reconocer que ha enviado el mensaje incorrecto a la persona incorrecta. No me imagino cómo piensa abordarlo cuando salga el tema a relucir. ¿Cómo se gestiona una situación así? «Lo siento, cariño, el mensaje era para otra esposa».

Y por lo que a Regina se refiere, me resulta imposible mantenerme alejada del tema ahora que sé que toda la información está ahí, flotando por Internet. Resulta espeluznante, la verdad, que una persona pueda fisgonear en tu vida sin tú saberlo. He estudiado las fotos y he visitado las páginas de sus amigas en busca de comentarios que Regina pueda haber dejado en sus publicaciones. Quiero saber más, quiero saberlo todo de ella, incluso cómo suele interactuar con la gente.

—Llevas toda la noche inclinada sobre ese teléfono.

Es Debbie, una enfermera de mediana edad que rodea el mostrador de enfermería cargada con un montón de expedientes. Su trenza francesa tiene el mismo amarillo chillón que los soles de su uniforme de quirófano. Sigo prestando atención al teléfono, ignoro su comentario y confío en que capte la indirecta. Lo último que me apetece es tener que responder a preguntas, sobre todo después de que Lauren me haya interrogado.

Debbie deja las carpetas en el mostrador y se coloca a mi lado. Se pone de puntillas para poder ojear la pantalla de mi teléfono. Sus caderas y sus pechos generosos me rozan el brazo y le lanzo una mirada que espero que le dé a entender que quiero que se largue. Con otras enfermeras siempre hacemos la misma broma: si alguien se vuelve demasiado fisgón, le llamas Debbie y le dices que se largue.

—¿Qué miras? —pregunta alegremente mientras yo levantó con rapidez los codos para impedir que vea la pantalla.

Hay gente que no conoce el concepto del espacio personal. Me pego el teléfono al pecho para esconderle la pantalla y la miro con mala cara.

—Una exnovia —dice tranquilamente, y cruza los brazos sobre su enorme pecho—. Yo me paso el día curioseando cosas de las de Bill.

Debbie y Bill llevan toda la vida casados. ¿Qué exnovias puede haber por ahí que supongan una amenaza para un matrimonio tan asentado? Me gustaría preguntárselo, pero preguntarle cualquier cosa a Debbie se traduce en una conversación de una hora. Pero como me ha picado la curiosidad, se lo pregunto de todos modos.

—¿A qué te refieres?

—Cariño, cuando llevas tanto tiempo como yo...

Me ablando al captar su tono de voz. Es evidente que no soy la única mujer del mundo con inseguridades, que no soy la única que permite que se apoderen de ella hasta comportarse de forma irracional. Estructuro mentalmente una pregunta que no pueda delatar nada sobre mi situación.

—¿Y cómo lo gestionas? Las dudas sobre si él aún te quiere...

Debbie parpadea, sorprendida.

—Lo que me preocupa no es el amor de él hacia mí —responde—. Sino el de ellas.

Pasa un auxiliar por nuestro lado con un vaso de café de plástico. Debbie espera a que haya doblado la esquina del pasillo antes de continuar.

—Las mujeres pueden llegar a ser muy arteras, ya sabes a qué me refiero.

Me lanza una mirada que indica que debería saber a qué se refiere. Pero nunca he tenido muchas amigas, solo Anna, mi madre y mi hermana. Pero sí, si haces caso a lo que sale en la tele y en las películas, las mujeres son realmente de poco fiar.

—Supongo —digo.

—Yo no pondría la mano en el fuego por ellas. Ni por mí, de hecho. Sé de lo que soy capaz.

Nuestras cabezas se inclinan conjuntamente e intento imaginarme a la dicharachera y regordeta Debbie como la mujer artera a la que hace referencia, y me resulta imposible.

Debbie mira a su alrededor para asegurarse de que no nos oye nadie y entonces se acerca tantísimo a mí que huelo incluso el aroma del gel de ducha de cerezas que utiliza.

—Se lo robé a mi mejor amiga.

—¿Te refieres a Bill? —pregunto, confusa.

Bill tiene una barriga que se asienta encima de dos piernas de palillo y una cabeza cubierta solo por cuatro pelos. Resulta difícil creer que en su día hubiera que robárselo a alguien.

—¿Y todavía… todavía miras el perfil de ella en las redes sociales?

—Por supuesto.

Debbie saca un chicle del bolsillo y me ofrece la mitad. Niego con la cabeza y lo dobla sobre su lengua en dos mitades perfectas.

—¿Por qué?

—Porque las mujeres nunca dejan de querer lo que las otras quieren. Ven otro hombre considerado y guapo y les recuerda todo lo que se están perdiendo en la vida.

Justo entonces, suena su buscador y me lanza una mirada irónica antes de desenganchárselo de la cadera para mirar la pantalla.

—Tengo que irme corriendo, muñeca. Hablamos más tarde.

La veo irse, observo su caminar desgarbado y escucho el chirrido de sus Reebook blancas alejándose por el pasillo. Antes de llegar al punto donde están los ascensores, se vuelve hacia mí. Sus brazos parecen hincharse cuando empieza a caminar hacia atrás.

—Y, por cierto, es mejor incluso si las espías en persona.

Me guiña el ojo y desaparece.

Debbie, la fisgona, la que no conoce el concepto del espacio personal, podría convertirse en mi nueva mejor amiga. Oigo entonces un «ping» en el teléfono. Cuando bajo la vista, veo una notificación en la parte superior de la pantalla. Es de la aplicación de citas que me he descargado. «Regina te ha enviado un mensaje».

ONCE

La puerta de entrada se abre y entra Seth, cargado con dos bolsas grandes de comida preparada. Ah, es jueves. Lo había olvidado. Últimamente solo pienso en las esposas de mi marido. En algún momento indeterminado, Seth ha quedado sustituido por ellas. Lo recibo con una media sonrisa. Ambos sabemos que es forzada. En el hueco del brazo sujeta un ramo de rosas blancas. ¿Rosas porque sí o rosas porque me envió un mensaje dirigido a alguna de las otras? En condiciones normales, habría corrido a ayudarlo con todo lo que lleva, pero esta vez me quedo donde estoy. Ni siquiera ha intentado darme explicaciones por su mensaje erróneo. Y llevo toda la semana esperando algo… lo que sea. Estoy de un humor de perros y no pienso fingir por el simple hecho de complacerlo.

«He comprado algo para picar. Me inventaré una excusa y saldré antes. Te quiero.»

Sus facciones están relajadas, sus ojos en estado de alerta. Doblo una toalla y la deposito en la montaña de ropa para guardar mientras veo cómo cierra la puerta con el pie y recorre el pasillo hacia mí. Todo en su forma de comportarse me molesta. No está jugando el papel de esposo arrepentido.

—Para ti —dice, entregándome las flores.

Me quedo unos segundos sin saber qué hacer con el ramo en las manos y luego lo dejo a un lado para ocuparme más tarde de las flores. Vuelvo a estar hecha un asco, con el pelo suelto y ondulado, secado al aire. Llevo mis pantalones de yoga favoritos, los que tienen un agujero en la pierna derecha. Me aparto el pelo que me cae en los ojos y Seth levanta las bolsas de comida y las agita para que las vea.

—Cena —declara.

Su sonrisa es casi contagiosa, pero resulta que no tengo ganas de sonreír. Me pregunto si se sentirá satisfecho consigo mismo por haber comprado cena, o si acaso trae buenas noticias. Es un riesgo comprar comida preparada sin saber si he cocinado, aunque imagino que sospecha que me he declarado en huelga.

—¿Por qué estás tan feliz?

Doblo la última toalla y cojo el montón para guardarlo en el armario de la ropa blanca. Seth me da una palmada en el culo cuando paso por su lado. Pienso en lanzarle una mirada letal, pero mantengo la cabeza mirando al frente. ¿Por qué tanto esfuerzo termina por incordiarme? Hace tan solo unas semanas sus atenciones me habrían encantado.

—¿Acaso un hombre no puede sentirse feliz cuando está en casa con su chica?

«¿Acaso un hombre no puede sentirse feliz cuando está en casa con su única chica?». Cierro la boca con fuerza para que no se me escapen estas palabras y me entretengo guardando las toallas en el armario.

Cuando termino de ordenar la colada, nos sentamos en la barra de la cocina para comer. No he pronunciado ni una palabra desde que él ha cruzado la puerta, aunque Seth parece que ni siquiera se ha percatado de este detalle. O tal vez haya decidido ignorar mi silencio como una forma de fingir que todo va bien. Coloca las cajitas impregnadas de grasa sobre la encimera y me mira de reojo cada pocos minutos para calibrar mi reacción.

Las cajas desprenden aroma a ajo y jengibre y me ruge el estómago. Seth se levanta para ir a buscar platos, pero le indico con un gesto que lo deje.

—No es necesario —digo.

Me inclino hacia delante y deslizo hacia mí una caja de pollo con ajo. Abro la tapa y cojo un trozo de pollo con los palillos y, a continuación, empiezo a masticar mientras lo observo por encima del borde de la caja. Veo que mira con perplejidad y de reojo mis botas UGG, que están apoyadas en la encimera, al lado de la comida.

—Primero ramen y ahora comida china preparada —digo—. El próximo día, *pizza*...

Pretendo que sea gracioso, pero mi voz carece de emoción. Creo que ha sonado más bien como una amenaza.

Seth ríe y acerca su taburete al mío. Se acerca la caja de *lo mein*.

—Y condimentada con calzado —dice, mirando mis botas—. Me gusta la idea.

—La verdad es que las UGG son prácticamente como zapatillas.

Me doy cuenta de que estoy flirteando con él y me odio por ello.

—No sabía que fueras capaz de despreocuparte de esta manera —dice Seth.

Los dedos de mis pies se doblan en señal de protesta. Siento necesidad de retirar las botas de la encimera y sacar platos como Dios manda del armario, pero me quedo con terquedad donde estoy y miro fijamente a mi marido. A lo mejor es que prefiero concentrarme en conocer al hombre que tengo delante en vez de querer impresionarlo. Algo que, a buen seguro, debería haber hecho de entrada. Pero me he dejado embelesar por él, he albergado sueños y la creencia de que entre los dos había alguna cosa.

Dejo la caja de pollo y me limpio la boca con una de esas servilletas casi transparentes que Seth acaba de pasarme. Me doy cuenta ahora de que lleva una camiseta debajo de una sudadera con capucha que no le había visto nunca. ¿Cuándo fue la última vez que vi a mi marido vestido con un estilo tan informal, con una camiseta? Durante el último año, el guardarropa de Seth ha consistido en camisas de vestir y corbatas, mocasines y americanas deportivas: Seth el profesional, Seth el hombre casado. Pero con deportivas gastadas y camiseta holgada parece un hombre completamente distinto. Noto una sensación en el estómago… ¿Deseo? «Alguien con quien me gustaría salir», pienso.

—Esta noche te veo distinto —comento.

—Igual que tú.

—¿Qué?

Estoy tan inmersa en mis pensamientos que su voz me asusta.

—Que tú también estás distinta —dice.

Me encojo de hombros; me parece un gesto terriblemente juvenil, pero ¿qué quiere que le diga? «¿He encontrado a tus esposas y ahora que tienen nombre y cara todo me parece distinto? ¿Ya no sé quién eres? ¿Ya no sé quién soy?»

Es difícil traducir en palabras todos mis sentimientos, así que digo la única cosa que consigo pensar.

—La gente cambia…

Casi me da miedo la despreocupación con la que me mira, y entonces me recuerdo que estoy intentando que me importe menos lo que él piensa y que debo concentrarme en lo que pienso yo.

—Tienes razón. —Coge su cerveza y la levanta hacia mí—. Por el cambio —dice.

Dudo solo un instante antes de levantar mi botella de agua y ladearla hacia su cerveza. Sus ojos me sostienen la mirada mientras brindamos y bebemos un trago.

—Salgamos a dar un paseo —dice.

Se levanta y estira los brazos por encima de su cabeza. Con el movimiento, la camiseta se levanta y deja al descubierto un vientre moreno y tonificado.

Aparto rápidamente la vista; no quiero distracciones. Soy una criatura sexual: él me controla a mí con sexo y yo lo controlo a él con sexo. Es un tiovivo de placer y servilismo que siempre me ha gustado. Pero estar empollado o encoñado puede acabar cegándote. Mi madre me dijo una vez que una relación podía superar prácticamente cualquier prueba si el sexo era bueno. En aquel momento me pareció una afirmación superficial y ridícula, pero ahora me doy cuenta de que esto es exactamente lo que ha pasado con Seth y conmigo. En una relación pasan muchas cosas, seguramente muchas cosas a las que hay que prestar atención, pero estás tan ocupado follando que no te das cuenta de nada.

Llego a la puerta, me pongo una chaqueta y una gorra de lana. Abro y veo que Seth está mirándome con una expresión extraña.

—¿Qué pasa? —pregunto—. ¿Por qué me miras así?

—Por nada —responde, con cierta timidez al verse sorprendido—. Simplemente disfrutaba de la vista.

Se inclina y me da un besito en la punta de la nariz antes de abrir la puerta. Lo sigo hacia el ascensor y noto un cosquilleo allí donde me ha besado. Recorremos el vestíbulo en silencio y, en cuanto salimos al exterior, me da la mano. Pero ¿qué le pasa? Flirtear, muestras de cariño en público… Es como si fuera un hombre distinto. Cuando llegamos a la acera, percibo una sensación en algún rincón de mi cerebro, algo que había olvidado. Alejo el pensamiento. «Aquí y ahora —me digo—. Mantente aquí y deja de pensar en todo lo demás».

Normalmente, Seth y yo no salimos del apartamento los días que viene a visitarme, en parte porque preferimos quedarnos en casa y estar juntos. Y en parte, claro está, para no tropezarnos con nadie que lo conozca como el marido de Regina. Al principio me molestaba; intentaba convencerlo para salir a cenar a algún restaurante o para ir al cine, pero él insistía en quedarse en casa. En aquel momento no me parecía justo pues, al fin y al cabo, yo era legalmente su esposa. Pero al final acabé claudicando y resignándome a que nuestra relación se desarrollara detrás de puertas cerradas. Pero ahora, aquí estamos, paseando por las húmedas calles de Seattle y cogidos firmemente de la mano. ¡Un bravo para mí!

Seth me mira de reojo y sonríe, como si esto fuera un regalo para él tanto como lo es para mí. Mis botas pisan los charcos hasta que llegamos a un puesto de sidra caliente, en Pike. Seth saca, uno tras otro, varios billetes de dólar del clip. Deja una propina generosa y me pasa un vaso de papel lleno de líquido dorado. Le regalé ese clip para billetes por Navidad, hace unos años. No le había visto utilizarlo hasta ahora; siempre lleva una ajada cartera de piel en el bolsillo de atrás del pantalón.

Nos acurrucamos debajo de un toldo con las bebidas y prestamos atención a un músico callejero que interpreta a Lionel Ritchie al violín. Bebemos, nos miramos casi con timidez y me siento como en nuestra primera cita, cargada de emociones desconocidas. Esta noche se ha producido un cambio en nosotros, una nueva química que aún no hemos explotado. Imagino que si en nuestro matrimonio solo fuéramos dos y no cuatro, siempre podría haber sido así. Imagino asimismo que el vínculo que nos une se habría estrechado en vez de ser más débil a cada día que pasa.

Seth me atrae hacia él y, tarareando la canción, descanso la cabeza en su hombro. Estoy pegada a su cuerpo cuando le suena el teléfono. Noto las vibraciones contra mi pierna. Seth, que normalmente silencia el teléfono cuando está conmigo, se palpa el bolsillo con la mano que tiene libre. Me aparto para que pueda cogerlo y le doy otro trago a la sidra. Me escalda el paladar; acerco la punta de la lengua al lugar donde me he quemado y espero a ver si Seth responde o no.

Cuando se saca el teléfono del bolsillo, no hace ningún gesto para esconderme la pantalla. El nombre de Regina aparece sobre el fondo de pantalla, una fotografía grupal de sus sobrinos y sus sobrinas disfrazados para Halloween. Me muerdo el labio y aparto la vista, como si acabara de hacer algo incorrecto.

—¿Te molesta? —pregunta, sin soltar el teléfono.

El nombre de Regina me está mirando. Parpadeo, confusa. ¿Está pidiéndome permiso para responder una llamada de otra de sus esposas?

Niego con la cabeza, estupefacta, y vuelco de nuevo mi atención en el violinista, que interpreta ahora con entusiasmo una canción de Miley Cyrus.

—Hola —le oigo decir—. Sí… ¿Le has puesto mantequilla de cacahuete? Así se la tomará… Vale, ya me dirás qué tal va.

Está hablando con Regina delante de mí. Es como si dentro de mí se produjera un estallido metálico. ¡Ay, ay, ay!

Guarda de nuevo el teléfono en el bolsillo, como si nada.

—Nuestra perra —dice, observando al violinista con renovado interés—. Está vieja y enferma. Y solo se toma la pastilla si se la untas con mantequilla de cacahuete.

Seth tiene un perro.

—Oh —digo. Me siento estúpida, emocionalmente torpe. ¿He detectado alguna vez pelos de perro en su ropa?—. ¿Qué tipo de perro?

Seth esboza una sonrisa ladeada.

—Es una pastora escocesa. Pero ya es una viejita… tiene un problema en las patas posteriores. Hace unos días pasó por el quirófano y no quiere tomarse sus medicinas.

Le escucho, fascinada. Su otra vida, un detalle que la mayoría consideraría mundano, pero me aferro a él, quiero más. Un perro. Recuerdo que consideramos brevemente tener un perro, pero vivir en un piso no nos pareció justo para un animal… eso y mi horario laboral.

—¿Cómo se llama? —pregunto con cautela.

Temo que si formulo demasiadas preguntas pueda cerrarse en banda o enfadarse conmigo por ser tan curiosa. Pero no.

Tira el vaso vacío a una papelera llena hasta los topes y dice:

—Smidge. Lo eligió Regina. Yo quería algo más genérico, tipo Lassie.

Ríe con el recuerdo y entonces saluda con la mano a un niño pequeño que grita «¡Hola!» cuando pasa por delante de nosotros en un cochecito empujado por su madre. Aparto rápidamente la vista. Soy incapaz de mirar a los ojos a los niños pequeños.

—Nunca me habías mencionado su nombre —digo.

Hunde las manos en los bolsillos y se queda mirándome.

—¿No?

—No —digo—. Y la semana pasada me enviaste un mensaje que iba dirigido a alguna de ellas...

Echa la cabeza hacia atrás y veo la incertidumbre reflejada en sus ojos.

—¿Y qué decía?

Estudio su cara, no dispuesta a creerme sus excusas.

—Ya sabes qué decía, Seth.

—Lo siento, pequeña, no lo recuerdo. Y si lo hice, fue un error mío y totalmente hiriente para ti. ¿Me perdonas?

Cierro tensamente la boca. Supongo que no hay otra opción, ¿verdad? Podría arrastrar el tema y pasarme unos cuantos días más enfurruñada, pero ¿para qué me serviría? Asiento y me obligo a esbozar una sonrisa.

—Vamos —dice, tendiéndome la mano—. Volvamos a casa. Empieza a hacer frío.

Dejo que enlace sus dedos con los míos y de repente estamos corriendo por la calle, yo sujetándome el gorro en la cabeza y derrapando por la acera. Me oigo reír mientras vamos esquivando a peatones que caminan más lentos que nosotros. Seth me mira y sonrío con timidez, notando las mariposas del enamoramiento haciéndome cosquillas en el estómago.

Nos besamos mientras subimos en el ascensor a nuestra planta, aunque haya alguien más con nosotros, una mujer de mediana edad con un yorkshire tembloroso. Se aleja de nosotros todo lo que puede, hasta quedarse pegada a una esquina del ascensor, como si fuéramos contagiosos.

—¿Dónde has estado? —susurro, sin apenas despegarme de los labios de Seth.

—Aquí, he estado aquí.

Jadea tanto como yo y sus manos recorren el tejido hinchado de mi chaqueta. Me baja la cremallera con brusquedad y el sonido resulta sorprendente dentro del espacio cerrado del ascensor.

En la pared de espejos, a nuestras espaldas, veo reflejada la cara de la mujer, que se ha quedado blanca. Presiona el bolso contra su pecho y levanta la vista hacia los números que indican las plantas y que van iluminándose sobre la puerta. Tiene ganas de alejarse de nosotros; el yorkshire gimotea. Río sin despegarme de la boca de Seth mientras él desliza hacia abajo las mangas de mi chaqueta y me abarca con la mano un pecho. Se abren las puertas y la mujer sale en estampida. Las puertas se cierran y seguimos subiendo. Seth desliza la mano entre mis piernas, su pulgar traza círculos. Cuando llegamos a nuestra planta y se abren las puertas, salimos juntos, sin deshacer el abrazo.

Más tarde, nos quedamos tumbados en la cama, con las extremidades entrelazadas y la piel empapada en sudor. Con la punta de los dedos, Seth traza una línea arriba y abajo de mi brazo. Me acurruco contra él, disfrutando del momento, con todo olvidado excepto nosotros. Solo por esta noche. Esta noche, olvidaré. Mañana será otra historia. Y entonces recuerdo la cosa que ha estado incordiándome, dando vueltas en mi cabeza, lejos de mi alcance: el mensaje de Regina.

«Hola, Will:
No me molestan los cumplidos, ¡en absoluto! He trabajado muy duro para sacar adelante la carrera… me los merezco. ☺
En estos momentos tengo una carga de trabajo enorme, pero siempre se puede encontrar tiempo para divertirse. Mencionaste que te gustaba el senderismo. A lo mejor podemos quedar para eso algún día. También me apunto a tomar unas copas, si lo prefieres. Tus sobrinos y sobrinas son adorables. Parece que te encantan los niños.
Hablamos pronto,
Regina»

Con Seth roncando tranquilamente a mi lado, leo tres veces el mensaje que le ha enviado a Will antes de escribir la respuesta. Hay más cosas que quiero saber, que quiero confirmar, y Will es el único medio para conseguirlo.

«Hola, Regina:

Ya que me has dado permiso para seguir adelante con los cumplidos, supongo que puedo decirte que eres impresionante. ¡Me encantaría ir de senderismo contigo! Y sí, mis sobrinas y sobrinos son adorables. ¿Quieres tener niños? Imagino que es una pregunta muy personal, pero cuya respuesta creo que es importante conocer cuando entablas una relación con alguien.

Will»

Han pasado escasos minutos desde que he pulsado la tecla «Enviar» para mandar el mensaje de Will cuando mi teléfono se ilumina en la mesita de noche. Miro por encima del hombro para ver si Seth, que sigue roncando, está de espaldas a mí. Cojo con cuidado el teléfono y me sorprende ver la notificación que me anuncia que Regina me ha enviado un mensaje o, mejor dicho, se lo ha enviado a Will. Es tarde y me pregunto por qué estará aún despierta, y entonces recuerdo que Seth me contó un día que solía quedarse en pie cuando él se iba a la cama, trabajando, siempre trabajando.

«¿Qué haces despierto tan tarde, Will? Parece que eres noctámbulo como yo. A mí me cuesta mucho dormir. Hay una ruta de senderismo estupenda cerca de mi casa. Es circular, de cuatro horas. Podríamos hacerla juntos.

Y sí. Quiero tener niños. Hablemos por teléfono un día de estos.

Hasta pronto,

Regina»

DOCE

Es domingo y estoy en casa de mis padres para comer. Mi madre anda desaparecida. Acabo de leer por décima vez el último mensaje que Regina le ha enviado a Will y estampo el teléfono contra la encimera de la cocina. Pensando que quizás he roto la pantalla con el golpe, vuelvo a cogerlo para evaluar los daños. Para mi alivio, todo está bien. Estoy tan enfadada que volvería a estamparlo, y para evitarlo me acerco a la ventana y contemplo la niebla que cubre Elliott Bay e intento poner orden a mis pensamientos. Regina está engañando a Seth; el tono de flirteo que utiliza en los mensajes al hombre que cree que es Will va en aumento. Y además de eso, no sé por qué le miente con lo de los niños. Justo esta mañana, le ha enviado a Will una foto sugerente de ella en biquini (seguramente porque le gusta que le digan que está guapa). Me he puesto hecha una fiera al pensar que la fotografía en cuestión podría ser de unas vacaciones que ha hecho ella con nuestro marido. No sé si me enoja más el hecho de que pueda hacerle daño a Seth o el tener que compartirlo con una mujer que ni siquiera sabe mantenerse fiel y que pide *pizza* por encargo, por el amor de Dios. Tengo que contárselo. Necesita saberlo.

Mi padre entra en la cocina con una lata de Coca-Cola Light bajo el brazo.

—He encontrado una caja de Coca Light en la nevera del garaje —dice—. ¿Te parece bien?

—Perfecto —digo.

Aunque no es perfecto. Yo no bebo Light. Abre la lata y la sirve en un vaso con hielo. Lo cojo y bebo, Perfume, sabe a perfume. O a lo mejor es el sabor amargo que noto en la boca desde la hora del desayuno, cuando he leído el cuarto mensaje de Regina a Will. Finalmente le ha contado a Will que está divorciada, sin explayarse sobre el desde cuándo o el porqué. Y en parte es verdad: Seth se divorció de Regina para poder casarse legalmente conmigo, pero su relación no ha terminado.

—¿Dónde está mamá?

Mi padre saca una cerveza de la nevera. No me ofrece porque no es femenino que las mujeres beban tan temprano, o eso dice siempre.

—De tiendas. ¿Dónde quieres que esté?

—En el grupo de señoras de la iglesia, en Nordstrom, en el gimnasio, con Sylvie, en el *spa*...

—Bien visto —replica mi padre, guiñándome el ojo antes de empezar a remover un cajón en busca de un abridor.

—Está ahí —digo, señalando el cajón más próximo a la puerta de atrás.

Mis padres llevan veinte años viviendo en esta casa y mi padre sigue sin saber dónde se guardan las cosas. La culpa es de mi madre, por no permitirle ni siquiera abrirse su propia cerveza.

Y como si nos hubiera oído, mi madre entra en tromba en la cocina, cargada con bolsas de plástico y mirándonos como si fuéramos lobos que pretenden comérsela.

—¿Qué estabais tramando vosotros dos? —pregunta.

Mi madre deja las bolsas y se lleva la mano a la cabeza, como queriendo retocarse el peinado, un gesto que hacía siempre mi abuela cuando estaba nerviosa. Me alcanza una bocanada de su perfume: alguna fragancia de Estée Lauder, a buen seguro.

—Estábamos cotilleando sobre ti, mamá. ¿Acaso te silbaban los oídos?

Se toca entonces la oreja, mirándonos con mala cara.

—¿Dónde está Seth? —pregunta—. Hace semanas que no lo vemos.

Hoy, mi marido es el marido de otra.

—Está en Portland hasta el jueves.

Mi madre lo sabe de sobra, se lo dije ayer cuando me llamó y me preguntó por dónde estaba. Le gusta restregarme por la cara el hecho de que ponga el trabajo por delante de mí. Le doy un trago a mi bebida y las burbujas me cosquillean la nariz. Bajo su punto de vista, es porque no me esfuerzo en ser buena esposa. En una ocasión me dijo que el hecho de que yo trabajara seguramente alejaba aún más a Seth.

—¿Y eso cómo lo sabes? —le pregunté.

—Seguro que tiene la sensación de que necesita competir contigo, trabajar más. El lugar de la mujer está en su casa. Y tu padre jamás permitió que una reunión de negocios le impidiera llegar puntual a casa a cenar —me respondió.

«Mi padre ni siquiera sabe dónde está el abridor», me gustaría decirle ahora. Pienso en la última cena que le preparé a Seth. ¿Descorchó él la botella de vino que había dejado yo previamente en la mesa? Sí, y sabía en qué cajón guardaba yo el sacacorchos.

—Deberías plantearte apuntarte a un gimnasio para hacer algo.

Ah, ya hemos pasado a la fase de ridiculizar mi cuerpo. Se aclara las manos bajo el grifo y fija la vista de reojo en mis muslos. Apoyo los pies de puntillas para de este modo levantar los muslos de la silla y conseguir que ópticamente no parezcan tan gruesos.

—Seth está haciendo lo que cualquier hombre debería hacer —dice mi padre, regañando a mi madre—. Trabajar duro para construir un futuro, traer dinero a casa.

Mi padre, dando la cara por mí y fomentando el patriarcado, todo en una misma frase. ¡Bravo!

Pero le sonrió de todos modos, agradecida. Tengo más problemas con mi madre que con mi padre. Por mucho que yo tenga el fondo fiduciario y un trabajo estable que sirve para pagar la hipoteca de nuestro apartamento, Seth es el que trabaja para dar de comer a la familia… a sus tres familias, de hecho.

—Por supuesto —dice rápidamente mi madre—. Lo único que digo es que estaría bien poder verle de vez en cuando. Michael estuvo aquí el fin de semana pasado con tu hermana. Le han ascendido y le ha comprado a ella un BMW nuevo. Piensan viajar a Grecia para celebrar su tercer aniversario de boda.

Mi madre lo anuncia todo como si fuese ella la que ha recibido un coche y marcha de viaje a Grecia. Esta es mi normalidad; vivo a la sombra de la gran vida de mi hermana. Si yo hubiera tenido un bebé antes que ella, sería mi hermana la que viviría a mi sombra, pero por desgracia, el destino no me ha deparado eso.

—Tengo que volver al trabajo. Os dejo a las dos gallinitas con vuestras cosas de chicas.

Mi padre le da un beso en la mejilla a mi madre antes de retirarse a su despacho.

—¡Cosas de chicas! —exclamo—. ¿Qué hacemos? ¿Fertilizamos huevos o los cocinamos de alguna manera?

Mi madre capta el desasosiego en mi tono de voz e intenta apaciguarme.

—Ya sabes cómo es.

—Mamá —digo, y suspiro—. Lo sé perfectamente… y eso es lo que me altera.

Mi madre me mira fijamente y sus gafas en forma de ojos de gato capturan la luz que entra por la ventana.

—No sé qué te pasa, hija —dice.

Y tiene razón. En condiciones normales no diría este tipo de cosas. Hannah me está alterando profundamente… y Regina. Muy muy profundamente. Bajo la vista hacia el vaso medio vacío de Coca-Cola Light y noto que las lágrimas me arden en los ojos. Me llevo torpemente la mano hasta la herida casi curada de la oreja. Puedes dárselo todo a un hombre, hasta la última gota, y aun así acabar herida. ¿Por qué he intentado averiguar cosas sobre las otras esposas de Seth? Lo he arruinado todo. Pero ¿a quién se lo he arruinado? ¿Me he arruinado la vida a mí o a Seth? Ahora, nada me parece justo, ni siquiera el matrimonio de mis padres. Estoy desmoronándome, estoy arrancando de mi cuerpo mi relación como si fuera una costra. Pienso en los mensajes que Regina le está enviando a Will. He estado repasándolos estos últimos días, leyéndolos una y otra vez hasta acabar memorizando el estilo con el que escribe. Va directa al grano pero flirtea, presta atención a las pequeñas cosas que él dice. Adicta a los detalles. ¿Será porque Seth está demasiado ocupado con sus tres relaciones y, en consecuencia, no presta atención a los detalles? Regina, que se ha apuntado a una página web de citas, que escribe con entusiasmo mensajes a un hombre llamado Will pura y simplemente porque le está diciendo las cosas correctas. ¿Seré yo la siguiente? ¿Acabaré tan desilusionada con mi matrimonio que empezaré a buscar relaciones en otra parte? Ojalá mi bebé no hubiera muerto. Entonces, Hannah no existiría, Regina sería una esposa lejana que pide *pizzas* a domicilio y yo tendría a Seth prácticamente todo para mí. Le he fallado en el sentido más importante y ha tenido que buscar en otra parte lo que yo no he podido darle.

Mi madre deposita delante de mí una bandeja de ensalada; los tomates *cherry* de su huerto destacan enojados entre tanto verde. Me doy cuenta de que dispongo aún de una oportunidad. Sacar a la luz quién es en realidad Regina. Seth entenderá que lo hago porque quiero lo mejor para él, que yo soy su mejor defensora. Seth no es consciente de los estragos que le está causando este estilo de vida: sus ataques de cólera no son más que una forma de manifestación de ese estrés. Da igual que yo no pueda darle hijos. Eso se lo dejo a Hannah. Y, además, ella estará tremendamente ocupada con el bebé. ¿No dicen que las madres recientes suelen dejar de lado a sus hombres en cuanto tienen una persona diminuta de la que ocuparse? Yo irrumpiré cuando ella falle.

He tomado una decisión. Sé lo que tengo que hacer. Si no puedo derrotar a Hannah, derrotaré a Regina. El nido pasará de tres ocupantes a dos.

«Hola, Regina:

Me encanta Tom Waits. Lo vi en un concierto hace años. Creo que es mi concierto favorito de todos los tiempos. Siento lo de tu matrimonio. Mi hermana se divorció el año pasado y aún lo está pasando mal. Me alegro de que tú estés bien y preparada para volver a vivir la vida. La pérdida de él podría ser mi beneficio. Si no te molesta la pregunta, ¿cuál fue la razón por la que decidiste terminar con ello? ¿Te arrepientes de tu matrimonio? Por lo que a mí se refiere, llevo tiempo sin mantener una relación seria. Estos últimos años he vivido entregado al trabajo. Pero estoy preparado para iniciar algo serio (creo). Este fin de semana tengo pensado ir a Montana para visitar a mi hermana, ¿qué planes tienes tú?

Hasta muy pronto,

Will»

TRECE

Patético. Ni siquiera puedo pelearme con mi marido como es debido.

Reproduzco mentalmente nuestra conversación, la que tuvimos cuando acabé la visita a mis padres. Llamé a Seth en cuanto dejé atrás el camino de acceso a su casa. Me apetecía decirle que habíamos estado muy bien juntos, lo mucho que me había gustado estar con él la otra noche, pero cuando llamé me vi redirigida a su buzón de voz. Me llamó veinte minutos más tarde, cuando estaba ya entrando en el ascensor de nuestro edificio.

—Hola —me dijo—. Estaba al teléfono…

Su voz se cortó cuando me acerqué más el teléfono al oído al oír la palabra «…padres».

Los padres de Seth: no los conocía. Su estilo de vida los mantenía muy aislados y rara vez viajaban fuera de Utah. Cuando se abrió la puerta del ascensor y salí, tuve una idea. Y se la sugerí a Seth.

—¡Podríamos ir de vacaciones a Utah! ¿Cuánto tiempo hace que no pasas una temporada con tu familia?

Esperaba que a él le encantara la idea, que se apuntara a la oportunidad de aprovechar el tiempo que estuviéramos juntos para ir a su casa, pero la reacción de Seth me sorprendió, pues su voz se volvió de inmediato gélida.

—No —dijo, seguido por un suspiro exagerado, como si yo fuese una niña.

Durante los dos años que llevábamos juntos, Seth siempre había ido retrasando un posible encuentro con sus padres. «Mi familia es una mierda —decía siempre—. Gente muy ocupada». Y decía «ocupada» como si yo no estuviera ocupada, como si yo fuera a ser incapaz de entender las exigencias de su tipo de vida.

—Tienes hermanastros —contraataqué yo—. Seguro que pueden dedicarte algo de tiempo. Me encantaría conocerlos y...

Seth desestimó la idea con agresividad y luego seguimos discutiendo del tema hasta que yo acabé cediendo. Es lo que hago siempre para que Seth no se enoje conmigo: ceder. No quiero ser la arpía entrometida. No quiero ser la esposa difícil. Quiero ser su favorita, la que le hace la vida fácil. La que voluntariamente le chupa la polla para alegrarle un mal día y gime como si fuese ella la que está recibiendo placer.

Pero la verdad es que ni siquiera estoy segura de que me apetezca conocer a sus padres. Son polígamos, por el amor de Dios. Aunque no como nosotros. Porque ellos viven todos juntos, visten con ropa rara y crían colectivamente a los hijos, como si vivieran en una madriguera de conejos folladores. Imagínate tener que mirar a los ojos a diario a otra mujer, tener que lavar sus platos y cambiar los pañales de sus hijos, y saber que la noche anterior le ha estado clavando las uñas en la espalda a tu marido en un arrebato de pasión. Me parece de lo más retorcido, pero ¿con quién comentarlo? El motivo por el cual no he contado la verdad a ninguna de mis amigas ni a mi familia es porque les parecería de lo más retorcido.

Pero, sea como sea, son sus padres y, por principios, lo normal sería que los conociera. Me lo he ganado. Se me pasa por la cabeza una idea con la que no me siento del todo cómoda. ¿Y si ya hubieran conocido a Hannah? ¿Me lo diría Seth si fuese así? Después de su reacción, que me ha dejado muy dolida, me da miedo preguntárselo.

Me sirvo una copa de vino, la segunda en una hora, y me instalo en el salón para ver un poco la tele. Lo único que encuentro son episodios de programas de telerrealidad que ya he visto antes. No sé por qué, pero la vida embarullada de las estrellas de estos programas me hace sentir mejor con respecto a la mía. Las mujeres de plástico que aparecen en ellos tienen un aura aburrida e insulsa a pesar de su fama y su fortuna, independientemente de que se las merezcan o no. Lo cual genera cierta esperanza en el resto de los mortales. «Todos estamos jodidos, absolutamente todos», pienso.

Pero veinte minutos más tarde, pierdo la concentración. Apago la tele y miro la pared. Mi rabia sigue enconándose. Me levanto y voy al armario de la entrada para buscar las tarjetas que sus padres han enviado a lo largo de estos años, ocho tarjetas en total, y estudio sus firmas. Son tarjetas genéricas, con ositos o flores delante, todas iguales, jamás con nada personal excepto sus nombres, escritos con prisas: Perry y Phyllis. Parece extraño, ¿verdad? Aunque no me conozcan, podrían expresar como mínimo el deseo de hacerlo. «¡Qué ganas tenemos de conocerte!», «¡Un abrazo!». O tal vez, incluso, algo así como «Seth siempre nos cuenta maravillas sobre ti». Pienso en las tarjetas que yo les he enviado, en el entusiasmo que he plasmado en las notas que les he escrito contándoles cosas sobre nuestro apartamento en Seattle y —antes del aborto— sobre los nombres que habíamos elegido para el bebé. Ahora me siento tonta por haber compartido tantos detalles con ellos cuando ellos ni siquiera se han dignado nunca a responder. Me gustaría poder preguntarles a Hannah o Regina al respecto, qué opinan ellas y si alguna vez han tenido alguna interacción con más sentido con los padres de Seth.

Ni siquiera he intercambiado mensajes de correo con su madre, por mucho que le haya pedido en varias ocasiones a Seth que me diera su dirección de correo electrónico. Me imagino que si hubiéramos podido establecer algún tipo de conexión por ese medio, habríamos hecho avances. Seth siempre me dice que me la pasará, pero nunca termina de hacerlo.

El día antes de nuestra boda, su padre, Perry, fue ingresado de urgencias para ser operado de la vesícula y su madre no quiso apartarse del lado de su esposo. Yo no entendí qué problema había, pues tenía cuatro esposas más para que cuidaran de él, ¿o no?

—Ella es su esposa legal. Tiene que estar presente para supervisarlo todo en el caso de que hubiera complicaciones —me explicó Seth.

Y como se habían perdido la boda, prometieron venir por Navidad, pero entonces su madre tuvo una neumonía. Luego, para Pascua, fueron unas anginas y a la Navidad siguiente fue otra cosa. Cuando perdí el bebé, me enviaron flores, que tiré directamente a la basura. No quería nada que me recordase lo que había pasado. Siempre me mandan una tarjeta de felicitación por mi cumpleaños, con cincuenta dólares dentro.

Apuro la copa de vino y entro en el perfil de Facebook de Regina. A lo mejor tiene fotografías con ellos por algún lado. Es una posibilidad remota, pero merece la pena intentarlo. Seth no tiene ninguna fotografía con ellos. Dice que odian las cámaras y los teléfonos móviles y que, por razones legales, nunca se hacen fotos juntos. Tal y como me imaginaba, el perfil de Regina no me proporciona ningún tipo de información. Tampoco el de Hannah. No sé si debería sentirme aliviada o más enfadada.

Dejo el MacBook, frustrada. Si lo que quiero son respuestas, solo puedo hacer una cosa, y eso implica seguir trabajando a espaldas de Seth. Un mensaje en mi bandeja de entrada me informa de que Regina ha respondido a Will. Entro en la página, ansiosa. Llevo días preguntándome cuándo va a pedir una cita e intentando decidir qué le responderé, aunque hasta el momento parece que prefiere ir despacio. Es un mensaje largo. Subo de categoría, olvido el vino y paso al vodka. Me instalo en el sofá y me muerdo el labio inferior en cuanto empiezo a leer.

«Hola, Will:
Acabo de llegar a casa después de un día lleno de reuniones. Estoy agotada. Seguramente pediré algo de comida

preparada y me sentaré a ver Netflix. Está muy bien que vayas a visitar a tu familia este fin de semana. ¡Diviértete!

Mi matrimonio... hmm, es complicado. Trabajamos duro para sacarlo adelante durante unos años, incluso, creo, sabiendo los dos que estaba acabado. Al final, éramos simplemente personas muy distintas que querían cosas distintas. Sé que ahora está casado con otra... y es feliz, tengo entendido. A veces me molesta que él fuera capaz de salir adelante tan rápido mientras que yo necesité un tiempo para superarlo, pero supongo que cada uno gestiona estas cosas de diferente manera. ¿Por qué acabó tu última relación? ¿Estuvisteis juntos mucho tiempo?

Regina»

Me quedo mirando la pantalla mucho rato, reflexionando sobre sus palabras. «Personas muy distintas que querían cosas distintas». ¿Por qué miente? ¿Qué beneficio pretende obtener desarrollando una relación por Internet con un hombre? Pero conozco la respuesta antes de acabar de pensar la pregunta: está sola. La atención de Seth va menguando y a veces parece incluso inexistente, razón por la cual la atención de un desconocido podría saciar la necesidad profunda de ser vista... y escuchada. Sea cual sea la razón, el hecho es que está siendo infiel. Y Seth no tiene ni idea. Cierro el MacBook y miro hacia la ventana. Me planteo la posibilidad de salir a dar un paseo; en un piso alto la situación puede volverse claustrofóbica a veces. Puedes pasarte días acudiendo al gimnasio del edificio, visitando la máquina expendedora para comprarte cualquier cosa en vez de recorrer la manzana que te separa del mercado, y limitarte a observar el mundo que se despliega debajo de ti en vez de sumergirte en él. Me doy cuenta de que cada vez más opto por quedarme en casa cuando no estoy trabajando, que tengo menos ganas de plantarle cara a la llovizna cuando no tengo una buena razón para hacerlo. Antes, en mi antigua vida, era imposible retenerme dentro de casa. Si yo he cambiado tanto en estos últimos años, es posible que Regina también haya cambiado. A lo mejor se ha dado cuenta de que ya no quiere estar con Seth y esta es su manera de tantear cómo va hoy en día lo de encontrar pareja. En cuyo caso, los mensajes que envía a Will son algo bueno. Para mí, al menos. Pero si le cuento a Seth lo que sé de ella, tendré que darle muchas explicaciones. Decido no contarle nada. Esperaré a ver qué más le escribe a Will antes de tomar la decisión. Diez minutos más tarde, estoy haciendo *zapping* en la tele cuando me paro en uno de esos programas que hablan sobre las relaciones por Internet. El programa reúne a gente que hasta ese momento solo ha interactuado a través de Internet y a menudo se descubren un montón de mentiras. Me encojo de miedo, pensando en «Will», en las fotos de mi primo que he subido a la página. Lo que la gente presenta en Internet rara vez coincide con la vida real. Si quiero saber quién es en realidad Regina Coele, tendré que verla en carne y hueso, igual que vi a Hannah.

Llamo al bufete Markel & Abel y le digo a la recepcionista que me gustaría pedir hora para una consulta con Regina Coele. Me pone en espera y, mientras tanto, se me forma un nudo en la boca del estómago. Me pregunto qué estoy haciendo. Todo esto no es propio de mí; llevo años aceptando en silencio… sumisamente. Pero ya es demasiado tarde; he abierto demasiadas puertas y el ansia de conocimiento domina la racionalidad. La telefonista me pasa con la secretaria de Regina, quien me informa de que la primera hora que tiene libre es de aquí a tres semanas. Me llevo un chasco. Tres semanas son una eternidad.

—¿Seguro que no hay ningún hueco antes? —pregunto.

—Me temo que no. La señora Coele lo tiene todo lleno. Puedo ponerla en lista de espera pero, si le digo la verdad, casi nunca tenemos cancelaciones.

Su voz suena nasal y repelente; una Hermione Granger de verdad, si acaso existe.

—De acuerdo —digo, y suspiro—. Supongo que no me queda otra elección.

—Introduciré sus datos en el sistema, tan solo algo de información básica —dice la secretaria.

La oigo teclear y entonces empieza a formularme preguntas.

Le digo que me llamo Lauren Brian y que soy de Oregón. Cuando me pregunta el porqué de la visita, le digo que está relacionada con un divorcio y entonces, de pronto, se muestra distinta, me habla en un tono mucho más amable. Tanto, que me pregunto si ella estará divorciada. Pensar en divorciarme de Seth me revuelve el estómago. No quiero divorciarme de él; lo quiero solo para mí. Pero antes necesito saber cómo es su relación con Regina. La secretaria me formula una serie de preguntas: si hay hijos de por medio, si firmamos en su día un acuerdo prematrimonial, cuánto tiempo hemos estado casados.

—No se preocupe —dice, antes de colgar—. La señora Coele es una de las abogadas más competentes de Oregón.

Regina la competente. Me pregunto si alguien me describiría a mí como la enfermera más competente de Seattle. Probablemente no.

Cuando cuelgo, voy directa al mueble bar y me sirvo un vodka con soda. Estoy sola, pienso, cuando los cubitos de hielo crujen debajo del vodka. Sola y triste. Y no tendría por qué ser así; soy joven y apasionada, y estoy en mis mejores años. «Es necesario —me digo, ahuyentado el sentido de culpabilidad que conlleva fisgonear—. Tienes que aclarar todo esto».

CATORCE

Pienso toda la mañana en Hannah. Preguntarme dónde debe de estar y qué debe de estar haciendo se está convirtiendo en una obsesión. No duermo bien; incluso cuando me tomo los somníferos que me recetó el médico, me despierto a medianoche con el cuerpo empapado en sudor. He olvidado qué es sentirse feliz. Qué definición me supone como persona. Este influjo de emociones es consecuencia del último mensaje que Regina le envió a Will, cuando le preguntó qué era lo que le hacía realmente feliz. Lo respondí como Will: mi familia, mi trabajo. Pero cuando cambié el enfoque y me planteé qué me hacía feliz a mí, fui incapaz de encontrar una buena respuesta. Sé lo que hace feliz a Seth y sé que cuando él se siente feliz, yo me siento feliz, pero ¿acaso no indica esto que he perdido por completo mi propia identidad para identificarme con él? Me he convertido en esa mujer: en la mujer que se siente feliz con la felicidad de los demás. Y haberme olvidado por completo de mí resulta desalentador. Cuando Seth me encontró en aquella cafetería, andaba yo en busca de eso, en cierto sentido. Acababa de salir del cascarón, metafóricamente hablando, carecía de experiencia. A veces me pregunto si él se daría cuenta de ello y si fue por eso por lo que me eligió. Qué fácil es convencer a una chica enamorada de que puede emocionalmente hacer lo imposible. Y un matrimonio plural es imposible, a todas luces, tanto para el corazón como para la cabeza. Pero estoy decidida. Seth y yo nos hemos desviado del camino correcto; el modo en que me empujó el otro día es buena muestra de ello. Pero podemos reencontrarnos; lo único que necesito, para conseguirlo, es expulsar a Regina del conjunto.

Decido dar un paseo para despejarme. Seguramente hará mucho frío, pero llevo demasiado tiempo encerrada en este apartamento a solas con mis pensamientos. Si tuviera una amiga cerca, todo sería distinto. Alguien en quien confiar, alguien que me inspirara sabiduría. Pero el secreto que envuelve mi matrimonio me impide desarrollar relaciones profundas. Hay demasiadas preguntas, demasiadas mentiras que inevitablemente me vería obligada a contar. Resulta casi cómico pensar que exista en el mundo alguien capaz de darme consejo sobre algo tan estrafalario como un matrimonio plural: «¡Apoya a las otras mujeres! Recuerda chuparle la polla todo lo a menudo que puedas para así convertirte en la favorita...»

Me pongo mi abrigo más caliente, me calzo las botas de lluvia y pongo rumbo hacia Westlake Center. Los troncos de los árboles de la plaza están pintados en azul cobalto en honor a los Seahawks y, cuando serpenteo entre ellos, veo a lo lejos un puesto donde venden vino caliente y castañas asadas. Ya he bebido de sobra en lo que llevo de día, pero un vasito de vino caliente no me hará ningún daño. Mientras espero en la cola, me digo que probablemente el alcohol estará evaporado.

Pido uno grande, y con el vaso de papel humeante en la mano, me dirijo hacia las tiendas del otro lado de la calle. Y justo cuando me dispongo a cruzar, oigo que alguien me llama. Me vuelvo y, sorprendida, miro las caras a mi alrededor. No conozco a mucha gente en la ciudad. Veo que casi todo el mundo camina mirando hacia abajo para protegerse de la lluvia y, mientras permanezco parada en la acera, la gente pasa por mi lado como un rebaño para cruzar rápidamente la pequeña intersección.

Y entonces la veo, su cabello rubio increíblemente perfecto escondido primero bajo una gorra y después debajo de la capucha de un impermeable rojo. Parece ingenua e impaciente, como una versión *hipster* de la Caperucita Roja.

—Hola, me ha parecido que eras tú. —Lauren se acerca, tiene la cara sonrosada por el cansancio o por el frío. Descansa una mano sobre mi hombro y se inclina levemente para recuperar el aliento—. He corrido para pillarte —me explica—. Estabas tan perdida en tu mundo que ni me has oído cuando te he llamado.

—Lo siento —digo, mirando por encima del hombro.

El semáforo se ha vuelto a poner rojo y he perdido la oportunidad de cruzar. Estupendo. Tendré que aguantar a Lauren unos cuantos minutos.

—¿Y qué haces por aquí? —pregunto.

Casi espero que su marido, John, aparezca de pronto entre la gente con su sonrisa cursi pegada en la cara. John siempre está sonriendo, suplicándole al mundo que lo adore. «¡Soy un buen chico! ¡Mirad cómo sonrío!». Y lleva también gorritos de lana, con tres rizos perfectos asomando estratégicamente sobre su frente. Miro a mi alrededor con cautela. Lo último que necesito en estos momentos es la compañía de la parejita feliz.

—Oh, me apetecía dar un paseo por el centro, simplemente —responde—. Picar alguna cosa.

—¿Dónde está…?

—Trabajando —responde rápidamente.

Alguien me da sin querer un golpe y el vino caliente sale disparado del vaso y cae sobre mi abrigo. Me tambaleo, incapaz de mantener el equilibrio. Lauren me sujeta antes de que caiga al suelo. Cuando me enderezo, le sonrío, agradecida.

—Caramba —dice—. ¿Cuántos de esos llevas?

Pretende ser graciosa y, claro está, no tiene ni idea de que llevo prácticamente todo el día bebiendo, pero algo en el tono de voz que emplea me pone rabiosa.

—No es necesario que vayas siempre juzgando a la gente —le espeto.

Derramo lo que queda de vino en la acera y me dirijo con el vaso vacío a una papelera. No hay ni un hueco, la papelera está llena a rebosar. Dejo el vaso encima como puedo y vuelvo para esperar a que cambie el semáforo. Es como si a Lauren le acabase de dar un bofetón; la sonrisa ha desaparecido por completo de su cara. Me siento culpable al instante. Estaba siendo agradable conmigo y yo descargo sobre ella toda mi frustración.

—Lo siento —digo, llevándome una mano a la cabeza—. He tenido un día de mierda. ¿Te apetecería ir a tomar una copa?

Lauren asiente sin decir palabra y, alejada de pronto de mis propios problemas, veo algo más en su cara. Ella tampoco es feliz, algo va mal. Suspiro. Lo último que necesito hoy es ser el paño de lágrimas de otra persona.

—De acuerdo. —Miro a mi alrededor—. En aquella dirección hay una cervecería. Aunque si lo prefieres podemos ir a un bar de verdad, donde sirvan cosas más fuertes.

Se queda pensándolo unos segundos antes de mover la cabeza afirmativamente con determinación.

—Cosas más fuertes.

—Estupendo —digo—. Conozco bien los mejores locales. Sígueme.

Pasamos de largo los lugares turísticos y los restaurantes bien iluminados hasta llegar a Post Alley, donde giro a la izquierda. Tenemos que pasar por delante de la celebérrima Gum Wall y Lo arruga la nariz ante el olor dulzón y mareante a chicle masticado pegado a la pared.

—Qué asco —le oigo decir—. Me cuesta creer que esto se haya convertido en un lugar turístico. La gente está cada vez peor.

—Ya vuelves a hacerte la finolis —le digo, hablándole por encima del hombro.

A nuestra derecha, una adolescente finge estar lamiendo los chicles pegados mientras una amiga le hace fotos. Lauren se estremece de asco.

La muchedumbre de peatones mengua de repente y pronto

somos las únicas que caminan por el callejón. Lauren se pega a mi lado, como si le diese miedo que pudieran atracarnos.

—¿Cuánto tiempo llevas viviendo aquí? —le pregunto.

Tiene la boca enterrada debajo de la bufanda y la única parte visible de su cara es la punta enrojecida de la nariz.

—Cuatro años.

Asiento. Cuatro años quiere decir que aún eres relativamente nueva en la ciudad. Que aún estás intentando comprender qué calles hay que evitar y frecuentas restaurantes pertenecientes a cadenas.

—¿Tú naciste aquí? —pregunta ella.

—En Oregón, pero mis padres se mudaron a la ciudad cuando yo era pequeña.

La guio hacia otro callejón y me detengo delante de una pared decorada con vegetación.

El interior del bar está iluminado con neones de color rosa que recorren las paredes y el techo. Es el tipo de lugar que calificarías como sórdido. La primera vez que vinimos aquí, Seth dijo que el local tenía reminiscencias del porno de los ochenta. Fue una de las pocas veces en que nos hemos mostrado en público juntos, y en el momento en que Lauren y yo cruzamos la puerta, caigo en la cuenta de que probablemente me trajo aquí porque había escasas probabilidades de ser vistos por alguien que él conociera.

Encontramos una mesa libre en un rincón e iniciamos la tarea de despojarnos de abrigos y bufandas. Intento no mirarla porque no sé por qué estoy haciendo esto, solo sé que he visto tristeza en sus ojos, un sentimiento que cuadra a la perfección con cómo me siento yo. Me digo que si saca a relucir la mutua ausencia de hijos, me levanto y me voy. Pido unos chupitos para empezar. Necesitamos algo para cortar el hielo, y rápido.

—¿Qué bebes normalmente?

Espero que su respuesta sea vino rosado o *champagne,* pero responde «*whiskey*», con toda la normalidad del mundo. Y luego engulle el chupito como si estuviera en una fiesta de la universidad. Estupendo.

Pedimos unas patatas fritas y cuando llegan ya hemos tomado tres chupitos cada una y estamos un poco colocadas. Lauren no consigue averiguar cómo funciona la tapa del kétchup y, con un ataque de risa, tumba el bote en el suelo. Lo recoge y abre la tapa con los dientes.

—Y tú que pensabas que era una finolis —dice, mirándome por encima del kétchup.

—Estás borracha —replico. Sumerjo una patata en el tomate y me la llevo a la boca—. Tu vida perfecta no te permite ser otra cosa que una finolis.

Lo suelta una risotada.

—Perfectísima. —Cierra los ojos y esboza una expresión exagerada—. No es como te imaginas.

—¿Qué quieres decir? —pregunto.

Sé que ya ha bebido más de la cuenta, pero no pienso pararla si empieza a hablar. Si se arrepiente de contarme cosas, ya lo hará mañana, cuando yo no esté.

—¿De verdad quieres saberlo?

—De no quererlo no te lo habría preguntado —replico.

Veo que juega con la servilleta; la dobla por la mitad y luego forma una pelota que encierra en su puño. Cuando la ha destruido, mete el papel arrugado en su vaso de agua. Me quedo mirando cómo flota antes de mirarla a la cara.

—Me engaña —dice—. Constantemente. Los viajes que hacemos son siempre después de que lo haya pillado. Para recuperarme, supongo.

No sé qué decir, así que me quedo mirándola, atónita, hasta que vuelve a tomar la palabra.

—Todo es una farsa. Yo soy una farsa. En su día pensaba que si teníamos un hijo la cosa mejoraría, que dudaría más antes de seguir rompiendo la familia, pero me costó mucho quedarme embarazada y mucho más retener un bebé en mi cuerpo. Y ahora ya no puedo tener hijos. Esta es mi realidad.

Extiendo el brazo por encima de la mesa, entre las patatas

fritas y los chupitos vacíos y le toco la mano, levemente de entrada, hasta que se la cojo con firmeza.

—Lo siento —digo, aunque mis palabras suenan vacías y de escaso consuelo incluso para mis propios oídos—. ¿Has pensado en dejarlo?

Niega con la cabeza. Tiene la nariz colorada y veo que ha empezado a llorar.

—No, no puedo. Le quiero.

Esto me hace retirar la mano y fijar la vista en el plato de patatas fritas, que se ha quedado a medias. Conozco perfectamente bien ese sentimiento. No saber si debería dejarlo, intentar mejorar las cosas, ser incapaz de hacerlo. Estoy borracha y la sinceridad de Lauren es una inspiración, y por eso digo:

—Mi marido tiene dos esposas más.

Y entonces noto cómo el calor me sube a la cara. Es la primera persona a quien se lo cuento, alguien a quien siempre dije que odiaba. La vida tiene cosas graciosas, la verdad.

Lauren se echa a reír, pensando que le tomo el pelo, pero la expresión de seriedad de mi cara la lleva a quedarse boquiabierta. Olvidado su dolor al oír tan sorprendente noticia, dice, precipitadamente:

—Lo dirás en broma. Dios mío, no lo dices en broma, no…

Siento en parte alivio y en parte miedo. Sé que no debería habérselo dicho, que es peligroso tanto para Seth como para las otras esposas, pero el alcohol y la tristeza me han aflojado la lengua y ahora ya es demasiado tarde para retirarlo.

—Soy polígama —digo, a modo de aclaración—. Aunque no las conozco, ni siquiera viven por aquí.

—A ver si lo he entendido bien —dice Lauren, jadeando—. ¿Dejas que tu marido te sea infiel… con dos esposas más?

Hago un gesto afirmativo. Estalla en carcajadas. De entrada, me molesta. No es un tema del que reírse, pero luego, como si fuese entre neblina, veo lo que ella está viendo y no puedo evitar ponerme también a reír.

—Vaya par de imbéciles somos.

Y después de decir esto, se levanta para ir a la barra a pedir más copas. La verdad es que no necesitamos beber más, aunque también lo necesitamos. Cuando vuelve a la mesa, la recibo con una sonrisa floja. Lauren me mira por encima del borde de su vaso de agua —del que ha retirado el papel— con una sonrisa igual de floja que la mía.

—Vaya vida de mierda tenemos, ¿eh? ¿Y cómo es... tu Seth, me refiero? ¿Merece la pena?

—No estoy segura —respondo sinceramente—. Antes pensaba que sí, de lo contrario no me habría casado con él. Pero últimamente tengo sensaciones distintas. He llegado hasta el punto de buscarlas por Internet para poder espiarlas.

Abre los ojos cada vez más, dos platos de vulnerabilidad.

—Esto que cuentas es como de película —dice—. De hecho, supongo que si estuviera sobria no me habría creído nada de nada.

—¿Vas a dejar a John? —pregunto.

—¿Vas a dejar tú a Seth? —replica.

—Lo único que quiero es que esas otras mujeres desaparezcan.

—Eso, eso —dice, levantando la copa para brindar. Aunque no se la ve muy convencida; se la ve preocupada.

Nos despedimos justo en el mismo lugar donde antes hemos coincidido, aunque ahora está demasiado oscuro como para distinguir el azul de los troncos de los árboles. Me da un breve pero sentido abrazo después de prometerme que no contará a nadie mi secreto; yo le digo lo mismo del de ella. Sienta bien que alguien lo sepa, aunque sea alguien que nunca haya sido de mi agrado. Y eso es lo que sigo pensando durante el trayecto de vuelta a casa. Es como si alguien me hubiese quitado un peso de encima y pudiera caminar algo más ligera. Me pregunto si ella se sentirá igual. Si de un modo u otro podemos ayudarnos mutuamente.

QUINCE

Estoy tumbada en el sofá escuchando música triste: *The 1975*, The Neighborhood, Jule Vera. Tengo los ojos cerrados; la resaca me ha atacado la cabeza y el estómago. Me pongo de lado, con los ojos todavía cerrados. Resulta increíble que cuando abres la puerta a una cosa, ya no haya vuelta atrás. Lo único que puedes hacer es prepararte para verte absorbida, engullida cada vez más hacia el fondo. Regina y Hannah, Regina y Hannah; solo puedes pensar en eso. Me comparo con lo que sé de ellas, evalúo nuestros puntos débiles, me filtro a través de ellos. Esta mañana le he enviado un mensaje a Hannah para ver cómo está, pero no me ha respondido. Aun sin saberlo, es mi aliada. Mi destino está unido al de ella. Me pregunto si alguna vez habrá deseado poder librarse de Regina.

Regina es una mujer de éxito, mucho más del que yo podré llegar a conocer en la vida, es también mucho más segura de sí misma. Hannah es más joven, más guapa. Yo estoy entre las dos, un punto medio para equilibrar los extremos. Esta semana Seth me ha mandado más mensajes de lo que es habitual en él, lo está intentando.

Hacia mediodía, me levanto del sofá y voy al cuarto de baño. Cuando salgo de la ducha, me miro desnuda en el espejo e intento imaginar qué ve Seth cuando me mira. Soy bajita, sin la menudez de Regina, con caderas anchas y muslos potentes y musculosos. Mis pechos ocupan con creces cualquier camiseta que me ponga;

sin sujetador, me caen un poco de grandes que son. Las tres tenemos cuerpos totalmente distintos, pero nos desea el mismo hombre. No cuadra. Los hombres tienen un tipo de mujer, ¿no? Sobre todo, uno tan particular como Seth. Seth, a quien le gusta Mary-Kate Olsen pero no Ashley... Ashley jamás, dice.

Su tipo tendría que ser Regina, puesto que es con la que se casó primero. Aunque con veinte años no tenemos todavía las cosas muy claras. A lo mejor descubrió más adelante que su tipo de mujer era el mío. Pero cuando no eres más que una entre tres, todo esto son puras elucubraciones. En una ocasión me dijo que en aquella fiesta Regina le resultó atractiva en todos los sentidos, lo bastante como para abordarla aunque existiera la posibilidad de sufrir un rechazo. También se había sentido atraído hacia mí... su forma de flirtear conmigo, sus ojos llenos de deseo. No sé cómo conoció a Hannah, y necesito saberlo. Me viene de pronto a la cabeza la foto de Regina, la rubia alta y más joven que aparece a su lado. ¿Es realmente Hannah? ¿Se conocían entre ellas? Puedo esperar a viajar a Portland para mi cita con Regina o puedo intentar averiguarlo ahora.

Sí, buena idea. Un poco de trabajo detectivesco me ayudará a distraerme. Le envío otro mensaje a Hannah y, antes de que me conteste, ya estoy metiendo las cosas en una bolsa de fin de semana. Si está ocupada, siempre puedo ir a inspeccionar por mi cuenta por la ciudad. Pero, por suerte, me responde con otro mensaje y me dice que estará encantada de verme. Sugiere ir a cenar y luego al cine. Debo de estar loca, la verdad, por plantearme ir a cenar y al cine con la otra esposa de mi marido. Alguien podría tacharme incluso de acosadora, y hay quien diría que estoy como una cabra. Y qué. «El amor vuelve loca a la gente», me digo, mientras cierro la cremallera de la bolsa. Imagino que elegirá una comedia romántica, algo ligero y sexi. Las mujeres de su edad aún ven la vida de color de rosa. Pero me pregunta, en cambio, si me gustan las películas de terror. Me quedo un poco sorprendida. No me gustan, claro, pero le digo que sí. Quiero ver cómo piensa, el tipo de cosas que le divierten. Su encantadora casa histórica y su tabla perfecta de quesos y embutidos no la definen precisamente como fanática de películas macabras. Me dice que hay un *thriller* psicológico que le gustaría ver, protagonizado por Jennifer Lawrence. Le pregunto si su película favorita es *El sexto sentido* y me responde que no la ha visto. Acabo de salir del garaje. No estoy prestando atención al tráfico y alguien me toca el claxon. ¡Estamos hablando de *El sexto sentido*! ¿Quién no ha visto *El sexto sentido*, sobre todo alguien aficionado a las películas de terror! Lo que pasa es que es muy joven.

Salgo de Seattle poco después de mediodía con café recién hecho en el portavasos y música animada sonando por los altavoces. Hay que ver cómo cambian las cosas de hora en hora. Me siento alegre, en la emisora de radio ponen música de los ochenta y no paro de cantar. Si conduzco rápido, llegaré al hotel con tiempo suficiente para poder refrescarme un poco antes de reunirme con Hannah. Siento un burbujeo de emoción en el estómago, no solo por la perspectiva de recopilar información sobre nuestro marido, sino también por hacer algo distinto a quedarme sentada en casa a la espera de que llegue Seth. Esperar, esperar… mi vida consiste en esperar.

Por suerte, hay poco tráfico hasta la ciudad vecina y hago un buen tiempo. Seth diría que soy una kamikaze y se pasaría el rato presionando un freno imaginario en el asiento del acompañante cuando lo pusiera nervioso. Cuando llego al hotel, dejo las cosas en la cama y me doy una ducha rápida. Solo he traído dos conjuntos: uno para conducir mañana de vuelta a casa y uno para esta noche. Pero ahora que veo la chaquetita de lana marrón, la blusa beis y los vaqueros, pienso que tendría que haber elegido algo con más color, algo más llamativo. Pareceré vulgar y sosa al lado de la figura de gacela de Hannah y mi pecho grande me hará parecer más gorda de lo que en realidad soy. Acaricio el tejido y me estreso. Al final, estoy tanto rato estresada que no me da ni tiempo a secarme el pelo. El aire lo alborota en ondas desordenadas. Hago lo que puedo para domarlas un poco, pero tengo que irme.

El tiempo en Portland parece estar de mejor humor que en

Seattle. No hay niebla, solo olor a gases de tubo de escape y a porro. Hannah abre la puerta en cuanto llamo y me recibe con una luminosa sonrisa. Demasiado luminosa. Le doy un abrazo rápido y entonces lo veo: un cardenal oscuro y perturbador en la parte inferior del pómulo de una tonalidad verdosa desagradable, similar al de un puré de guisantes. Ha hecho el intento de disimularlo con maquillaje, pero como tiene la piel muy clara, el color destaca con una intensidad alarmante.

—Solo me falta coger el abrigo —me dice—. En un segundo vuelvo.

Entro en el vestíbulo, sin saber muy bien si debería de hacer alguna mención al golpe o fingir que ha hecho un trabajo excelente con el maquillaje, como probablemente espera. Miro a mi alrededor en busca del cuadro que en su día colgaba junto a la puerta, o eso al menos me dijo. Está de nuevo en su lugar: un marco con una amapola prensada. Me deprime. Las flores prensadas siempre son un intento de retener algo que en su día estuvo vivo. Son desesperadamente solitarias.

—¿Te gusta? —pregunta Hannah, bajando las escaleras—. Lo encontré en un mercadillo. Siempre he querido probar a hacerlo yo misma, pero nunca tengo tiempo.

—Me encanta —respondo, mintiendo—. ¿No me dijiste que antes tenías colgada una foto de familia?

Hannah se ruboriza bajo mi mirada.

—Sí —dice, y aparta rápidamente la vista.

Pienso en la puerta vacía de mi taquilla y comprendo que Hannah juega al mismo juego que yo. Esconder el marido, evitar preguntas. Pero ¿y esos moratones? Yo nunca he tenido que esconder moratones. Pienso en la oreja y, distraída, acaricio el punto de la herida con un dedo. Debajo de mi exterior relajado, el corazón me late con fuerza contra las costillas. Antes de la noche en que Seth me empujó, jamás habría sido capaz de imaginármelo haciéndole daño a una mujer. E incluso después de la noche en que me empujó, me he estado inventado excusas, me he inculpado por lo sucedido.

Pero el cardenal de Hannah es innegable. Contengo las preguntas en la garganta hasta que empiezo a tener la sensación de que están asfixiándome.

—Mejor que vayamos cada una con su coche para que luego, después del cine, no tengas que volver hasta aquí —sugiere.

Hago un gesto de asentimiento, preguntándome si habrá otra razón. Esta noche es su noche con Seth; llegará tarde, después de dejar a Regina. A lo mejor no quiere que sepa que ha hecho una nueva amiga. Una amiga podría preguntarle sobre sus moratones, una amiga dirigiría su mirada al marido.

Sigo su SUV, agarrando con tanta fuerza el volante que se me ponen los nudillos blancos. Cruzamos el centro, la plaza con puestos ambulantes de comida, tiendas, grupitos de gente; todo pasa corriendo por mi lado. Apenas veo nada. Estoy concentrada pensando.

Acabamos de aparcar en el restaurante cuando me entra un mensaje de Seth.

«Hola. ¿Dónde estás?»

Miro el mensaje, perpleja.

Son las seis de la tarde. Lo que significa que Seth debería estar aún con Regina. Tenemos una regla no escrita: cuando está con una de sus esposas no envía mensajes a las demás.

«Cenando con una amiga», le respondo.

«Estupendo. ¿Con qué amiga?»

Se me ponen los pelos de punta. Seth no tiene la costumbre de interrogarme. De hecho, nunca me ha preguntado por mis amigas y solo ha hecho referencia a ellas cuando me ha alertado de no contarles nada sobre lo nuestro.

«¿Dónde estás tú?»

Si él tiene curiosidad, también tengo derecho yo a tenerla.

«En casa.»

Una respuesta muy interesante, pienso. Sobre todo teniendo en cuenta el detalle de que tiene tres casas.

Hannah ya ha aparcado y la veo acercarse a mi coche. Guardo el teléfono en el fondo del bolso y salgo.

Seth tendrá que esperar. Será un cambio agradable, puesto que la que siempre espera soy yo. Resulta gracioso lo mucho que deja de importarme él cuando estoy con Hannah.

—¿Lista? —dice Hannah, sonriéndome.

El restaurante que ha elegido me recuerda un poco el italiano al que me llevó Seth cuando me comentó por primera vez que estaba casado. En cuanto cruzamos la puerta, se acerca a Hannah el que imagino que debe de ser el director del local. La saluda con efusividad y nos acompaña hasta la mesa. Hannah le da las gracias y el hombre marcha corriendo a la cocina para traernos un aperitivo especialidad de la casa.

—¿Cómo es que te conocen? —pregunto, cuando veo que un camarero también la saluda.

—Oh, venimos mucho por aquí.

Y cuando habla en plural, doy por sentado que se refiere a Seth y ella.

Me doy cuenta de que procura mantener el lado herido de su cara de perfil a mí, para que cuando la mire solo vea la mejilla en buen estado. No es hasta después de pedir la comida cuando formulo por fin la pregunta que lleva toda la tarde angustiándome.

—Hannah, ¿cómo te has hecho esto?

Levanta la mano como si fuera a tocarse la cara, pero la deja caer entonces sobre su regazo.

—Si me dices que te diste contra una puerta o que te golpeaste la cara contra un armario, no te creeré, ¿entendido? Así que mejor que me cuentes lo que de verdad pasó.

—¿Así que quieres que me invente algo? —replica, enarcando una ceja.

Me muerdo el labio mientras pienso qué decir.

—No. Quiero que confíes en mí —digo con cautela—. Dios sabe bien que en la vida he tomado más de una decisión estúpida y, por lo tanto, no pienso juzgarte.

Se limpia la boca con la servilleta y bebe un buen trago de agua.

—Es como si quisieras que te confesase algo escandaloso, la verdad —dice.

—La otra vez que te vi me contaste que tu marido te escondía las píldoras anticonceptivas para que te quedases embarazada. Me parece una actitud controladora y manipuladora. Lo digo por ti.

Hannah baja la vista hacia sus manos, unidas pulcramente sobre la mesa. De no ser por el moratón en forma de U que tiene debajo del ojo, se la ve totalmente relajada y controlando la situación. La miro, animándola mentalmente a que me lo cuente todo. Si Seth le pega, necesito saberlo. Dios mío, se me haría muy difícil creerlo, pero…

—Mi marido…

Se muerde la mejilla por dentro. Me gustaría darle un empujoncito, animarla a que me hable, pero me temo que si digo cualquier cosa se romperá el encanto y se encerrará en sí misma y, por lo tanto, espero.

—Tiene carácter. A veces… —titubea, como si no supiera muy bien cómo expresar lo que quiere decir—. Pienso que su pasado le afectó más de lo que está dispuesto a admitir. Pero te aseguro que no me ha pegado.

Me preocupa una parte de su explicación, la parte relacionada con el pasado. ¿Sabrá Hannah algo que yo no sé?

—¿Su pasado? —digo, interrumpiéndola—. ¿A qué te refieres?

Consigo mantener una expresión neutra, pero noto que mis cejas se esfuerzan por unirse, que mi frente desea arrugarse como respuesta refleja a mi preocupación.

Hannah carraspea, un sonido muy elegante. No lo soporto; quiero que lo suelte todo. En mi estómago empiezan a cuajar sentimientos de celos al pensar que ella podría saber algo que yo no sé.

—Bueno… —dice por fin—. Viene de una familia con mucha gente…

«No, mierda», deseo decir.

—Alguien de su familia… alguien le hizo daño.

Muevo la cabeza sin entender nada.

—Le hizo daño ¿cómo?

—No lo sé —responde Hannah, y me doy cuenta de que ya se está arrepintiendo de habérmelo dicho—. Lo violentaría de alguna manera, lo acosaría. Pero creo que lo estoy expresando como algo más leve de lo que en realidad es…

La miro fijamente, confusa. ¿Así que los hermanos de Seth se burlaban de él? ¿Y qué tiene de nuevo eso? Recuerdo que mi hermana arrojó mi muñeca favorita a la chimenea y luego me miró con desdén cuando yo no podía parar de llorar.

Espera a que el camarero vuelva a llenarle el vaso de agua y se aleje para inclinarse hacia mí.

—Tenía un hermano mayor que era un psicópata —me cuenta en voz baja—. Y se ve que le hacía cosas espantosas, como sumergirlo en la bañera hasta que se pensase que iba a morir ahogado, y luego entrar sigilosamente en su habitación por las noches y… y tocarlo.

Me echo hacia atrás.

—¿Abusó sexualmente de él?

Busco en mi memoria algo, cualquier cosa que Seth pueda haberme contado sobre su hermano. Pero la verdad es que apenas me ha hablado de él; ni siquiera sé cómo se llama. Me invade una oleada de angustia; yo soy menos importante. Nunca ha compartido su dolor conmigo. Bebo un trago largo de agua y confío en que Hannah no se dé cuenta de que me ha cambiado la cara.

Hannah se aparta también al notar mi reacción y mira rápidamente a nuestro alrededor para ver si alguien nos ha oído. No hay nadie muy cerca, así que se relaja.

Me impaciento con ella. Me importa un comino lo que piense la gente en momentos como este. Mi corazón va a mil por hora y tengo el estómago revuelto. Si todo esto es cierto, ¿cómo es posible que Seth no me lo haya contado? Y mientras miro a Hannah —sus pómulos perfectamente esculpidos, sus labios carnosos fruncidos en señal de desaprobación hacia mí—, me siento tanto traicionada como herida. Y ella lo nota, porque entonces extiende la mano por encima de la mesa para cogerme por la muñeca. La presiona levemente y me observa con sus enormes ojos azules.

—¿Estás bien? —pregunta—. ¿He dicho algo que haya podido molestarte?

—No, en absoluto. Es que esto que cuentas es espantoso…

Intento separarme con la máxima delicadeza posible, manteniendo en todo momento una sonrisa tensa. En este momento la odio. Da la impresión de que se traga mi mentira, ya que me suelta y devuelve las manos a su regazo.

—¿Cuántos años duró aquello?

—Se ve que fue yendo y viniendo durante toda su infancia. Hasta que su hermano se marchó de casa para ir a la universidad.

—¿Así que insinúas que a veces… hace cosas… por rabia, por lo que hizo su hermano?

—No. Sí. No lo sé. Discutimos como todas las parejas casadas y a veces la situación se vuelve acalorada. Yo le pegué —reconoce—. Después me sentí fatal, claro. Y él me agarró por el brazo, para que no volviera a hacerlo… los moratones que viste la otra vez.

Aparta la vista, avergonzada.

En este momento, siento la necesidad de contárselo todo. Quién soy, qué sé sobre ella y sobre Regina. Contarle que Seth me empujó y que no me ha perdido perdón, lo cual me lleva a pensar que no se dio cuenta de lo que había hecho. ¿Tan claro quedaría todo si pudiera exponerlo entre nosotras? Sin duda alguna, comprendería más cosas sobre Seth. También podría preguntarle a Seth al respecto aunque, de hacerlo, se enteraría de que he estado hablando con Hannah.

—¿Y este golpe debajo del ojo? —pregunto, y me trago la emoción que tengo atascada como un mendrugo en la garganta y la miro directamente a los ojos.

—No, no tiene nada que ver. Estaba haciendo cosas por casa y me tropecé con la puerta abierta de un armario. De verdad. Él está a veces malhumorado, retraído… Necesita su tiempo para estar a solas. A veces pienso que es porque siempre ha estado rodeado de gente.

Y a continuación, cierra la boca. Intento otra táctica. Al fin y al cabo, si he venido hasta aquí es para obtener información, aunque nunca imaginé que fuera a ser tan oscura.

—Pues cuéntame cosas sobre él, cosas que te gusten. —Esbozo una sonrisa alentadora cuando veo que Hannah se muerde el labio—. Vas a tener un hijo suyo, debe de haber cosas que te gusten…

—Por supuesto, sí, claro.

Parece aliviada al ver que varío el tema para pasar a algo más agradable. Y percibo de inmediato el cambio. Cuando Hannah habla sobre Seth de esta manera, sus ojos adquieren un brillo especial y sus labios dibujan la sonrisa de una chica totalmente enamorada. Reconozco los síntomas, puesto que a menudo los he visto en mí misma.

—Es encantador, y bueno. Me mima, siempre está preguntándome si necesito alguna cosa y si estoy bien. Me compró un libro de nombres de bebé y le gusta escuchar mis ideas… las pequeñas cosas…

Recuerdo que Seth me contó lo del libro de nombres y mencionó que Hannah —o Lunes, como él la llama— quería niño.

—Es divertido —sigue diciendo—. Le gusta bromear y reír. Eso es algo que me gusta mucho de él.

¿He pensado yo alguna vez que el sentido del humor de Seth sea su punto fuerte? Yo suelo ser la más ingeniosa en la relación, la que siempre hace algún comentario jocoso mientras él se limita a reír.

—Fabuloso —digo, cuando hace una pausa—. Son cualidades estupendas.

Hannah mueve la cabeza en un gesto de asentimiento, animada, y me parece que sus ojos se llenan de lágrimas, pero entonces llega el camarero para volver a servirnos agua.

—¿Podemos cambiar de tema? —dice, cuando el camarero se marcha.

—Claro. —Sonrío—. ¿Y dónde está esta noche?

No sé por qué lo pregunto, lo único que sé es que cuando la gente me pregunta a mí dónde está mi marido, siempre titubeo antes de responder con cualquier excusa tonta.

—Está… tendría que estar en casa —responde—. Le he dicho que esta noche saldría.

—¿Y no le importa que tengas amigas?

—No lo sabe —dice—. Es muy protector, le preocupa con quién paso mi tiempo.

No ignoro el movimiento de sus ojos hacia la izquierda, en busca de la respuesta correcta, la respuesta más fácil.

Hago un gesto afirmativo, aunque no puedo evitar preguntarme si Hannah está aceptando el conflicto como algo normal, resignándose a ser el tipo de mujer que quiere él. Es mucho más joven que yo, más o menos de la edad que yo tenía cuando conocí a Seth en aquella cafetería. Si alguien hubiera intentado ponerme sobre aviso por aquel entonces, me habría echado a reír, habría restado importancia a su preocupación. Seth era un buen hombre, un hombre de familia, y si alguna vez estaba de mal humor, no pasaba nada.

Llega la comida antes de que pueda seguir dándole más vueltas al tema. Durante el resto de la cena hablamos de asuntos banales, y cuando llega la hora del postre, me levanto para ir al baño. Noto sus ojos posados en mí mientras me alejo de la mesa. Ojalá pudiera saber en qué está pensando.

DIECISEIS

Cuando vuelvo del baño, Hannah se ha ido. Miro la mesa vacía con sensación de desasosiego en el estómago. El camarero está recogiendo ceremoniosamente las copas cuando levanta la vista y me ve. Sonríe con timidez, se encoge de hombros y se aparta.

—Pensaba que también se había marchado —dice—. Su amiga se ha ido precipitadamente.

Me acerco a la mesa y veo que ha pagado la cuenta en metálico y que ha dejado una nota en el reverso de mi servilleta. La cojo, preocupada. ¿Por qué se habrá marchado tan de repente? ¿Tanto le ha molestado nuestra conversación? A lo mejor Seth la ha llamado y le ha dicho que volviera a casa. Ha escrito a toda prisa y el bolígrafo ha agujereado la servilleta por varios puntos. *He tenido que irme corriendo, me encuentro mal. Dejamos lo del cine para otro día.*

¿Y es eso todo? Le doy la vuelta a la servilleta con la esperanza de encontrar una explicación más detallada, pero solo veo el residuo rosa del lápiz de labios que he dejado yo antes, cuando me he limpiado la boca.

—¿Ha visto que se encontrase mal? —le pregunto al camarero, que está esperando a que me vaya para poder recoger el dinero y preparar la mesa para el siguiente turno de comensales.

—La verdad es que no —responde, encogiéndose de hombros.

Cojo el teléfono para enviarle un mensaje.

«¿Qué pasa? ¿Por qué te has ido sin despedirte?»

«No me encontraba bien. He tenido que irme corriendo.»

Me planteo la posibilidad de seguir interrogándola, pero me lo pienso mejor. Ya la he asustado bastante con tantas preguntas. Mejor será que la deje tranquila. Podría ser por el bebé, me recuerdo. Está aún en el primer trimestre. Yo me pasé los primeros cinco meses de embarazo vomitando; el suelo del cuarto de baño me daba resaca. Alejo esos recuerdos de mi cabeza porque su reaparición es como un gélido cuchillo dispuesto a rasgar mi débil autocontrol. Si pensara demasiado en eso, acabaría…

Se me pasa por la cabeza la posibilidad de ir sola al cine, pero cuanto más lo pienso, más me doy cuenta de que estoy agotada, más me doy cuenta de que lo que más deseo es coger el coche y volver al hotel.

Con los dedos tamborileando sobre el volante, esperando con impaciencia a que llegue el aparcacoches del hotel, me empieza a agobiar una idea. Los mensajes que me ha enviado antes Seth eran raros, su tono, sobre todo. ¿Sería posible que me hubiera visto con Hannah? Decido dar media vuelta para pasarme rápidamente por delante de casa de Hannah. Solo para ver si el coche de él está allí. Con eso no hago daño a nadie. Despido al aparcacoches cuando veo que justo ahora se acerca y acelero, ignorando por completo su mirada de desaprobación. Veinte minutos. Me llevará un máximo de veinte minutos espiar a Hannah y mi marido. La excitación se apodera de mí y me salto un semáforo en ámbar, ansiosa por llegar cuanto antes a su acogedor hogar.

Incluso antes de llegar a la casa me doy cuenta de que ella no está. Las ventanas están oscuras y carentes de vida y el coche no está aparcado en su lugar habitual, junto a la acera. Tampoco se ve el coche de Seth. Me planteo la posibilidad de acercarme con sigilo y echar un vistazo al interior desde las ventanas, pero es todavía temprano y cualquier vecino podría verme.

Mierda. Mierda.

¿Y si ha ido directa al hospital desde el restaurante? Imposible averiguarlo esta noche. Derrotada, decido regresar al hotel. Algo pasa y tengo la impresión de que soy la única persona en este matrimonio que no lo sabe.

Sé que por la mañana apenas habré dormido. Que mi cabeza no dejará de dar vueltas y de tener pensamientos horribles. Si no encuentro pronto una forma de conciliar el sueño, no me quedará más remedio que ir al médico. Pasarse media noche despierta es una tortura, estar agotada y no saber cómo desconectar el cerebro es terrible. Hacia las cinco, consigo conciliar medianamente el sueño y cuando vuelvo a despertarme, a las siete, encuentro un mensaje de voz de Hannah en el teléfono. Me pongo bocarriba y me pregunto por qué no habrá sonado el teléfono, y entonces recuerdo que antes de entrar en el restaurante lo puse en silencio. Mis dos horas de sueño han estado repletas de pesadillas, de cosas oscuras persiguiéndome y capturándome. No recuerdo los detalles, pero las sensaciones que me han dejado siguen aún presentes en mi cabeza. Escucho el mensaje con media cara escondida bajo la colcha, con los ojos entrecerrados para protegerlos de la luz que se filtra a través de una abertura en las cortinas. La voz de Hannah tiembla y presiono el teléfono contra el oído para entender qué me está diciendo.

«Estoy muy asustada. —Su voz balbucea y se oye como si se estuviera sonando la nariz—. Hemos tenido una pelea. No me siento segura. Yo solo…»

La voz se interrumpe como si hubiera perdido cobertura.

Me alejo el teléfono de la cara y veo que el buzón de voz sigue activo. Vuelvo a pegármelo a la oreja y aguzo el oído por si acaso ha dicho algo más.

—Dejarme… sola… está…

Se corta por última vez. Mierda de cobertura.

Me quedo inmóvil unos minutos y sus palabras se repiten como un eco en mi cabeza. Seth. Ha tenido una pelea con Seth y ahora está asustada. ¿Qué habrá hecho para asustarla de esta manera? Me tapo los ojos con el brazo. Yo también he estado asustada, ¿verdad? Desde… desde aquel ataque de rabia, él se ha mostrado más impredecible. Si yo volviera a decir algo incorrecto, ¿volvería Seth a hacerlo? Si llamo a Hannah me veré irrevocablemente envuelta en este… en este asunto. Ya no seré capaz de encontrarle más excusas. Me veré obligada a reconocer que lo que me hizo Seth fue deliberado. Soy yo la que ha buscado a Hannah, la que le he escondido la verdad de quien soy. Tal vez haya llegado el momento de explicarle que Seth también es mi marido. Ruedo sobre mi cuerpo hasta quedarme bocabajo y hundo la cara en la almohada. Llamo a Anna.

—¿Qué pasa? —dice en cuanto responde.

La espontaneidad de su saludo no me echa atrás; Anna es así.

—Hola —digo—. Necesito consejo moral.

—¿Estás hablando pegada a la almohada?

Anna también conoce mis manías. Cambio de postura para que pueda oírme mejor.

—Ya no —digo.

—Tía, ¿estás segura de que soy la más indicada para darte consejo moral?

—No, pero no tengo a nadie más, de modo que te pido que me des el tipo de consejo que te daría a ti Melonie.

Melonie es la madre de Anna, una psicóloga que pasó nuestros años de adolescencia observándonos como si fuéramos las protagonistas de su proyecto de investigación y diseccionando todo lo que hacíamos. Nos parecía aterrador y emocionante al mismo tiempo. Cuando tienes esa edad, los adultos no suelen mostrar interés por el detalle de las cosas que piensas, a menos que sea para decirte que lo que piensas está equivocado. Pero Melonie era distinta. Validaba nuestra forma de hacer diciéndonos que estábamos viviendo nuestra propia aventura, explorando el mundo. Hacía que la autodestrucción pareciera normal y por eso destruíamos sin sentido de culpabilidad alguna. Hoy en día me pregunto hasta qué punto aquello fue sano: una persona adulta acicateándonos de esa manera. Y ahora aquí estoy, adulta y buscando aquella seguridad, pidiéndole a mi mejor amiga que me valide como en su día hizo su madre.

—De acuerdo —dice Anna, y suspira—. Dispara, ya me he puesto en modo Melonie.

—Tengo una nueva amiga, la he conocido a través de otra persona —añado, porque sé que Anna me lo preguntará—. Ya le había visto algún cardenal y no le había dado importancia, pero hoy me ha dejado un mensaje en el teléfono diciéndome que se ha peleado con su marido y que tiene miedo. Dos cosas que deberías saber: está embarazada y conozco lo suficientemente bien a su marido como para decir que no parece el tipo de tío que pegaría a su esposa, no sé si me explico.

Anna suspira. Me la imagino sentada en la mesa de la cocina, con una taza de su asqueroso café instantáneo enfriándose delante de ella; le gusta templado más que caliente. Cuando se siente frustrada, el tobillo de la pierna que tiene cruzada encima de la otra se mueve de un lado al otro y la pulsera tobillera que lleva brilla sobre su piel olivácea.

—En primer lugar, me importa una mierda lo inocente que pueda parecer un hombre, porque si resulta que una mujer tiene los ovarios de alzar la voz y decir que tiene miedo, algo lo bastante jodido debe de estar pasando como para que lo tenga. No es obligatorio que te impliques demasiado, pero sí lo suficiente como para darle el empujón que necesita para mandarlo a paseo. Todo el mundo espera que alguien le apoye, ¿verdad? Y aunque sea una única persona, eso ya te da fuerza.

Me muerdo el labio. Anna tiene razón. Me siento en la cama, flexiono las rodillas contra el pecho y las enlazo con los brazos. Todo es una mierda. Estoy compartimentando sin ni tan siquiera darme cuenta de ello.

—Pero ¿y si estuviera exagerando? Lo que quiero decir es que conozco al tío. Es buena persona y…

—No seas lerda. Los feligreses piensan que conocen a sus curas, las tías piensas que conocen a sus maridos, y tantos unos como otros se dedican a abusar de niños detrás de puertas cerradas. ¿De verdad crees que se puede conocer tan bien a una persona?

Pienso en mi caso, en todas las cosas que mi mejor amiga no sabe sobre mí, y bajo la cabeza. Ana ha dado en el blanco. A lo mejor todo el mundo anda fingiendo que todo va perfectamente bien cuando no es así. «Él me empujó», me digo. Por mucho que intente reescribir ese episodio, culparme a mí misma de lo sucedido y excusar a mi marido, la realidad es que él me empujó.

Ana y yo charlamos unos minutos más y, cuando se produce una pausa en la conversación, le doy las gracias y le digo que tengo que irme. Noto que duda cuando se despide, casi como si sospechase que no se lo estoy contando todo y estuviera dándome la oportunidad de escupir la verdad. Cuelgo rápidamente y voy al cuarto de baño para darme una ducha.

Llamaré otra vez a Hannah y se lo contaré todo. Juntas podríamos… ¿Qué? ¿Dejar a Seth? ¿Localizar a Regina y preguntarle si Seth ha sido alguna vez agresivo con ella? Da igual. Podemos cavilar juntas diversas alternativas. Como un equipo. Pienso en lo que voy a decirle mientras me enjabono el pelo y dejo que el agua caliente me quite un poco la tensión que siento en los hombros.

Envuelta en la toalla y sentada a los pies de la cama, vuelvo a llamarla. Estoy nerviosa. Me muerdo el labio. Suena una docena de veces antes de oír su voz. «Hola, soy Hannah. ¡Déjame un mensaje!»

—Hola, Hannah. Soy yo. Estoy preocupada por ti, así que llámame en cuanto recibas esto. Estaré en el coche, de camino de vuelta a Seattle durante las dos próximas horas y podré responderte enseguida. Vale, hasta luego.

Me visto y recojo mis cosas. Mientras, verifico el teléfono cada pocos minutos por si no me he dado cuenta de que me llamaba, pero el teléfono sigue oscuro y en silencio. Vuelvo a llamarla, y esta vez salta directamente el contestador.

—¡Hannah, mierda! ¡Llámame!

Emito un sonido de frustración cuando me aparto el teléfono del oído y entonces me doy cuenta de que aún no he cortado la llamada. Estupendo. Guardo el teléfono en el bolsillo, cojo de mala gana la bolsa y me dirijo al vestíbulo.

Paso una última vez por delante de su casa, pero no veo ninguno de los dos coches. Sin saber qué hacer, decido volver a mi casa. Siempre puedo dar media vuelta y volver si me necesita. Pero cuatro horas más tarde, entro en el aparcamiento de mi edificio sin haber tenido noticias de ella. El tráfico ha estado parado durante kilómetros. Hambrienta y con necesidad de ir al baño, he seguido sin detenerme para no perder mi lugar en la interminable cola de luces de freno. Arrastro mis cosas hasta el ascensor y entro en el apartamento después de cerrar de un puntapié la puerta a mis espaldas. Dejo el bolso al lado de la puerta y voy corriendo al aseo.

Salgo hambrienta y sedienta, dispuesta a atracar la nevera, cuando veo movimiento a través de la puerta del dormitorio. Mi corazón cae presa del pánico y me quedo paralizada. ¿Dónde he dejado el teléfono? ¿En la entrada, cuando he tirado el bolso al suelo?

Miro a mi alrededor en busca de algún signo que delate la presencia de mi madre, que normalmente deja sus cosas —una montaña de cosas de piel de diseño— sobre la mesa de la cocina cuando viene a verme. Pero todo está tal y como lo dejé, hasta las migas alrededor de la tostadora. Oigo movimiento, pies arrastrándose sobre la alfombra y, de pronto, aparece Seth en la puerta de la cocina. Me llevo la mano al corazón, que late dolorosamente en mi pecho, me doblo por la cintura y me río de mí misma.

—Pensaba que había entrado alguien —digo—. Me has asustado.

Necesito un minuto para asimilar varias cosas: la primera es que hoy no es jueves; la segunda, que Seth no sonríe; y la tercera, que lleva los nudillos de la mano derecha vendados. Me paso la lengua por los labios, mi cerebro trabaja frenéticamente. «¡Lo sabe!», pienso. Por eso debe de estar aquí, para desenmascararme. Yo no soy de las que mienten. Omisiones, sí, pero si me pregunta a quemarropa sobre Hannah, le diré la verdad.

Mis ojos recorren su cara y, por un instante, ninguno de los dos dice nada. Parece un juego de miradas, en el que no me gusta nada participar.

—¿Qué haces aquí? —digo por fin.

Tiene los ojos cansados y anodinos, nada que ver con la chispa maliciosa que siempre luce mi Seth. ¡Mi Seth! Casi estallo en carcajadas. Ese ya no sé quién es. De pronto, tengo miedo.

Responde a mi pregunta con otra pregunta.

—¿Dónde has estado tú?

Ah, un empate. ¿Quién quiere responder primero?, me digo.

Abro la nevera, recordando de pronto la sed que tengo, y cojo una botella de agua. Le ofrezco otra a Seth antes de cerrar la puerta de la nevera y extendiendo el brazo hacia él. Mueve la cabeza en un gesto afirmativo, sin que la mirada inexpresiva abandone su cara. Le doy la botella y me apoyo en la encimera mientras él la destapa y bebe.

—Viendo a una amiga. Ya te lo dije.

—Sé lo que estás haciendo —dice.

Me fijo entonces en cómo va vestido: vaqueros y el jersey de cuello redondo que le lavé la semana pasada. Prendas que están en nuestro apartamento.

—¿Estás aquí desde anoche?

Esa idea no se me había pasado por la cabeza hasta que he visto la ropa. ¿Vendría después de pelearse con Hannah y descubrió entonces que yo no estaba?

—Sí —responde.

—Lo siento. No lo sabía, si no habría vuelto a casa. ¿Por qué no me llamaste?

Seth me mira furioso y se me revuelve el estómago. Tiene los hombros anchos, cuadrados, como un muñequito de Lego. Las mujeres se quedan embelesadas con sus hombros, pero en este momento me asustan. ¿Cuánto daño me haría si me pegase? ¿Cómo de fuerte le pega a Hannah? Me imagino su cuerpo menudo, su piel tan blanca; un solo golpe y empezaría a sangrar. ¡El bebé! Creo que tengo un ataque de pánico. Sus ojos repasan mi cara, pero no implorantes, sino con una dureza que me provoca un escalofrío. Él es así: te incita sin preguntar nada. Formular preguntas no es su papel. Nosotras estamos aquí para darle placer.

Levanto la barbilla, amargada. Algo ha cambiado dentro de mí. ¿Me ha llevado días...? ¿Semanas...? No puedo identificar cuándo ni cómo, pero si yo misma noto el cambio, es evidente que mi marido, que está mirándome como si tuviera jeroglíficos egipcios tatuados en la cara, lo nota también. Es la estupidez del macho: esperan que siempre seas la misma, una sumisa fiable, pero las mujeres nos pasamos la vida cambiando. Y la corriente del cambio puede ir tanto a tu favor como en tu contra, dependiendo de lo justamente que hayas sido tratada. En mi caso, nado contracorriente, aunque siento la fuerza de la gravedad del amor que siento por él intentando tirar de mí y arrastrarme hacia el fondo. «Es un buen tío. Tiene que haber una explicación para todo esto...»

—¿Qué has hecho? —dice.

Veo que el blanco de sus ojos no es del todo blanco. Que es de un rosado sucio, la tonalidad que adquiere después de haberte pasado la noche bebiendo.

Hablo e intento disimular el temblor de mi voz.

—No sé de qué me hablas —declaro.

—Sí que lo sabes.

Estoy respirando por la boca. No quiero que vea lo asustada que estoy y no quiero que sea él quien controle la situación.

El grifo gotea y es el único sonido en toda la estancia. Me oigo tragar saliva a medida que pasan los segundos. Sigo mirándolo fijamente.

—¿Qué te ha pasado en la mano? —pregunto.

Miramos los dos la mano. Seth mira el vendaje como si lo estuviera viendo por primera vez. Abre los dedos, mueve la muñeca de lado a lado, parpadeando. Le cae un mechón de pelo en la frente y me doy cuenta ahora de que tiene el pelo mojado, que acaba de salir de la ducha. «¿Qué estabas intentando limpiarte?», me pregunto.

Si él tiene los nudillos así, ¿cómo debe de estar Hannah?

—Me he golpeado contra algo.

Es lo único que dice, como si la explicación fuera más que suficiente.

—¿Haciendo qué?

Mi pregunta lo deja desequilibrado. Abre y cierra la boca.

—Seth —digo—. ¿Qué has hecho?

DIECISIETE

Se abalanza sobre mí. Sucede a cámara lenta y noto que mi cerebro intenta desesperadamente asimilar la realidad. Mi. Marido. Me. Está. Atacando. No estoy preparada para ello, y cuando sus manos se cierran sobre mis antebrazos, grito. Es un sonido breve, agudo… patético, la verdad.

Y se interrumpe cuando Seth, clavándome agresivamente los dedos en los brazos, empieza a zarandearme. Mi cabeza se mueve con brusquedad hacia un lado y hacia el otro, hacia delante y hacia atrás, hasta que se detiene y él se queda a solo un par de centímetros de mi cara, respirando con fuerza contra mi piel. Su aliento huele a alcohol y al enjuague bucal con el que ha intentado disimularlo. Intento liberarme, pero me tiene atrapada y noto el borde de la encimera de mármol clavándoseme en la espalda. Los dedos siguen clavándose en mi piel, produciéndome dolor, y gimo. Nunca me ha tocado así; es como si tuviera delante la cara de un desconocido.

—Eres una mala puta —murmura—. Nunca tienes suficiente. Lo he arriesgado todo por…

Me salpica el labio una gota de saliva. Forcejeo para poder liberar los hombros, le golpeo el pecho con los antebrazos, pero en lugar de soltarme, sus manos se desplazan hacia mis muñecas. Soy su prisionera. No puedo creer que esté diciéndome lo que me dice. La que lo ha arriesgado todo soy yo. Soy yo la que hace sacrificios.

Jadeo, sin atreverme a moverme. No puedo seguir negándolo por más tiempo, ni los moratones de ella, ni el empujón que sufrí yo. «¡He despertado!», pienso. No hay vuelta atrás. Creo que acabará fracturándome los huesos de las muñecas, huesos delgados contra manos fuertes. Siempre me ha gustado que Seth sea mucho más grande que yo, pero ahora me encojo de miedo ante su fuerza, me maldigo. Estoy en estado de *shock* y tiemblo como un animal acorralado.

Vuelve a decirlo, pero esta vez pronuncia las palabras con más potencia, con más cuidado, como si yo fuera tan tonta que hubiera sido incapaz de entenderlo la primera vez.

—¿Con quién? ¿Dónde has estado?

—Con Hannah —musito—. He estado con Hannah.

Nuestras respectivas miradas, como siguiendo una coreografía estudiada, se desplazan hacia su mano vendada.

Noto que por un instante la presión disminuye, que sus dedos se vuelven flojos. Creo que está intentando convencerse de que no ha oído bien lo que le he dicho. Me doy cuenta de que acabo de confirmar sus temores y comprendo que debo alejarme de él.

Consigo liberar un brazo y le golpeo el pecho para que se aparte. Si pudiera alcanzar el teléfono podría llamar a alguien para pedir ayuda. Pero ¿a quién? ¿Quién me creería? ¿Qué podría contarle a la policía? ¿Que mi marido me está gritando porque cree que lo he engañado? Seth apenas se mueve y tiene ahora los ojos entrecerrados, clavados en mí con intensidad. Jamás le había visto esta mirada. Es como si tuviera otro hombre delante de mí.

—¿Por qué? —Parpadea—. ¿Cómo? Teníamos un acuerdo. ¿Por qué lo has hecho?

—¿Sí? —replico, furiosa—. ¿O el acuerdo lo tenías tú? Estoy harta de esto. Quería saber quién es. Verle la cara. Tú tienes todo lo que quieres, tres esposas, y nosotras tenemos que acatar tus deseos.

—Teníamos un acuerdo —repite—. Lo aceptaste.

—Lo acepté porque era la única manera de tenerte. Le estás pegando. He visto los moratones.

Seth niega con la cabeza.

—Estás loca.

Parece horrorizado al verme capaz de una acusación de este calibre.

Me suelta, y toda la presión que estaba ejerciendo sobre mí hace apenas un minuto desaparece. Me recuesto en la encimera y me masajeo las muñecas mientras Seth empieza a deambular de un lado a otro de la pequeña cocina.

Se ha quedado blanco, lo que hace que los círculos oscuros que luce bajo los ojos sean aún más pronunciados. Parece como si estuviera enfermo. Aunque imagino que cualquiera se sentiría mínimamente enfermo después de pegar a su esposa embarazada, pasarse la noche bebiendo y luego enfrentarse a su esposa estéril. Noto cómo la rabia crece en mi interior mientras lo observo; el hombre al que siempre he considerado tan atractivo, la escultura de un dios. Pero parece como si se hubiese fundido, como si la estatuilla del ídolo hubiera perdido su lustre. Me gustaría verificar el teléfono por si me ha llamado Hannah. ¿Y si le ha hecho daño de verdad? Avanzo un poco hacia la puerta; si hago un movimiento rápido, creo que conseguiré llegar a coger el bolso que he dejado caer en la entrada. Y sé que el teléfono está en el bolsillo interior, junto con un paquete abierto de caramelos Life Savers y el pastillero.

—Mira, estás enferma. Está volviendo a pasar…

Lo miro, pasmada.

—¿Enferma? El que está enfermo eres tú —le espeto—. ¿Cómo puedes decir esto cuando fuiste tú quien me pidió llevar este estilo de vida? Tú tienes todas las mujeres que quieres y nosotras somos tus prisioneras emocionales.

Y en cuanto las palabras salen de mi boca, me doy cuenta de hasta qué punto las siento. Nunca me había permitido hacer esta reflexión; he vivido superada por el amor, presionando mis sentimientos, asfixiándolos, para acomodarme a él. ¿No es eso lo que hacemos como mujeres?

—¿Te estás tomando tus pastillas?

—¿Mis pastillas? —repito—. ¿Para qué necesitaría yo tomar pastillas?

Pienso en el pastillero, el que me compré en una tienda para turistas en Pike Place Market, con una rosa de color rosa dibujada en la tapa. ¿Qué hay dentro? ¿Aspirinas, un par de ansiolíticos de Anna? El sonido del goteo del grifo me está poniendo nerviosa. No necesito tomar pastillas. Eso terminó hace mucho tiempo.

Seth separa los labios y pestañea con rapidez; un parpadeo que parecen disparos. Mira a su alrededor, como si estuviera buscando ayuda en la cocina, cuando todo el blanco y el plateado que tan concienzudamente elegimos juntos resulta cegador. Deseo cerrar los ojos y encontrarme en un lugar más cálido. Estoy a punto de sugerirle trasladar nuestra pequeña fiesta acusatoria al salón, cuando vuelve a mirarme entrecerrando los ojos.

—He estado en tu casa —me atrevo a decir—. ¿Por qué no me dijiste que le habías comprado una casa y la habíais reformado entera? ¿Pensabas que me pondría demasiado celosa?

—¿Me estás tomando el pelo?

Levanta las manos, con las palmas dirigidas hacia mí, y entonces abre mucho los ojos. Me encojo, aunque es evidente que no me está amenazando. Su respiración trabajosa le agita el torso, lo que me lleva a bajar la vista instintivamente hacia mi pecho. Da la impresión de que está conteniendo la respiración, puesto que no se mueve en absoluto.

—Se acabó —dice, y cierra de nuevo los ojos—. Creía que podrías gestionarlo. Habíamos llegado a un acuerdo… me parece increíble. —Esta última parte la dice solo para sí mismo.

La rabia y el dolor se entrelazan en mi pecho. De entre mis labios se escapa un sollozo. Me siento terriblemente confusa. Me llevo la mano a la cara, toco mis facciones; no es un sueño, es real.

La expresión de Seth se suaviza.

—Escúchame bien. Lo he estado intentando. Lo que tuvimos era real, pero las cosas cambian. Cuando perdiste el bebé, cambiaste.

152

—¡No! —grito—. Pienso contarle a todo el mundo quién eres y lo que has hecho. No podrás mantener en secreto por más tiempo tu estilo de vida. Incluso Regina te engaña.

Después de mis palabras, silencio. Seth abre mucho los ojos y veo perfectamente los hilillos rojos sobre el blanco. Dice por fin:

—Para.

Echo la cabeza hacia atrás y dejo que mi garganta vomite una carcajada ronca.

—¿Eres tú el que me toma ahora el pelo? —Mi miedo se ha metamorfoseado en cólera. Y es mejor estar encolerizada que tener miedo, decido—. Pienso revelar quién eres en realidad.

—Voy a llamar a tu médico —dice.

Saca el teléfono del bolsillo trasero del pantalón y no despega los ojos de mí mientras mueve el pulgar para desbloquearlo. En su ceño aparece una marca profunda y sus dedos corren a toda velocidad por la pantalla.

—Encontré en tu bolsillo la factura del médico… de Hannah. Fui a verla.

Lo digo con toda la calma del mundo, fijándome en su expresión por si deja entrever alguna cosa. Pretende que todo lo que digo está simplemente en mi cabeza, ¿por qué?

—¿Qué factura del médico? —Hace un gesto de negación, y entonces lo veo. Una chispa de reconocimiento. Deja el teléfono al lado de la cafetera; se olvida de él—. Oh, Dios mío —dice—. Dios mío. —Repite el gesto de negación—. Cuando estuve en el médico, había una mujer delante de mí. Se distrajo con el teléfono y se marchó, olvidándosela. Salí corriendo tras ella, pero ya no conseguí localizarla. Debieron de venir a buscarla en coche. Guardé la factura en el bolsillo. Tendría que habérsela devuelto a la recepcionista, pero ni siquiera se me ocurrió en aquel momento. Esa es la factura que encontraste.

No me lo creo, no me creo nada de nada. Esto es una locura. Está mintiendo.

—Necesitas ayuda. Vuelves a tener alucinaciones.

¿Vuelvo? Estoy tan enfadada que soy yo la que esta vez se abalanza sobre él, con las manos abiertas para poder sacarle los ojos con mis uñas mordidas.

—¡Mentiroso! —grito.

Le aporreo el pecho… y es un error. Cuando estoy a su alcance, Seth utiliza su fuerza contra mí y me mantiene alejada de su cuerpo. No consigo llegar hasta él, pero agito los brazos e intento entrar en contacto con algún objeto. La botella de agua que Seth ha dejado abierta cae de la encimera de la cocina y se estampa con un golpe sordo contra el suelo de madera. El agua se derrama a nuestros pies y cuando quiero librarme de él, resbalo. Seth intenta cogerme al vuelo, pero mi pie pierde el contacto con el suelo y caigo; también él. Aterrizamos a la vez, enzarzados. Me golpeo la espalda, con todo el peso de Seth encima de mí, y entonces no veo nada, solo oscuridad.

DIECIOCHO

—Hola, Thursday, ¿puedes oírme?

Una voz desconocida sacude mi conciencia. Tira de mí como una mano en la niebla. Un dolor de cabeza cegador palpita detrás de mis ojos y sé que en el momento en que los abra será diez veces peor. Me paso la lengua por el paladar y me despierto en una habitación iluminada, no con luz natural sino iluminada por el zumbido de los fluorescentes del techo.

Una mujer se inclina sobre mí y capto un uniforme de hospital azul marino y un estetoscopio, que cuelga como un collar de su cuello.

—Hola —dice alegremente, con excesiva alegría—. Tendrás dolor de cabeza, ya te hemos administrado lo necesario para remediarlo. En poco rato te sentirás mejor.

Dejo que mi cabeza caiga hacia la derecha, donde un dispensador de goteo monta guardia junto a la cama. Tengo una sed espantosa.

—Estabas muy deshidratada —dice la mujer—. Estamos solucionándolo. ¿Quieres un poco de agua?

Hago un gesto de asentimiento y una punzada de dolor me atraviesa de tal modo la cabeza que me estremezco.

—Intenta no moverte mucho.

La mujer desaparece y vuelve con un vaso de plástico grueso, de color no identificable, con una pajita apoyada en el borde. El agua sabe a plástico, pero está fría, y cierro los ojos mientras aspiro.

—¿En qué hospital estoy? ¿Dónde está mi marido?

Oigo el rechinar de sus zapatos cuando cruza la habitación, un sonido que me resulta familiar y me consuela. Hace años, una paciente me contó que el sonido de los zapatos de una enfermera sobre el suelo de un hospital le provocaba ataques de pánico. «Porque entonces es cuando vienen a inyectarte más mierda, o a darte malas noticias», me dijo.

—Estás en Queen County. No he visto a tu marido, pero la hora de visita ya ha pasado y seguro que volverá mañana.

¡Queen County! Intento sentarme en la cama, pero grito cuando otra nueva punzada de dolor me atraviesa la cabeza.

—Tranquila —dice la enfermera, corriendo a mi lado—. Has sufrido una conmoción cerebral. De menor importancia, pero…

—¿Por qué estoy en Queen County? ¿Dónde está el médico? Necesito hablar con él.

La enfermera abre mi historial médico y me mira con desaprobación por encima de la carpeta. Sus cejas parecen dos orugas de color arena; necesita un buen par de pinzas. No sé por qué pienso tan mal de ella, supongo que es porque ella tiene respuestas y yo no.

—Aquí dice que llegaste en ambulancia. Es lo único que puedo decirte por el momento, hasta que hables con tu médico.

Cierra la carpeta con determinación y sé que no conseguiré nada bueno si sigo acosándola de esta manera. Conozco bien su estilo: la enfermera estricta por excelencia. En mi hospital tenemos tres o cuatro de esta tipología. Siempre se les asignan los pacientes más complicados a modo de acto de caridad hacia el resto de nosotras.

Derrotada momentáneamente, dejo descansar la espalda sobre la almohada plana del hospital y cierro los ojos. ¿Qué ha sucedido exactamente? ¿Por qué no me han llevado al Seattle General? Mis amigos y mis colegas están allí. Entre los míos estaría mejor cuidada. Queen County tiene reputación de tener un personal más duro. Lo sé porque no es la primera vez que estoy aquí. Queen County es como ese pariente criminal que solo ves en vacaciones: sucio, decadente y amonestado. Es la casa cuyo jardín está repleto de latas de refresco y botellas de cerveza que inundan el césped como malas hierbas y con un carro de la compra abandonado en la esquina. Es un lugar donde los sueños no tienen terreno donde crecer, donde todo se pierde entre las grietas.

De pronto tengo un recuerdo, como un *flash*: una silla de ruedas, sangre —mucha sangre— y la cara tensa de mi marido inclinándose sobre mí, asegurándome que todo irá bien. En aquel momento casi me lo creí, porque eso es lo que pasa con el amor. Te da sensación de bienestar, te lleva a pensar que todo lo malo se evaporará gracias a la fuerza de dos personas que se adoran mutuamente. Pero no ha ido bien, y mi matrimonio está mucho más vacío ahora que cuando llegué aquí aquella primera vez.

Esbozo un mohín al recordar aquello. Me subo las sábanas hasta el cuello, muerta de frío de repente, y me tumbo de costado para quedarme lo más quieta posible. Noto la cabeza muy sensible, como si el más mínimo movimiento fuera a provocarme una explosión de dolor insoportable. Quiero ver a Seth. Quiero a mi madre. Quiero que alguien me diga que todo irá bien, aunque no sea cierto. ¿Por qué me habrá dejado aquí sola, sin ninguna nota, sin ninguna explicación?

Abro de repente los ojos y, con mucho cuidado, examino la habitación en busca de mi bolso o de mi teléfono. No, la enfermera me ha dicho que llegué en ambulancia; el teléfono debe de haberse quedado en casa. Tengo un vago recuerdo del bolso en el suelo, junto a la puerta, en el recibidor. De pronto me siento muy cansada. Los medicamentos, pienso. Me han dado alguna cosa para el dolor y me quedaré grogui. Dejo que mis ojos se cierren y me dejo arrastrar, como una hoja flotando en el agua.

* * *

Cuando me despierto, hay una enfermera distinta. Está de espaldas a mí y lleva una sola trenza fina que le alcanza casi la cintura. Es joven; calculo que no hará ni un año que ha salido de la escuela de enfermería. Intuye que la estoy mirando, se vuelve y ve que estoy despierta.

—Hola.

Se mueve con fluidez, como un gato, y sus hombros parecen ondularse cuando camina. Comprueba el monitor mientras la observo, aún demasiado atontada como para poder hablar.

—Me llamo Sarah —dice—. Has dormido bastante. ¿Cómo te encuentras?

—Mejor —gimo—. Grogui. ¿Tengo conmoción cerebral?

Me duele la garganta al hablar y miro de reojo la jarra de plástico que hay a mi derecha. Al ver mis ojos anhelantes, me sirve un vaso y la miro con agradecimiento. Solo por eso, ya me gusta más que la enfermera sargento de ayer.

—Llamaré al médico para que venga a hablar contigo ahora que te has despertado.

—¿Seth...? —pregunto, cuando veo que se marcha.

—Ha estado aquí mientras dormías. Seguro que vuelve pronto...

Mis labios se apartan de la pajita y el agua empieza a gotearme barbilla abajo. Me seco con el dorso de la mano.

—¿Qué día es?

—Viernes. —Y añade, con una risa casi avergonzada—: Por fin es viernes.

Me contengo de no lanzarle una mirada de exasperación aunque, de hecho, creo que sería incapaz de expresar alguna cosa. Me siento como si estuviera debajo del agua, como si mi cuerpo fuera un alga que se arrastra por el fondo marino.

—¿Sarah...? —consigo decir cuando ya casi ha cruzado la puerta, cuando ya casi se ha escapado, pero asoma la cabeza por el umbral.

—¿Qué medicación me están poniendo?

¿Hablo arrastrando las palabras o son imaginaciones mías?

Parpadea y me doy cuenta de que no quiere contestar sin que antes haya hablado el médico conmigo.

—Haldol.

Con gran esfuerzo, consigo sentarme y la vía que llevo en el brazo me molesta cuando retiro la sábana. «¡Haldol, Haldol, Haldol!», grita mi cerebro. ¿Dónde está Seth? ¿Qué ha pasado? Intento recordar los sucesos que me han traído hasta aquí y me resulta imposible. Es como intentar atravesar un muro de ladrillo.

Sarah, con expresión tremendamente preocupada, vuelve a entrar corriendo. Soy la paciente para la que la han entrenado: «Intenta que mantenga la calma, llama para pedir ayuda». Veo que mira por encima del hombro para ver si pasa alguien por el pasillo. No quiero que lo haga; me llenarán de medicación hasta que no recuerde ni cómo me llamo. Me tranquilizo, relajo las manos, aflojo la cara. Sarah parece tragarse mi actuación porque ralentiza el paso y se acerca a la cama como si se estuviera acercando a un escorpión.

—¿Por qué me están poniendo Haldol? Ya me lo pusieron una vez. Sé que es un antipsicótico que los médicos solo utilizan en casos extremos de conducta violenta.

Sarah se ha quedado blanca y esboza una mueca mientras busca una respuesta. Es tonta, aún le falta por lo menos un año para cogerle el tranquillo a esto. Le he pedido que me diga qué fármacos me están administrando; sin embargo, no sabe decirme por qué. Quiero aprovechar su falta de experiencia antes de que entre alguien con más conocimientos, pero justo entonces llega el médico y su cara arrugada se muestra seria e inflexible. Sarah sale de la habitación y el médico se acerca, alto y encorvado, la típica figura que resulta amedrentadora si has visto demasiadas películas de terror.

—¿Haldol? —vuelvo a preguntar—. ¿Por qué?

—Hola, Thursday —replica—. Espero que te sientas cómoda.

Si cómoda significa drogada, pues sí, por supuesto que me siento cómoda. Lo miro fijamente, negándome ya de entrada a seguirle el juego. Estoy aterrada, tengo un nudo en el estómago y mi cerebro se pelea con los fármacos para recuperar el control. Quiero que venga Seth; anhelo el consuelo de su confianza inquebrantable, aunque sé que estoy enfadada con él. ¿Por qué? ¿Por qué no puedo recordarlo?

—Soy el doctor Steinbridge. Fui médico consultor en tu caso la última vez que estuviste aquí con nosotros.

—¿La última vez que Seth me hizo encerrar en el manicomio?

Mi voz suena ronca. Levanto la mano para tocarme el cuello, pero cambio de idea y la dejo caer de nuevo sobre la sábana.

—¿Recuerdas las circunstancias que te han traído aquí, Thursday?

Odio que diga constantemente mi nombre. Aprieto los dientes y el sentimiento de humillación se apodera de mi cuerpo. No lo recuerdo y sé que si reconociéndolo daré la impresión de que estoy loca.

—No —respondo simplemente—. Me temo que mis recuerdos han desaparecido, junto con mi marido.

El doctor Steinbridge no da muestras de haber oído mi pulla. Sus piernas larguiruchas se aproximan a la cama y tengo la impresión de que sus huesos podrían quebrarse en cualquier momento y desmoronarse en el suelo.

No creo que si le pregunto directamente dónde está Seth vaya a responderme. Es lo que tienen estos médicos: responden selectivamente y, además, suelen darle la vuelta a tus propias preguntas. La verdad es que he hablado con tantos loqueros que resulta hasta gracioso que sepa cómo se comportan.

—Voy a formularte algunas preguntas, solo para descartar una conmoción cerebral —dice—. ¿Puedes decirme cómo te llamas?

—Thursday Ellington —respondo con facilidad. «Segunda esposa de Seth Arnold Ellington», pienso.

—¿Y cuántos años tienes, Thursday?

—Veintiocho.

—¿Quién es el actual presidente?

160

Arrugo la nariz.

—Trump.

Ríe un poco y me relajo.

—De acuerdo, bien, muy bien. Lo estás haciendo estupendo.

Me habla como si fuera una niña o una retrasada. Estoy rabiosa, pero intento que no se me note. Sé perfectamente bien cómo tratan los hospitales a los pacientes que no cooperan.

—¿Nauseas? —pregunta.

Niego con la cabeza.

—No, nada.

Parece satisfecho con mi respuesta ya que marca alguna cosa en la carpeta del historial.

—¿Por qué no puedo recordar cómo llegué aquí? —pregunto—. ¿Ni qué sucedió antes?

—Podría ser por el golpe que te diste en la cabeza, o incluso por el estrés —responde—. Cuando tu cerebro esté preparado para ello, te ofrecerá estos recuerdos pero, por el momento, todo lo que tienes que hacer es descansar y esperar.

—Pero ¿no puede contarme qué paso? —digo, en tono suplicante—. A lo mejor así empiezo a recordar algo…

Entrelaza las manos, las deja caer hasta la altura de la cintura y mira el techo. Parece un abuelo preparándose para explicar una antigua ocurrencia ante un grupillo de nietos en vez de un médico hablándole a una mujer postrada en una cama de hospital.

—El martes por la tarde estabas en la cocina. ¿Lo recuerdas?

—Sí —respondo—. Con Seth.

Consulta el historial.

—Sí, eso es. Con Seth.

Mantengo la expresión inalterable a la espera de que diga algo más. No pienso morder el anzuelo e incitarle, por mucho que desee desesperadamente saber.

—Lo atacaste. ¿Eso lo recuerdas?

Sí. El recuerdo vuelve a mí, una ola que rompe contra mi cabeza. Recuerdo la ira, recuerdo haberme abalanzado sobre él. La sensación de desear clavarle las uñas hasta hacerlo sangrar. El motivo de mi enfado regresa también y me agarro a las sábanas… primero Hannah, luego Seth negándolo todo.

—¿Por qué lo atacaste? ¿Lo recuerdas?

—Sí. Seth había pegado a su otra esposa. Se lo dije a la cara y nos peleamos.

El médico ladea la cabeza.

—¿Su otra esposa?

—Mi marido es polígamo. Tiene tres.

Espero que reaccione, que se quede sorprendido, pero lo que hace es anotar alguna cosa y luego vuelve a mirarme, con expectación.

—¿Le viste pegar a su esposa?

—A una de sus esposas —digo, frustrada—. Y no, pero sí vi los moratones que ella tenía en el brazo y en la cara.

—¿Te dijo ella que él le había pegado?

Dudo.

—No…

—¿Y vivís todas juntas, tú y esas otras esposas?

—No. Ni siquiera sabemos cómo nos llamamos. O, mejor dicho, se supone que no lo sabemos.

El médico guarda el bolígrafo y me mira por encima de la montura de las gafas.

—De modo que eres polígama porque tu marido…

—Seth —digo.

—Sí, Seth, tiene relaciones con dos mujeres más cuyo nombre no conoces.

—Ahora sí que sé cómo se llaman —digo—. Las… las localicé.

—¿Y te enfrentaste a él por lo de esas otras relaciones?

—¡Sí!

Bajo la cabeza. Dios mío, esto se está poniendo complicado.

—Sabía de su existencia. Pero lo que le expuse fue lo de esos moratones que había visto… en el brazo de Lunes.

Me siento de repente vacía cuando salta en el interior de mi pecho una alarma que se instala luego como un peso en mi estómago.

Intento mantener la compostura; desmoronarme ahora solo serviría para que pareciese más loca de lo que ya debo de parecer.

El doctor Steinbridge vuelve a coger el bolígrafo y anota algo en mi historial. La punta del bolígrafo rasca el papel en rápidos garabatos. El sonido desencadena un eco de recuerdos, recuerdos que hacen que todo mi cuerpo se encoja en una agonía emocional. Me imagino que habrá escrito algo así como «paranoica». A lo mejor lo ha subrayado dos o tres veces. ¿No es eso importante? Dicen de mí que estoy paranoica cuando fue Seth el que creyó que sería capaz de gestionar tres matrimonios al mismo tiempo.

Decido mantenerme en mis trece. Me incorporo un poco y miro al «doctor Stein como se llame» fijamente a esos ojos que parecen alfileres y digo:

—Puedo demostrarlo. Si me trae un teléfono y me permite hacer una llamada, podré demostrarle todo lo que le estoy diciendo.

Reaparece la enfermera Sarah con una bandeja con comida. Mira la expresión que refleja la cara del médico, luego me mira a mí y sus ojos brillan con interés.

—Doctor Steinbridge —dice, con voz animada y simpática—. Thursday tiene visita.

DIECINUEVE

Entra Seth, y por su aspecto parece que vaya a un *brunch* informal un domingo en vez de ir a visitar a su esposa ingresada en una sala de psiquiatría. Va vestido con camisa, chaqueta de punto y vaqueros de color gris gastados. No reconozco esa ropa, debe de tenerla en alguna de sus otras casas.

Veo que ha ido hace poco a la peluquería y me esfuerzo por recordar si ya se había cortado el pelo hace un día, cuando apareció por sorpresa en nuestro apartamento. ¿Significaría eso alguna cosa? Su esposa ingresada en psiquiatría y él en el peluquero. Pero ¿a quién pretendo engañar? Tiene dos mujeres más: cuando una se cae del tren en marcha, la vida sigue adelante.

Sonríe, fresco y bien dormido, y se acerca para estamparme un beso en la frente. Estoy a punto de volver la cabeza, pero me lo pienso mejor; si quiero salir de aquí, tendré que ser agradable. Seth es mi pasaporte hacia la libertad.

El punto donde sus labios entran en contacto con mi piel me escuece. Si estoy aquí es por su culpa, él es el culpable de que nadie me crea. ¿No se supone que tendría que estar de mi lado, intentando sacarme de lugares como este? Y entonces recuerdo su mentira, su negación, cuando lo miré fijamente en la cocina. Intentó hacerme creer que me había inventado todo lo de Hannah. Lo miro ahora, alarmada, y me pregunto si debería esperar a enfrentarme a él cuando estemos a solas o si debería hacerlo ya. Miro de reojo al doctor Steinbridge, que nos está observando. En este lugar todo el mundo te observa, hay miles de ojos de halcón a la espera de que la líes y traiciones la realidad de tu estado mental.

—A lo mejor podrías aclararnos algunas cosas —sugiere el doctor, mirando a Seth.

«¡Sí!», pienso, incorporándome un poco en la cama. Por fin. A ver si lo ponen en un apuro y lo obligan a responder. Mi esposo mueve la cabeza en un gesto de asentimiento y arruga la frente, como si se estuviera muriendo de ganas de colaborar.

—Thursday ha mencionado que tienes… —el doctor Steinbridge me mira, como si le diera corte decirlo— más esposas…

La frase se corta y Sarah se queda paralizada mientras escribe algo en mi pizarra. Me mira por encima del hombro y entonces, con miedo a ser sorprendida, sigue con lo que estaba haciendo.

—Me temo que no es verdad —replica Seth.

—¿No?

El doctor Steinbridge se queda mirándome. Habla en tono casual, como si estuvieran comentando el tiempo que hace.

—Me divorcié de mi primera esposa hace tres años —dice Seth, incómodo.

—Pero siguen juntos —apunto yo.

—Estamos divorciados —dice con firmeza Seth. El doctor hace un gesto de asentimiento—. La dejé por Thursday…

Meneo la cabeza con incredulidad. Es increíble.

—Eso que estás diciendo es una chorrada, Seth. No puedes explicar esta historia como te venga en gana. Di la verdad. ¡Eres un polígamo!

—Solo estoy casado con una mujer, Thursday —dice Seth.

Está muy serio, muy convincente. Titubeo, porque su actuación es tan excelente que me quedo temporalmente muda.

—De acuerdo, pues —digo—. ¿Con cuántas mujeres mantienes una relación sexual?

—Thursday afirma que tienes dos esposas más, a las que te refieres como Lunes y Martes —dice el doctor.

Seth se ruboriza bajo la mirada del doctor. Observo con impaciencia. No podrá salir de esta.

—Es un juego entre nosotros.

—¿Un juego? —repite el doctor Steinbridge.

Me quedo boquiabierta. Estoy temblando.

—Sí.

Seth me mira en busca de apoyo, pero vuelvo la cabeza hacia el otro lado. No entiendo por qué miente de esta manera. Legalmente no está casado con las otras dos, así que no pueden arrestarlo por bigamia. Todo entre nosotros ha sido siempre consensuado. Hacerlo parecer como si yo me lo hubiese inventado es garantizar que no van a dejarme salir de aquí, a menos que no sea con un montón de terapia y medicación.

—Es lo que Thursday y yo hacemos para reírnos de todo el tiempo que tengo que pasar fuera. Siempre vuelvo a casa el jueves, y como ella precisamente se llama Thursday, bromeamos diciendo que hay también una Lunes y una Martes. —Me mira con nerviosismo—. No sabía que Thursday había llevado el tema tan lejos, pero teniendo en cuenta que…

—¿Qué? Teniendo en cuenta ¿qué? —espeto.

Me invade una oleada de rabia. No puedo creer que haya llegado a eso. De pronto, estoy acalorada, aun sabiendo que siempre mantienen las habitaciones muy frías. Siento la necesidad de destaparme y sacar la cabeza por la ventana para que pueda darme el aire fresco.

—Thursday, tienes un historial de alucinaciones —dice el doctor, interrumpiéndome—. A veces, cuando un trauma…

Su voz sigue hablando, pero la bloqueo. No quiero oírlo. Sé lo que pasó, pero no es lo mismo que está pasando ahora.

Seth me mira con ojos suplicantes. Quiere que le siga la corriente. Mi dolor de cabeza empeora de repente y necesito estar sola, pensar en todo esto.

—Fuera —digo, y al ver que no es suficiente y nadie se mueve, lo digo gritando—. ¡Fuera todo el mundo!

Llega otra enfermera y mira al doctor Steinbridge para pedirle instrucciones.

Y yo miro también fijamente al doctor, ignorando por completo a Seth.

—No necesito estar sedada. No soy un peligro, ni para mí ni para nadie. Lo único que necesito es estar sola.

El doctor me mira unos instantes, intentando hacerse una idea de cuál es mi actual estado mental. Y finalmente hace un gesto de asentimiento.

—De acuerdo. Volveré más tarde para ver cómo estás y seguir hablando. —Mira a Seth, que parece a punto de desmayarse—. Puede volver durante el turno de visitas de tarde y ver si para entonces está preparada para hablar —dice—. Y me gustaría también hablar contigo en mi despacho.

Veo la tensión en aumento reflejada en los hombros de Seth; ha perdido el control de la situación. A Seth no le gusta perder el control; no está acostumbrado a que los demás se salgan con la suya. ¿Por qué no me habré dado cuenta antes de esto? ¿Por qué no lo he visto hasta ahora?

Seth me mira una vez más antes de asentir.

—De acuerdo. Volveré más tarde.

Lo anuncia dirigiéndose a toda la habitación, no a mí. Y no vuelve a mirarme antes de salir por la puerta.

Cuando todo el mundo se ha ido, inspiro profundamente, temblando, antes de ponerme de lado y mirar por la minúscula ventana. El cielo tiene un gris sucio y derrama una fina llovizna. Desde la cama solo alcanzo a ver las copas de algunos árboles y me concentro en ellos. Pienso en la ventana de nuestro apartamento, de mi apartamento. La que domina el parque, pienso en lo mucho que luché por tener justo aquel apartamento cuando el que quería Seth era el que tenía vistas sobre el Sound. Yo lo necesitaba para ver la vida de los desconocidos; era una forma de huir de mi propia vida.

Me adormilo y me despierto cuando llega Sarah con el almuerzo,

¿o será la cena? Ni siquiera sé qué hora es. En cuanto huele a comida, mi cuerpo recuerda que está hambriento. Incluso da igual que la carne esté gris y que el puré de patatas sea instantáneo. Me meto la comida en la boca a una velocidad alarmante. Cuando termino, me recuesto de nuevo en la cama con dolor de estómago. Tengo los ojos cerrados y he vuelto a quedarme adormilada cuando oigo la voz de Seth. Me planteo la posibilidad de no abrir los ojos, de fingir que sigo dormida, con la esperanza de que se marche.

—Sé que estás despierta, Thursday —dice—. Tenemos que hablar.

—Pues habla —digo, sin abrir los ojos.

Oigo el crujido de una bolsa de papel y el olor a comida me llega a la nariz. Cuando abro los ojos, veo que Seth ha dispuesto varias cajitas de cartón entre nosotros, cinco en total. A pesar de que la comida del hospital aún me pesa en el estómago, se me hace la boca agua.

—Tu comida preparada favorita —dice.

Esboza una media sonrisa. Es su tipo de sonrisa más encantadora, la que utilizó conmigo aquel día en la cafetería. Me mira levantando los ojos, cabizbajo todavía, y por un instante parece un niño pequeño, vulnerable y ansioso por complacer.

—Ya he comido un delicioso bistec de hospital —digo, mirando de reojo la cajita con *risotto* de setas.

Seth se encoge de hombros y su sonrisa se vuelve tonta. Casi me da lástima, pero entonces recuerdo dónde estoy y por qué estoy aquí.

—Seth…

Lo miro fijamente y él me devuelve la mirada. Ninguno de nosotros sabe muy bien qué hacer con el otro, pero estamos preparándonos para una especie de guerra emocional, lo veo en sus ojos.

—¿Por qué no les dices la verdad? —digo, por fin.

Porque al fin y al cabo se trata de eso, ¿no? Si Seth contara la verdad, yo podría salir de aquí.

Aunque si contara la verdad, nada… nada podría volver nunca a la normalidad. Y ahora lo entiendo, entiendo esa mirada gélida de sus ojos. Todo depende de mí. No solo sé quién es Hannah, sino que además sé que es violento con ella, que le pega, y por eso las cosas entre nosotros nunca volverán a ser como antes. Al principio, mi esperanza era que quisiera estar conmigo, solo conmigo. Pero eso no pasará nunca, y ni siquiera quiero ya que pase. No sé quién es en realidad mi marido. No sé nada de nada. Y lo que dice a continuación no es lo que me esperaba.

—La verdad es que estás muy enferma, Thursday. Necesitas ayuda. He intentado fingir que todo esto no estaba pasando. Te he seguido el juego…

Se levanta y las cajas de comida se tambalean sobre la cama.

Estoy tan enfadada que se las tiraría a la cabeza. Se acerca a la ventana y mira a través del cristal antes de volverse hacia mí. Su cara ha cambiado en un instante, muestra ahora una sombría determinación, como si estuviera a punto de decirme algo espantoso.

—Has cambiado —dice muy despacio, con mucha cautela—. Después de lo del bebé…

—No —digo rápidamente—. No metas al bebé en esto.

—No quieres hablar del tema, y tenemos que hacerlo. No puedes obviar algo así —dice.

En la cara de Seth veo más convicción que nunca. Tiene las manos cerradas en puños a ambos lados de su cuerpo y mi cabeza recuerda la última noche en la cocina. Parece igual de enfadado que entonces, aunque también triste.

Tiene razón. Siempre me he negado a hablar de lo que pasó. Es demasiado doloroso. No he querido nunca revivir aquellas sensaciones, verme arrastrada hacia ellas una y otra vez en la consulta de un loquero. Mi dolor es como un ser vivo, enfermo e irritado, que sigue supurando bajo la superficie de mi calma. Es algo personal; no quiero mostrárselo a nadie. Lo alimento por mis propios medios, lo mantengo vivo. Porque mientras mi dolor siga ahí, el recuerdo de mi hijo seguirá también presente. Deben coexistir.

—¡Thursday! —exclama—. ¿Me estás escuchando, Thursday?

El olor, incluso ver la comida, me provoca náuseas. Empiezo a empujar las cajitas para sacarlas de la cama, una a una.

El sonido que producen al impactar contra el suelo con un ruido sordo y húmedo desvía la atención de Seth. Corre hacia la cama, que está a solo cinco pasos de distancia de él, y me agarra por las muñecas antes de que consiga alcanzar la sopa de guisantes. Levanto la rodilla por debajo de la sábana blanca e intento tumbarla. Es la que más me apetecía ver extendiéndose como fango por encima de las baldosas del suelo del hospital.

—Nuestro bebé murió, Thursday. No fue culpa tuya. ¡No fue culpa de nadie!

Me retuerzo, me dejo caer de nuevo sobre las almohadas y vuelvo a incorporarme. Me duelen las muñecas de la presión que ejerce Seth y le enseño los dientes. Eso no es verdad, y ambos lo sabemos. No es verdad.

—Tienes que acabar con esto —dice Seth con voz suplicante—. Todas las mentiras que te cuentas a ti misma. No te dejarán salir de aquí hasta que les cuentes la verdad…

Se dispara una alarma, aguda y estridente. Me pregunto si será por lo que he hecho. Sarah entra corriendo, con su trenza volando cómicamente detrás de ella. La siguen un hombre y otra mujer, y solo veo destellos de uniformes azules y caras decididas.

La alarma está aquí, en esta habitación, me doy cuenta ahora. Debe de haberla activado Seth. Pero no… no es una alarma… soy yo. Estoy gritando. Noto el ardor cuando el sonido se revuelve en mi garganta y sale por mi boca abierta.

Una de las enfermeras resbala y aterriza sobre la comida esparcida por el suelo. El enfermero la ayuda a incorporarse y a continuación se abalanzan todos sobre mí. Empujan a Seth para sujetarme. Seth se aparta y se queda junto a la pared, mirando.

Espero que sus ojos reflejen su miedo, que la preocupación distorsione su rostro, pero parece de lo más tranquilo. Noto algo frío correr por mis venas y parpadeo. Me obligo a abrir los ojos; quiero ver a Seth. Durante un minuto se vuelve borroso, pero sigue ahí, mirando. Los fármacos presionan mis párpados, me aplacan. ¿Qué era esa expresión que tenía en la cara? ¿Qué significa?

VEINTE

Cuando recobro la consciencia, tengo frío. No recuerdo dónde estoy y tardo unos minutos en recuperar los sucesos de los últimos días. Recuerdos fragmentados; para nada buenos. El olor a desinfectante me inunda la nariz y lucho por apartar las sábanas y sentarme en la cama.

Un hospital... Seth... Comida por el suelo.

Me masajeo la frente, que me duele a más no poder, y miro hacia un lado de la cama; no queda ni rastro del *collage* de color que he creado antes de que me enchufaran ese cóctel. ¿Por qué lo he hecho? Es una pregunta tonta, puesto que sé la respuesta. Porque Seth piensa que las peleas tirando comida por medio son un desperdicio y una estupidez. No le he lanzado nada a él, pero con lanzarlo todo al suelo ha sido suficiente: una exhibición infantil de mala conducta.

Seth, el práctico, el seco, el serio... hace tan solo unas semanas, ni se me habría pasado por la cabeza describirlo así. ¿Qué ha cambiado?

¡Hannah! Ese nombre resuena con más potencia que el resto. ¿Cuántos días hace que no sé nada de ella? ¿Tres? ¿Cuatro? Recuerdo la cara de Seth antes de que los fármacos me arrastraran a... No logré discernir su expresión; era una mezcla de cosas que no había visto nunca en su cara. ¿Significaría algo? Estar casada años con un hombre y verle una expresión distinta por primera vez.

172

Tengo que ponerme en contacto con Hannah; averiguar si está bien. Pero sin el teléfono, no tengo acceso a su número. ¿Y si Seth ha estado examinando mi teléfono y ha borrado los mensajes que nos hemos intercambiado? ¿Conoce mi contraseña? Tampoco es tan complicada adivinarla: la fecha en que tendría que haber nacido nuestro bebé.

Entra otro enfermero, esta vez un hombre mayor con el pelo rapado, cejas rubias casi blancas y cara de bulldog. Me hundo en la cama. Tiene las espaldas muy anchas y adivino que no me hará ni caso. Esperaba la llegada de alguien más joven e inexperto, como Sarah, a quien seguro que podría convencer para que me ayudara.

—Hola —dice—. Me llamo Phil.

¿Cuándo habrá empezado su turno? ¿Cuándo acabará?

—He hablado con tu médico. Parece que la cabeza va bien… —Se golpea el cráneo con los nudillos mientras hojea mi historial. Pongo mala cara ante el gesto. Es un hombre de las cavernas con uniforme de enfermero—. Van a pasarte a la sala de psiquiatría.

—¿Por qué? Si estoy bien, ¿por qué no me dan el alta?

—¿No ha hablado el médico contigo sobre el tema? —dice Phil, que se rasca el pezón izquierdo y gira otra página.

Digo que no con la cabeza.

—No creo que tarde mucho. Ya lo hablará contigo.

—Estupendo —digo secamente.

Estoy amargada. Phil no me gusta. Es, a todas luces, un exmilitar, y piensa que todo debe de hacerse de una determinada manera: con disciplina y orden. Prefiero una enfermera joven y fácilmente manipulable como Sarah, que sienta lástima por mí.

Pero antes de que Phil se marche, le pregunto si puedo hacer una llamada.

—¿A quién?

—A mi marido —digo con retintín—. Está trabajando en Portland y quiero ver cómo está.

—En tu historial no habla de ningún marido —dice.

—¿Insinúas que soy una mentirosa?

Phil no me hace ni caso.

—¿Por qué no dejamos que sea al revés y se interese él por cómo estás? Al fin y al cabo, la que está ingresada eres tú.

Lo miro furibunda y se marcha. Siempre me han gustado los tipos como Phil —resultan útiles en situaciones con pacientes pesados, siempre están dispuestos a representar el papel de policía malo cuando una enfermera necesita un descanso—, pero estar en este lado con un Phil delante es espantoso. Esperaré a la enfermera del próximo turno y cruzaré mientras los dedos para desear que sea más de mi estilo.

El doctor Steinbridge me dice que en mi cabeza todo está bien, que no tengo ni inflamación ni contusiones.

—Vamos bien, vamos bien —dice, dando golpecitos con un dedo en la carpeta de mi historial. Tiene los nudillos cubiertos con vello blanco—. Vamos a trasladarte a la sala de psiquiatría, donde te someterán a una evaluación y decidirán tu nueva pauta de medicación.

—A ver, un momento —digo—. No necesito ir a ninguna sala de psiquiatría. Simplemente me caí y me di un golpe en la cabeza.

Hace un mohín, como si se acabase de llevar una decepción conmigo.

—Sufres alucinaciones extremas, Thursday. Estallidos violentos. Pero no te preocupes —dice, intentando tranquilizarme—. Trabajaremos para que te encuentres mejor. Todos queremos lo mismo.

Lo dudo. Seth quiere que siga ingresada aquí. Tengo ganas de gritar, de soltar una ristra de tacos… de obligar al doctor Steinbridge a que vea la verdad, pero sé que si lo hago solo servirá para confirmar lo que ya está pensando de mí, lo que Seth está contándole. Pero no estoy loca. «No lo estás —me digo—. Aunque tengas la sensación de que lo estás, recuerda que no es así».

Una hora más tarde, entra en la habitación una enfermera con una silla de ruedas, a la que pone el freno.

—Vamos a trasladarte —dice.

—¿Y mi marido…?

No me gusta nada el tono de gimoteo que oigo en mi propia voz, no me gusta nada tener que preguntar dónde está mi marido en vez de saberlo.

La enfermera se encoge de hombros.

—Yo solo estoy aquí para el traslado. Es lo único que sé.

Camino atontada hasta la silla. La parte posterior de mis piernas roza el cuero y me dejo caer, aliviada. Lo que me hace sentirme de esta manera no es el golpe que me he dado en la cabeza, sino todos los fármacos que me están administrando. No puedo pensar con claridad. No recuerdo el recorrido en silla de ruedas hasta la octava planta ni haberme metido en la cama de la habitación minúscula. Me asignan una enfermera, pero no recuerdo que haya entrado a verme. Nada parece real. Cuestiono mi existencia, cuestiono la de Hannah… ¿Serán todo imaginaciones mías, como dicen ellos? Quiero hablar con Seth, quiero que mi cabeza se despeje, pero siguen obligándome a tragar más y más pastillas.

Paso los siete días siguientes en una especie de nebulosa. Nada parece real, los fármacos hacen que me sienta desapegada de mi cuerpo: soy como un globo de helio que flota y rebota en los muros de una habitación sin ir a ninguna parte. Voy a terapia de grupo, como en el comedor y tengo sesiones con el doctor Steinbridge. He perdido tanto peso que ni me reconozco cuando me miro en el espejo. Mi mandíbula tiene definición y por encima de la clavícula veo unos huecos profundos que antiguamente estaban llenos de grasa. ¿Cómo es posible que solo una semana pueda llegar a hacerle todo esto a una persona? Me lo pregunto, pero no estoy segura de que me importe saberlo. Todo está silenciado, incluso los sentimientos que albergo con respecto a mí misma.

Al cabo de unos días dejo de preguntar por Seth; aunque cuando pienso en él me siento desesperada y loca. El personal me mira con ojos de lástima. Tengo la vaga sensación de que no me gusta que hagan esto. Probablemente no crean que existe un Seth. Y es que a lo mejor no existe. Pero que se vaya a la mierda, porque es precisamente él quien me ha puesto en la tesitura en la que estoy, en la que no paro de cuestionarme.

Al noveno día, mi madre viene a verme. Las visitas se llevan a cabo en la zona común, donde todos los locos esperamos con impaciencia a que llegue nuestra gente. Nos sentamos en sofás de color mostaza o en las sillas plegables que rodean las mesas de color gris, con el pelo grasiento y la cara pálida y con manchas por la falta o el exceso de sueño. Se ha hecho un intento de normalizar la sala con plantas de interior y cuadros. He estudiado todas y cada una de las obras de arte y las plaquitas que las acompañan, donde consta el nombre de los artistas locales que las han pintado, dibujado o fotografiado. A Seattle le gusta que los artistas de la propia tierra sosieguen a los enfermos de la propia tierra.

Encuentro un sofá libre al lado de las máquinas de venta automática. No nos permiten ni tomar cafeína ni mucho azúcar. Las máquinas contienen solo agua vitaminada y manzanas llenas de magulladuras. Me siento con las manos unidas en el regazo y la mirada fija en el suelo. Cuando llega mi madre, no me reconoce de entrada. Sus ojos se clavan en mi cara y luego se retiran de un salto, como si estuvieran atrapados en una goma elástica.

Veo que articula mi nombre antes de aferrar con fuerza su bolso contra el costado y acelerar el paso. Me levanto cuando ella se acerca. No estoy segura de sí va a querer abrazarme o de si se siente demasiado decepcionada como para hacerlo. La primera vez que acabé en una sala de psiquiatría, se negó a venir a visitarme, argumentado que le resultaba demasiado doloroso verme de aquella manera. Demasiado doloroso... para ella. Pero ahora toma asiento en el sofá sin apartar los ojos de mi cara.

—Tu padre... —empieza a decir.

—Sí, ya sé, mamá. No pasa nada.

Nos miramos como si fuera la primera vez que nos vemos de verdad la cara. Mi padre jamás vendría a un lugar como este. Ver a una de sus hijas encerrada en una sala de psiquiatría significaría que ha hecho algo mal como padre, y a mi padre le gusta mantener la ilusión de la perfección. Y por lo que a mi madre se refiere, yo soy su hija loca e inestable; me parió y no tiene ni idea ni de quién soy ni de la vida que llevo. No quiere saberlo. Ambas pensamos lo mismo. Tiro de las mangas del jersey hasta que me cubren las manos y observo su frente llena de botox. No quiere reconocer lo vieja que es, igual que no quiere reconocer tampoco que su hija es una mierda de primera categoría.

—No estoy aquí porque esté loca —le digo.

Abre de inmediato la boca para negar que esa idea se le haya pasado alguna vez por la cabeza. Es el papel que debe cumplir como madre, claro está.

—Tampoco estoy enferma. No tengo ninguna crisis emocional porque perdí a mi bebé hace un año.

Corto en seco todas las rutas que su cerebro pueda estar siguiendo, todas las maneras con las que está intentando buscar excusas sobre el porqué estoy aquí.

Cierra la boca y me mira. Mi labio inferior empieza a temblar y me siento como una niña. Sé que no va a creerse nada de lo que yo le diga. Que Seth ya la ha convencido.

—Mamá, cuando conocí a Seth, él tenía otra esposa. Se llama Regina Coele. Ella no quería hijos. Y yo era la que supuestamente tenía que dárselos. Pero entonces tuve…

Me interrumpo.

Mi madre deja caer la cabeza, como si todo esto fuera demasiado para ella. Y cuando fija la vista en los zapatos, observo la punta de sus pestañas, el puente de la nariz. Desde el ángulo en que estoy situada parece diez o veinte años más joven. Una chica que ha agachado la cabeza por pura exasperación… frustración… desesperanza, tal vez. Nunca he sido muy buena en cuanto a adivinar sus sentimientos. Sé las marcas que le gustan, sé lo que piensa sobre temas superficiales y vanos, pero no sé cómo averiguar lo que siente de verdad. Y tampoco estoy muy segura de que ella lo sepa.

—Regina es la exesposa de Seth. Estuvo casado antes, sí. Tienes razón. Ella no quería niños y por eso se separaron.

Mi madre se inclina hacia delante y me mira con ojos implorantes. Es verdad. ¿Cómo argumentar lo contrario? Desde un punto de vista técnico, Regina es la exesposa de Seth. Se divorció de ella para casarse conmigo. Pero siguen juntos, siguen siendo una pareja, aunque sin el correspondiente papel.

—Mamá —digo—. Escúchame bien, por favor. Seth intenta cubrirse las espaldas. Siguen juntos.

Mi madre esconde la cara entre las manos. ¿Cuándo me convertí en el tipo de mujer a la que no la cree ni su propia madre? «Cuando empezaste a mentirte a ti misma», pienso.

Cuando mi madre levanta la vista, tiene los ojos húmedos. Me recuerda un cocker spaniel, con esos ojos húmedos.

—Tienes una fijación insana en sus ex. Pero no está con ellas, Thursday. Está contigo. Seth está muerto de preocupación por ti.

Intenta cogerme la mano, pero me aparto. No quiero este tipo de mimos, no quiero que me hable como si fuese una niña. La mano de mi madre cae, inútil, sobre su regazo.

—¿Por qué te crees que está siempre en Portland? Pues porque tiene dos esposas más.

Me levanto y empiezo a deambular con nerviosismo de un lado a otro.

—Trabaja allí —replica mi madre entre dientes—. Seth te quiere, todos te queremos. Y todos queremos que te pongas bien.

—Estoy bien —digo con sequedad. Me paro y la miro, furibunda—. ¿Por qué no ha venido? ¿Dónde está?

Y es entonces cuando se muestra inquieta, cuando desvía la mirada y empieza a cruzar y descruzar las piernas a la altura de los tobillos. No sabe qué decir porque no sabe dónde está Seth, ni por qué no ha venido a verme.

—En Portland… —dice. Aunque suena más bien como una pregunta—. Tiene que seguir trabajando, Thursday. La vida continúa.

—No, no continúa. No cuando yo estoy en el hospital. Tiene otras dos esposas que se ocupan de sus necesidades —digo—. ¿Por qué venir a ver a la tonta del bote de la otra ciudad?

—Tendría que irme —dice mi madre.

Quince minutos. Ha durado quince minutos en psiquiatría. La veo dirigirse hacia la puerta, con los hombros encorvados por el peso de mis fracasos como hija. Aunque, como mínimo, esta vez sí ha venido.

VEINTIUNO

Estoy sola. Me doy cuenta ahora de que siempre ha sido así, toda mi vida, y de que cualquier cosa que mi mente haya podido elucubrar para convencerme de la contrario era mentira. Una mentira confortable que necesitaba para salir adelante. Mis padres estaban ocupados con mi hermana, Torrence, que siempre andaba metida en problemas en el colegio o con sus amigas. Yo era la buena niña; ejercía de padre y madre conmigo misma mientras ellos estaban atareados. Conocía las reglas, los límites morales que habían construido a mi alrededor: nada de alcohol, nada de sexo prematrimonial, nada de drogas, nada de salir a escondidas, solo notas excelentes. Seguir sus normas era fácil; yo no era la rebelde de la familia. Mi hermana, por otro lado, había hecho incursiones en todo lo antes mencionado. Mi padre empezó a encanecer por las sienes, mi madre empezó a ponerse botox y yo seguí esforzándome para ser perfecta y para que tuvieran una hija menos por la que preocuparse. Y entonces, cuando Torrence corrigió el rumbo y se casó con el hombre adecuado, se sintieron tan aliviados que la agasajaron con otro tipo de atenciones. Con solo tres años de buena conducta, mis padres olvidaron por completo la década que ella había consagrado a gastarse su dinero aspirándolo por la nariz y a cepillarse a todos los camellos de la ciudad. Quizás todo eso me volvió loca. Quizás fue la falta de atención de mis padres lo que me empujó hacia Seth, tal vez fue mi desesperación por sentirme aceptada lo que me atrapó en una relación que cualquier persona normal habría considerado estrafalaria.

Le hinco el diente a mi Jell-O. En este lugar les encanta alimentarte a base de gelatina, tambaleante y colorida, como nuestros cerebros. La de hoy es naranja, ayer era verde. Es como si estuvieran intentando recordarte que eres débil e inestable. Devoro mi Jell-O.

Tengo que salir de una puta vez de aquí. Tengo que localizar a Hannah, asegurarme de que sigue bien. Antes pasaba todo el día dormida, ahora lo paso despierta. Hoy he visto al doctor Steinbridge. Y me he dado cuenta de que mi guardián es él, no las puertas eléctricas con clave de acceso, ni las enfermeras gordas que te riñen como a una chiquilla si te desmadras. «Cálmate, pequeña Thursday, o te meteremos en la sala de aislamiento con paredes insonorizadas».

El doctor Steinbridge tiene el poder de decirme que estoy bien; es Dios en este espacio de suelos embaldosados y desinfectados y luces fluorescentes. Un movimiento de boli (un Bic) y podría volar en libertad.

Hannah… Hannah. Es en lo único que puedo pensar. Bajo mi punto de vista, me he convertido en su salvadora. Si le ha pasado alguna cosa, la responsable seré yo. Y para salvarla, debo salir de aquí. Fui yo la que se casó con ese hombre, la que le dio la bendición para que tomara una tercera esposa. Tendría que haber hablado alto y claro cuando vi aquel primer cardenal, tendría que haberla obligado a que me contase lo que él le había hecho. Por un momento, dudo que Hannah sea real. Son buenísimos aquí, son capaces de hacerte dudar incluso de tu propia mente.

«¡Cómete tu Jell-O!»

Entiendo que mi deber es convencer al buen doctor de que he recuperado el sentido, de que la neblina de alucinaciones que ocupaba mi cabeza se ha disipado. ¡De que estoy perfecta y de que mi marido es un hombre de una sola mujer! De que Hannah y Regina no son reales, sino simplemente un juego sexual entre mi marido y yo. Es lo que quieren oír, ¿no? Lo único que tengo que hacer es decir que he estado mintiendo en todo lo relacionado a la afición de Seth por la pluralidad de coños y que soy una mujer curada.

Pero mi cambio no puede producirse muy rápido porque, de ser así, el doctor Steinbridge sospecharía que estoy mintiéndole. Durante nuestras sesiones diarias, finjo estar confusa. «¿Seth tiene una única esposa? ¿Y esta esposa soy yo?». Poco a poco, voy volviendo a ser yo, a cada sesión que pasa me muestro menos confusa, menos insistente.

—¿Qué me pasa? —le pregunto al doctor—. ¿Por qué no distingo lo que es real de lo que no lo es?

¡Tengo un diagnóstico! El trauma de haber perdido un hijo, de no haber gestionado nunca esa pérdida de manera sana, se tradujo en un gran estrés en mi relación con Seth. Eché la culpa a otras mujeres en vez de centrarme en mi curación. Y cuando el buen doctor me preguntó cuál creía yo que era el desencadenante de la manía que acabó produciendo mi debacle mental, pensé en Debbie: Debbie la charlatana, Debbie la fisgona, Debbie la del pelazo, que sugirió que espiara a las mujeres que me hacían sentir insegura. Sé que no soy la única que sufre una inseguridad incapacitante, que puede suceder a cualquier edad. Basta con pensar en Lauren, que aparentemente tenía una vida perfecta. Siempre imaginé que pegaba esas tarjetas de felicitación en la puerta de la taquilla para fanfarronear, para restregarnos por la cara a todas las demás que vivía mejor que nosotras. Pero ahora veo la verdad: las mujeres estamos encerradas en un ciclo de inseguridad perpetuado por cómo nos tratan los hombres, y estamos luchando constantemente para demostrarnos, tanto a nosotras mismas como al resto del mundo, que estamos bien. Sí, de vez en cuando, alguna que otra mujer pierde la cabeza por culpa de un hombre, pero ¿significa eso que todas somos inestables o que los hombres nos vuelven inestables con sus actos negligentes? No le cuento nada al doctor Steinbridge sobre Debbie o sobre Lauren; diría que estoy eludiendo responsabilidades. Pero no estoy haciendo eso, en absoluto; todo el mundo es responsable, porque el ingreso de una persona en una institución mental es consecuencia de muchos factores.

Mis carencias en cuanto a saber gestionar los problemas forman parte de mi proceso de ir tirando del hilo para llegar a la verdad, según el doctor Steinbridge. Me gusta cómo suena: «tirar del hilo».

Pero no estoy tirando del hilo en el sentido que ellos creen; sino que estoy tirando del hilo para acabar con este encaprichamiento que tengo con mi marido. Juego el papel de mujer frágil, dolorosamente inconsciente de todo. El estrés me ha consumido, carezco de mecanismos para superar mi crisis, la falta de atención de mis padres me acabó encerrando en un capullo de ingenuidad.

Damos una vuelta por el tema papá/mamá. Mi madre es una persona cuya prioridad es complacer y mi padre un desapegado. Yo crecí viendo a mi madre hacer más, cada vez más, para ganarse las atenciones de mi padre y… y al final aprendí a expresarme en ese lenguaje del amor. Y cuando hago demasiado, me colapso bajo el peso de las expectativas. Mi vientre vacío ha hecho que sienta que no soy una mujer de verdad, que no soy merecedora del amor de mi esposo. Me extirparon todos mis órganos, me arrancaron mi sistema reproductor: «cerrada para el negocio». Ante mis ojos, empiezan a desfilar en dolorosa sucesión imágenes de mi aborto. Sé que en teoría debería permitirme verlas, enfrentarme a ellas, según dice el doctor. Pero son recuerdos que nunca he revisitado, ni una sola vez, desde que sucedió todo aquello. Superarlo cuando no reconoces lo que tienes que superar es más fácil.

Seth y yo acabamos de salir de la cama y de desayunar y nos paramos en una gasolinera a repostar y a comprar algo para picar durante el viaje. Hemos comido hace poco, pero él insiste en que el bebé necesitará algún tentempié, lo que me hace sonreír. Es siempre muy atento: me compra regalitos y me da besitos en el vientre, que va creciendo. Una de mis amigas del hospital me contó que a su marido le da angustia su barriga de embarazada y que se niega a tocarla. Con el corazón hinchado de orgullo, lo observo por la ventanilla del coche. Es mi marido, mío. Y ahora que hemos creado un bebé, mi vida no podría ser más perfecta. Es guapísimo. Camina de vuelta al coche con dos vasos de papel y una bolsa de plástico colgada del brazo. Los vasos contienen té; me explica que ha pedido que se los llenen con agua caliente y que luego ha utilizado las bolsitas de té de su madre. Está amargo, pero llevo una semana bebiéndolo y me estoy acostumbrando al sabor. Estudio el contenido de la bolsa mientras él acaba de echar gasolina. Ha comprado mis tentempiés de embarazo favoritos: basura procesada poco sana que normalmente me haría ruborizar de vergüenza. Pero mientras voy bebiendo el té a sorbitos y saco las cosas de la bolsa, lo único que puedo sentir es gratitud por mi observador y considerado marido. Es todo un detalle por su parte que me haya comprado patatas fritas sabor barbacoa y unas barritas de regaliz de esas que parecen realmente plástico rojo enroscado. Las punzadas se inician hora y media después. Al principio no quiero decir nada, puesto que recuerdo que mi médico me explicó que hay mujeres que al principio del embarazo experimentan contracciones de Braxton Hicks. Que esos dolores fantasma no son más que un reflejo de lo que sucederá en un futuro. Me retuerzo con incomodidad en el asiento y el contenido de la bolsa abierta de patatas se derrama en el suelo del coche, triangulitos moteados me cubren los zapatos. No es hasta que me inclino para recoger la bolsa cuando veo la sangre. Se está acumulando en el cuero marrón, está manchando mis pantalones beis con un rojo oscuro de muy mal presagio. «Seth», me basta con decir. Me mira y pisa a fondo el gas; se queda blanco al ver la sangre. El hospital más próximo: Queen County. Cuando llegamos a las puertas de urgencias, ya sé que mi bebé está muerto, que su vida se ha escapado entre mis piernas.

Todo lo que puedo contar a partir de ahí está envuelto en una sensación mareante coloreada por fluorescentes. La primera vez que tuve claridad mental desde aquel viaje en coche fue cinco días más tarde, cuando me explicaron que mi útero había sufrido un desgarro y que para controlar la hemorragia habían tenido que extirpármelo en una intervención quirúrgica de urgencia. Jamás podría volver a quedarme embarazada. Dejé que Seth me abrazara y rompí a llorar, y cuando él se marchó un momento para atender una llamada de trabajo, entré en el minúsculo cuarto de baño de la habitación e intenté cortarme las venas con una lima de metal. Una enfermera me encontró en el suelo, mirando fijamente la sangre, sumida en una calma total. Fue una cosa chapucera, intentar abrirme las muñecas con algo prácticamente romo. Las cicatrices son gruesas y abultadas. Mantuve la calma hasta que intentaron ayudarme, y entonces empecé a arañar, a morder y a gritar diciéndoles que habían matado a mi bebé y que ahora intentaban matarme a mí. Aquel fue el principio de mi primera estancia en Queen County. La estancia que me dejó con el vientre y el corazón vacíos.

Dice el doctor Steinbridge que con mi dolor he creado la alucinación de que existen tres esposas y que dos de ellas son mujeres más adecuadas para Seth, que pueden darle lo que yo no puedo. Resulta deprimente vivir envuelta en tantas cosas malas, aun en el caso de que solo la mitad de ellas fueran ciertas.

Salgo cabizbaja de nuestras sesiones, con las heridas de las muñecas dándome dolorosas punzadas. Soy tremendamente patética. El doctor Steinbridge cree que voy mejorando. Pero en esos momentos de espaldas encorvadas en los que parezco el ser más humilde del mundo, estoy rabiosa. ¿Dónde está Seth? ¿Por qué no ha venido? Cuando estaba embarazada de su hijo, Seth no era así, sino que me lo consentía todo y atendía mis caprichos. ¿Se siente culpable por mentir?

Se ha deshecho de mí. Vuelvo encolerizada a mi habitación, que está demasiado fría a pesar de las mil y una veces que me he quejado a las enfermeras. Mi compañera de habitación es una mujer llamada Susan que debe de rondar los cincuenta y que sufrió un descalabro emocional después de sorprender a su marido en

185

una infidelidad. Susana la débil, me gustaría decir. Imagínate haber dado el visto bueno a dos matrimonios adicionales y luego convertirte en la olvidada esposa intermedia.

Susan no tiene ni pestañas ni cejas. He visto cómo se las busca cuando se pone ansiosa, cómo sus dedos finos adoptan la forma de pinzas para poder arrancárselas. Tiene también una zona rala en la cabeza y la sábana siempre está cubierta de pelos castaños y largos. Imagino que cuando salga de aquí estará completamente calva, como uno de esos gatos.

No está en la habitación cuando llego. Me tumbo en la cama y me cubro los ojos con el brazo para protegerme de la luz, puesto que no nos permiten apagar las luces durante el día. Estoy a punto de dormitar un poco —que es lo mejor que se puede hacer en este lugar— cuando entra una enfermera para informarme de que tengo visita.

Abro los ojos de golpe y mi primer pensamiento es: «Fingiré que no estoy enfadada con él. Eso es. Me mostraré dócil y arrepentida, como la esposa ama de casa sumisa que le gusta que sea. No seré muy dura, ¿vale?». Llevo años fingiendo, con la rabia entrando en ebullición bajo la superficie, inexplorada. «Has despertado —pienso—. No pierdas el contacto con esta realidad».

Me levanto, en alerta y preparada. No hay espejo para poder mirarme —los espejos son muñecas cortadas a la espera de suceder—, pero me paso igualmente la mano por el pelo y me seco los ojos. No tengo ni idea de qué aspecto debo de tener, pero supongo que cuánto más patético, mejor. Cuando me acaricio el abdomen, solo encuentro un vacío y dos protuberancias en la cadera, que antiguamente quedaban ocultas por mi mala costumbre de beber vino y comer pasta con queso. Saco pecho que, por suerte, no ha disminuido de volumen. Tengo que conseguir que mi marido esté de mi lado.

Cuando accedo al área común descubro que no se trata de Seth, sino de Lauren. Me llevo una decepción. Esto no es lo que tenía que pasar. Cambio de expresión y escondo mis verdaderos sentimientos para dedicarle una sonrisa a la pesada de Lauren. Lauren, con la que tomé unas copas y a la que le conté mis secretos. ¿Somos amigas?

No sé si me alegro de verla, pero lo que es evidente es que ella se alegra de verme a mí. Se levanta de detrás de la mesa y veo que va vestida con pantalón vaquero y una sudadera de los Seahawks. Se acerca con cara de preocupación y de camino esquiva a una mujer que está haciendo danza contemporánea en el centro de la sala. Veo que tiene el entrecejo fruncido.

—¡Thursday! —exclama, meneando la cabeza—. Pero ¿qué demonios ha pasado?

Me gusta tanto en este momento que la pequeña actuación de humildad y contrición que tenía preparada para Seth se esfuma y me abalanzo hacia ella para darle un abrazo desesperado. Mi estado de ánimo, mis pensamientos, lo inundan todo. Soy como un mono araña, me aferro al alivio de ver a alguien conocido.

Lauren emite un gritito y me doy cuenta de que estoy estrangulándola; la suelto. Me sonríe como se sonríen las viejas amigas cuando te ha sucedido algo terrible. Me cree, lo sé. Tengo una amiga.

—¿Cómo me has encontrado? —le pregunto, casi sin aliento.

—Tu marido llamó al hospital —Seth, ¿no es eso?— y dijo que estarías de baja por enfermedad. Intenté ponerme en contacto con él, pero no tenemos ningún número. Así que decidí llamar a tu madre, que es la que aparece en tus contactos de emergencia, y ella me dijo dónde encontrarte.

Me sorprende que mi madre reconociera ante una desconocida que su hija estaba ingresada en una institución mental. Lauren se había esforzado en localizarme. Me pregunto si Anna se habrá dado cuenta de que hace tiempo que no hablo con ella, si habrá llamado a mi madre.

—¿Por qué te han ingresado? —dice por fin.

Nos hemos instalado junto a la ventana. El cristal está mojado por el agua, una lluvia excepcionalmente fuerte que entra desde el este aporrea el vidrio y doblega los árboles. Veo a una mujer con el pelo alborotado al aire cruzando el jardín de abajo. Cuando me inclino hacia Lauren, una pareja de madre e hijo se acerca a nosotros y mira las sillas vacías de nuestro círculo. Les lanzo una mirada asesina y se van a otra parte. Bien. Largaos.

Le cuento que fui a ver a Hannah y que localicé a Regina a través de Internet. Cuando llego a lo de los golpes de Hannah, a Lauren se le salen los ojos de las órbitas. Otro detalle retorcido que sumar a esta historia. Le cuento que Seth me empujó cuando discutimos.

—Le expuse todo lo que sabía. Pero él dice que yo lo ataqué, y que luego me caí y me di un golpe en la cabeza. Cuando volví a despertarme, estaba aquí. Lauren… —digo, bajando la voz—. Seth dice que me lo he inventado todo.

Su expresión es de horror. Su vida es un caos, pero la mía la supera con creces.

—¿Que te lo has inventado?

—Lo de su poligamia. Tiene a todo el mundo convencido, incluida mi madre, de que estoy loca.

Me doy cuenta de que estoy presionando un mechón de pelo entre los dedos y paro en seco, por si acaso parezco una loca.

Creo que Lauren no se ha dado cuenta. Baja la vista hacia el suelo mientras está pensando.

—Si toda tu gente más próxima dice lo mismo, nunca te van a creer —dice—. Ya sabes cómo van estos temas.

Lo sé.

—¿Y tus amistades? ¿Hay alguien a quien puedas llamar para pedirle que venga y te apoye?

Tiene las manos abiertas sobre las rodillas y lo único que se mueve, con rapidez, es el dedo índice de su mano derecha. Un dedo nervioso, pienso.

—No —digo—. No se lo he contado a nadie excepto a ti. No lo sabe ni siquiera mi hermana.

—¿Ningún familiar? Te pasa lo mismo que a mí.

—Sí, en la familia estamos unidos sin estar unidos, no sé si me explico. Nos vemos a menudo, pero nadie sabe lo que pasa en realidad dentro de cada uno.

Lauren asiente, como si comprendiera perfectamente bien lo que le estoy explicando. A lo mejor es que todas las familias americanas juegan al juego de la unión, ese juego en el que hablas de deporte, celebras cenas familiares (en la costa noroeste del Pacífico, guisos sin gluten y con ingredientes de cultivo ecológico), discutes de política y te comportas como si tuvieses relaciones sólidas cuando en realidad te estás muriendo de soledad.

—No sé si está bien —digo, refiriéndome a Hannah—. La última vez que la vi se marchó repentinamente. Me llamó al día siguiente, pero cuando le devolví la llamada, no me respondió.

—A lo mejor podría ponerme en contacto con ella —sugiere Lauren—. ¿Tiene Facebook o algo?

Le proporciono todos los datos de Hannah. Recuerdo la dirección de memoria, pero no el número de teléfono.

—¿Sabes dónde conoció a esta chica? —me pregunta cuando la acompaño hacia la puerta.

Niego con la cabeza. Pese a todo mi trabajo detectivesco, no he llegado a preguntarle a Hannah dónde conoció a su marido, aunque dudo que me hubiera contado la verdad de haberlo hecho.

—Hay una foto —digo apresuradamente—. En el perfil que tiene abierto Regina en esa página de citas. Creo que Hannah y Regina se conocen.

Laura se queda perpleja; la trama es cada vez más complicada.

—Espera un momento —susurra—. ¿Insinúas que las otras dos esposas de Seth se conocen?

Hago un gesto afirmativo.

—Si pudieras encontrar esa foto, tendríamos una prueba. Podríamos enseñársela a Regina. Hacerla hablar…

Mi plan es defectuoso. Pensar que Regina se avendría a apoyarme es descabellado. Pensar que esa foto podría demostrar mi afirmación de que Seth es polígamo es igual de descabellado. Pero es lo único que tengo. Podría chantajearlas.

* * *

Lauren me promete volver en cuanto tenga alguna cosa y siento un alivio tan inmenso que la abrazo una vez más.

—Lauren —digo, antes de que se marche—. No tienes ni idea de lo mucho que esto significa para mí. Ni siquiera te he preguntado cómo estás…

—Sí, bueno, la verdad es que viendo tu situación actual, podría decirse que tienes preferencia.

Le sonrío agradecida antes de que devuelva el pase de visitante al mostrador y me salude con la mano.

—Nos vemos pronto —dice, como una promesa.

Vuelvo a mi habitación con una sensación renovada de esperanza creciendo en el pecho. No estoy sola. Seth quiere hacerme creer que lo estoy. Me ha robado a mi madre… a mi padre. Pretende que dependa única y exclusivamente de él. Pero no entiendo por qué. Me convertí en un lastre por haber fisgoneado en la vida de las demás cuando él me dijo siempre que no lo hiciera. Conozco cosas que podrían arruinar su negocio, su reputación. Claro que quiere acallarme, claro que quiere encerrarme.

¿Y si…? ¿Y si Hannah no supiera que existo? A lo mejor es eso. Siempre he pensado que las tres estábamos conchabadas, que formábamos una especie de alianza secreta de chicas. «Nuestro hombre es tan adorable que tiene tres mujeres y todas nos sentimos felices de formar parte del juego». Pero Seth ha intentado por todos los medios tenerme encerrada, secuestrada. Tal vez para mantenerme alejada de Hannah. Para evitar que ella lo descubra. Pienso en la foto de Regina en la página de citas, esa rubia que se veía en una esquina de la imagen que se parecía sospechosamente a Hannah. ¿Y si Seth hubiese utilizado con Hannah la misma historia que en su día utilizó conmigo? La esposa estéril, la necesidad de estar con alguien que le diera hijos… Seth podría querer eliminarme por completo de la ecuación para de este modo tener lo que tanto desea.

VEINTIDÓS

Lauren vuelve dos días más tarde, con aspecto cansado y una chaqueta negra acolchada del color de las bolsas de basura por encima del uniforme de enfermera. Evita mirarme. Sujeta en la mano un vaso de Starbucks y lo hace girar sin cesar entre sus dedos. No lleva las uñas pintadas; creo que no la había visto jamás sin las uñas pintadas. Me pregunto si será un grito de ayuda de la clase alta, Lauren en situación angustiada. Estoy tan distraída que no puedo perder el tiempo en palabras amables ni frivolidades.

—Te compré uno, pero no me lo han dejado pasar.

¿Qué me ha comprado qué? ¡Oh, claro! Un café con leche, se refiere a un café con leche. Le resto importancia haciendo un gesto con la mano.

—No nos dejan tomar cafeína.

Inspira hondo antes de empezar, hincha las mejillas y abre mucho los ojos. Me armo de valor a la espera de lo que pueda decirme.

—No está en Facebook, Thursday, no hay nada. He mirado en todas las redes sociales, incluso en Pinterest y Shutterfly. No existe. He intentado incluso cambiando el orden del nombre... sé también que la gente hoy en día utiliza apodos empalagosos y...

Muevo la cabeza en un gesto de asentimiento, pensando en Regina y en cómo necesité de toda mi inteligencia para dar con ella.

—O bien ha borrado el perfil o bien tiene una configuración de privacidad extrema —continúa Lauren. Juega con la protección de cartón que envuelve el vaso—. También la busqué por Google, y nada. ¿Estás segura de que se llama realmente así?

—No lo sé. Es el nombre que vi en el papel que encontré en el bolsillo de Seth —respondo, sujetándome la cabeza entre las manos.

—¿Y qué me dices de la fotografía de Regina y Hannah? ¿Conseguiste encontrarla?

Sumerge la mano en el bolso y saca un papel doblado. La cara de Lauren se ha quedado sin color. Me pasa el papel por encima de la mesa y lo cojo. Me tiemblan las manos al abrirlo. Es una impresión de la foto que encontré de Regina y la mujer que sospecho que es Hannah. Pero cuando miro la imagen granulada, me doy cuenta de que algo no funciona. Regina es la misma, con la sonrisa amplia que recuerdo, pero en la esquina de la foto, donde en su día me pareció ver a Hannah, hay una mujer de pelo oscuro.

—No —digo—. No, no, no…

—¿Es ella? —pregunta Lauren. Da unos golpecitos a la foto con el dedo, justo en el lugar donde debería estar Hannah—. ¿Es esa Hannah, Thursday?

Respondo con un gesto negativo y alejo de mí el papel. Tengo el cuerpo helado. Me balanceo levemente, sin parar de negar con la cabeza. ¿Estoy loca?

Si yo misma pienso que estoy loca, es posible que Lauren lo piense también. Levanto la cabeza de golpe.

—¿Me crees?

—Sí…

Pero su voz tiene un matiz. Recorre con la mirada la sala, como si estuviera buscando una salida a mi pregunta. Mi corazón se encoge un poco, se encoge, se encoge.

Seguimos sentadas unos minutos sin decir nada, mirando por la ventana. Lauren, me doy cuenta, se encorva en la silla, otra señal reveladora de que la cosa no va bien. No sé si le incomoda mi situación o si se trata de la carga que ella lleva encima.

—Hay una cosa más…

Se la ha estado guardando, reservándola para el final. ¿Por qué no me mira?

Noto los nudos formándose en mi estómago y la rodilla que empieza a saltar bajo la mesa. Lo único que quiero es que lo suelte, que acabe con el tema de una vez. Se encoge, se encoge, un nudo, otro nudo...

—Dímela...

—Mira, no hay forma fácil de decirlo. He hecho unas cuantas llamadas y... y la casa con la dirección que me diste.... ¡Ay, Thursday! Resulta que está registrada a tu nombre.

Se tapa la cara con las manos.

Me quedo en blanco. No sé qué decir. Miro a Lauren como si no la hubiera oído bien hasta que finalmente lo repite.

—¿Qué?

Me está mirando de otra manera. Me mira como me miran los médicos y las enfermeras, con una lástima cautelosa... «La pobre chica, está rota». Me levanto y me obligo a mirarla a los ojos.

—Esa casa no es mía. No sé qué está pasando, pero no es mía. Ni siquiera me importa si me crees o no. Pero no estoy loca.

Lauren levanta ambas manos, como si se estuviera protegiendo de mí.

—No he dicho en ningún momento que estuvieras loca. Simplemente te cuento lo que he averiguado.

Me aparto y me paso la lengua por los labios. En este lugar no te dan ni crema de cacao; intentan curarte la mente, pero dejan que el cuerpo se te caiga a pedazos. La gente aquí o está seca o está aceitosa, con el pelo pegado a la cabeza con mechones que parecen mojados o con minúsculos copos de caspa, como si acabara de caerles una nevada encima.

Intento no hacer nada impulsivo, como largarme corriendo a la habitación sin ni siquiera despedirme o ponerme a gritar; gritar sería nefasto. Pero contenerme exige todo mi autocontrol. El modo en que te perciben los demás es lo que más puede llegar a boicotearte la vida. Si tienes a todo el mundo en contra, empiezas a cuestionártelo todo sobre ti misma, como me está sucediendo ahora.

—Gracias por venir —me obligo a decir—. Y aprecio muchísimo que lo hayas intentado.

Le oigo gritar mi nombre mientras me alejo con rapidez —sin correr, sin ni siquiera ir a paso ligero—, simplemente me marcho deprisa para que no pueda ver cómo me siento.

En la habitación, me acurruco en el fino colchón, con las rodillas pegadas al pecho, y presiono la mejilla contra las sábanas rasposas. Huelen a lejía y también un poco a vómito. Susan me observa desde el otro lado de la habitación; la he mirado de reojo en cuanto ha entrado y he visto sus ojos sin pestañas alarmados, como si ella también se hubiese olvidado de que vivo aquí.

Noto sus ojos clavados en la espalda. Es la hora en la que normalmente las dos estamos en la habitación, entre las sesiones de terapia grupal y la cena. «Un pequeño descanso», lo llaman. La mayoría utiliza el descanso para reflexionar sobre lo bajo que hemos caído. Es como el pez que se muerde la cola.

—¿Cuánto tiempo llevas aquí, Susan?

Mi voz suena amortiguada y me veo obligada a repetir la pregunta cuando musita una tímida respuesta.

—Un mes —dice.

Me siento en la cama, apoyo la espalda en la pared y abrazo la almohada contra el pecho.

—¿Habías estado antes en un lugar así?

Levanta la vista, y cuando se da cuenta de que la estoy mirando, vuelve la cabeza de nuevo.

—Solo una vez… cuando era mucho más joven. Mi padre murió y no lo superé bien.

Me gusta cómo resume Susan las cosas, lo hace de tal modo que no necesitas formular más preguntas. Su terapeuta debe de adorarla.

—¿Y cuándo decidieron que ya estabas en condiciones de marcharte?

Susan está nerviosa. Aparecen en sus mejillas dos puntos rojos y empieza a entrelazar los dedos.

—Cuando dejé de mostrar tendencias suicidas… o de decir que quería suicidarme.

Eso es verdad. Al menos sé que voy por buen camino. He dejado de hablar del tema, de todo el tema.

—Espero que todo vaya mejor, Susan. Él no valía la pena.

Y lo digo de corazón. Mis pensamientos en estos últimos días giran en torno a mujeres como yo, como Lo, como Susan, mujeres que lo dan todo a hombres que no se merecen su confianza.

Susan me mira y, sin el apoyo de las cejas, no sé si está sorprendida o triste. Sí me parece, de todos modos, que cuando mis palabras le calan, está satisfecha. Me da la impresión de que se las está repitiendo mentalmente: «Él no valía la pena. Él no valía la pena. Él no valía la pena».

—Gracias —dice en voz baja—. La verdad es que no valía la pena.

Respondo con un gesto de asentimiento, y pienso: «Tampoco vale la pena Seth». No vale la pena. Ni las mujeres que agachan la cabeza y hacen todo lo que sea para complacerle, ni la vida que se ha construido a nuestra costa. Seth tiene un equipo entero que le respalda: legalidad, capacidad para tener hijos y dinero. Nunca he querido reconocer esta parte, que quizás esté conmigo por dinero, por mi fondo fiduciario. Es una cosa en la que no quiero pensar.

Yo soy el dinero. Nunca me he considerado desde este punto de vista, nunca he pensado que yo fuera uno de los elementos de la relación. Pero soy rica en todos los sentidos de la palabra. Mi padre procuró que tanto mi hermana como yo estuviéramos bien respaldadas en este sentido. Mi hermana se pulió la mayoría de su fondo y luego se casó con un tipo rico de un club de campo llamado Michael Sprouce Jr. Y desde el punto de vista de mis padres, con esto ya está salvada. Pero el dinero nunca ha significado nada para mí, para mí lo importante ha sido siempre Seth. Y por eso he sido tan generosa… tan inconsciente, incluso, entregándole a él todo el control.

Pero ahora… ahora todo me parece distinto. Es distinto. Me ha recluido, y eso es algo que no se hace nunca con una esposa, con una mujer a la que amas. Es lo que se hace con alguien a quien intentas manipular. Y nos está manipulando a las tres a su antojo.

Susan y yo seguimos sentadas la una frente a la otra, con los ojos pegados al techo a la espera de que sea la hora de cenar.

Elaboro mentalmente una lista de todas las cosas que tengo que hacer cuando salga de aquí: mirar la cuenta bancaria, hablar con las otras esposas, ponerme en contacto con los padres de Seth y hablar con su socio, Alex, que ni siquiera sabe que existo. No pueden mantenerme aquí encerrada eternamente. Saldré, y demostraré a todo el mundo quién es Seth en realidad. No puede hacerme esto. Esta vez, le plantaré cara.

VEINTITRÉS

Me dan el alta dos días después. Me despido de Susan, que está en terapia de grupo, dejándole en la cama mi pequeña pastilla de jabón, una manzana que he robado a la hora del desayuno y las botellitas de champú que nos da el hospital. Siempre nos quejamos de que no hay champú suficiente, como si esto fuese un hotel y no una institución para enfermos mentales. Parte de la queja es simplemente para sentirse normal; si piensas mucho en el champú, no piensas en otras cosas importantes.

Seth está en la recepción, hablando con una de las enfermeras, cuando el doctor me aborda con toda la documentación.

—Ha llamado cada día para ver cómo ibas —me explica el doctor Steinbridge. Su aliento huele a anciano y a pastel de cebolla—. Cada uno gestiona las situaciones de diferente manera, no seas muy dura con él.

Le digo que sí y aprieto los dientes. Esto es como un club de chicos. El doctor Steinbridge luce una alianza en su dedo peludo, pero se pasa el día aquí. Me pregunto si la señora Steinbridge le esperará sentada en casa o tendrá su propia vida, y si en su entorno hay alguien diciéndole constantemente «Trabaja mucho, no seas muy dura con él...». Esperar... esperar... eso es lo que hacemos las mujeres. Esperamos a que él llegue a casa, esperamos a que él nos preste atención, esperamos a ser tratadas justamente, que nuestra valía sea apreciada y reconocida. Para las mujeres, la vida es un simple juego de esperas.

Y yo estoy jugando aún al juego de ser dócil y seguiré jugándolo hasta salir de aquí y ser libre. Me pongo una máscara de impasibilidad y voy colocando un pie delante del otro. Seth parece un modelo de éxito y compostura. Va vestido de Regina: pantalón gris oscuro, jersey de color verde bosque y camisa, el pelo pulcramente engominado y peinado, la cara afeitada a la perfección. Un estilo completamente distinto al que lleva conmigo. Me estoy dando cuenta de que es diferente con cada una de nosotras, que adopta distintos estilos para adaptarse a sus distintas esposas. Con Hannah se viste con sudaderas, gorras de beisbol y camisetas de grupos musicales: ropa juvenil para cuadrar con su esposa más joven. El afeitado impoluto y la ropa de hombre de negocios son para Regina, para ser el caballero respetable para su esposa abogada. Y yo tengo el Seth sexi: barba de dos días, americanas, camisetas ceñidas y zapatos caros. Es un camaleón y le gusta jugar a papás y mamás con variedad. Cuando estamos a escasos metros de distancia de Seth, mi marido levanta la vista, dejando por un instante la conversación, y me sonríe. ¡Me sonríe! Como si no pasara nada y todo fuese normal y estupendo. Depositas a tu esposa en un hospital para enfermos mentales y desapareces sin decir palabra. Obligo a mi boca a esbozar una débil sonrisa de respuesta que no me alcanza los ojos. La enfermera de detrás del mostrador me mira como queriendo decir «¡Qué suerte tienes!» y «¿Qué hace un tipo como él con una loca como tú?». Me gustaría zarandearla y contarle que en esta relación el que está como una cabra es él, pero la ignoro y me concentro en Seth, mi querido marido. Voy directa a sus brazos como si no pasara nada y me quedo ahí mientras él me abraza. El aroma de su colonia es abrumador, intenso… no es la que utiliza cuando está conmigo. Estoy segura de que parezco una esposa asustada y aliviada, pero mientras sigo pegada a su pecho, oliendo la colonia de Regina, estoy única y exclusivamente furiosa.

—Muy bien, pues os dejo a los dos —dice el doctor Steinbridge—. Recordad que podéis llamarme en caso de que surja cualquier tipo de pregunta o preocupación. Mi número está aquí, en la documentación.

Señala la hoja que tiene en la mano antes de dejarla sobre el mostrador, delante de Seth. Le damos los dos las gracias y nuestras voces se fusionan como si fuéramos una pareja sincronizada a la perfección. Y lo fuimos en el pasado, básicamente por los esfuerzos que puse yo por mi parte.

Seth me ha traído una muda: pantalón de chándal, camiseta de manga larga y mis Nike.

—Tu madre se pasó por tu apartamento y recogió unas cuantas cosas —dice, pasándome la ropa.

«Tu apartamento», pienso. ¿Por qué dice «tu apartamento» y no «nuestro apartamento»? Voy a los aseos a cambiarme y descubro que todo, excepto el calzado, me va grande. Salgo, tirando tímidamente de la camiseta, que parece estar engulléndome.

—Estás magnífica —dice Seth cuando me ve.

«¡Flaca como Hannah!», pienso. Cuando salimos, Seth me coge de la mano y la presiona y, por un instante, me pierdo recordando cómo era ser amada por él. «¡Despierta, Thursday!»

Despierto. Le devuelvo la presión y permito que me guíe hasta el coche, pero estoy despierta en todos los sentidos del término. Un mes encerrada en un lugar tenebroso como Queen County me lleva a observar maravillada el aparcamiento. ¡Libre! Puedo correr en cualquier dirección y soy libre. Me instalo en el asiento del acompañante y ajusto correctamente las salidas de la ventilación, como es mi costumbre. Seth se da cuenta y sonríe. Para él, todo ha vuelto a la normalidad, aquí está otra vez Thursday, la predecible. ¡Estoy despierta! Cuando rodea el coche por la parte de delante estoy furiosa y ensayo el odio hacia él. Este no es su coche. ¿Qué coche es este? Todo está mal: el olor es distinto, los asientos… pero no quiero formular preguntas. Me acusaría de volver a tener alucinaciones. Cuando entra, le sonrío y escondo ambas manos entre los muslos para calentarlas. Está lloviendo, pero el parabrisas se moja solo levemente, nada que ver con las lluvias violentas de la semana pasada. Seth me da unos golpecitos en la rodilla. Muy paternal.

—Mira, Thursday… —dice, cuando estamos ya en la autopista—. Siento mucho no haber venido a verte…

¿Qué lo siente, dice?

—Tampoco me llamaste —destaco.

Seth me mira de reojo.

—Tampoco te llamé —reconoce.

Y lo dice sin darle la mayor importancia, como el marido que reconoce haberse olvidado de un aniversario, no haber encerrado a su esposa en un manicomio. Podría ponerme a gritarle, echárselo todo en cara, pero noto algo erróneo, como si el aire que nos envuelve fuese distinto, como si estuviera repleto de una electricidad estática tensa. Miro por la ventana cuando adelantamos una furgoneta y una niña con el cabello ondulado y pelirrojo me saluda con la mano desde su asiento elevado. No le devuelvo el saludo y me siento culpable. Levanto la mano demasiado tarde y saludo a la carretera. Por primera vez, me siento como una loca. En Queen County no tenía la sensación de estar loca, pero ahora sí. Muy gracioso.

—Estaba… enfadado —continúa Seth. Noto que elige con cuidado sus palabras—. Me considero culpable de lo que pasó. Si lo hubiera hecho mejor… si hubiera sido mejor… no sabía qué decir.

¿Enfadado? ¿Acaso sabe Seth lo que es estar enfadado? Su vida funciona como a él le apetece, tiene tres mujeres que lo sacian; cuando una de nosotras hace alguna cosa que lo enoja, vuelca su polla y sus atenciones en otra de ellas hasta que el enfado se disipa.

Pienso en todas las cosas que podría haber dicho, en todas las cosas que quiero que diga. Tantas cosas… y entonces caigo en la cuenta de que no me ha contado por qué estaba enfadado. ¿Enfadado porque me chivé en el hospital y conté todo lo que hacía? ¿Enfadado porque lo acusé de pegar a su joven y embarazada tercera esposa? ¿Enfadado porque me escabullí para ir a ver a la mencionada esposa? ¿O tal vez enfadado por el conjunto de todas esas cosas? Una palabra acusatoria dirigida a Seth podría empujarlo a dar media vuelta y devolverme a Queen County, donde el doctor Steinbridge me asaltaría con una montaña de tratamientos nuevos que me dejarían atontada y babeante. Tengo que mantener el control, y eso significa fingir que no lo tengo en absoluto.

Lo reconozco: parece que esté dolido de verdad. Mi pobre marido, una víctima.

Mi cuerpo se tensa.

—Mentiste a los médicos, te inventaste historias...

De modo que incluso fuera del hospital, Seth se aferra a la teoría de que estoy mintiendo. Me parece increíble. Noto que los dedos de mis pies se curvan en el interior de las zapatillas y fijo la vista al frente, en los otros coches. Aparte de Hannah y Regina, soy la única que conoce la verdad. Seth se ha asegurado de que mis amistades y mi familia me vean como una persona desequilibrada que sufre alucinaciones. Podría devolverme perfectamente a Queen County y nadie se pondría de mi lado. Recuerdo la expresión de la cara de Lauren cuando vino a visitarme la última vez y me muerdo la mejilla por dentro. Pero Hannah está ahí, sé perfectamente bien dónde encontrarla. Lo único que tengo que hacer es ir a hablar con ella. Se puso en contacto conmigo aquel último día, me dejó un mensaje pidiéndome ayuda. «Mantén la boca cerrada hasta que tengas pruebas», me digo.

—Te entiendo —digo en voz baja.

Seth parece quedarse tan satisfecho que no sigue con el tema. Da unos golpecitos al volante con el dedo índice. Su lenguaje corporal es completamente distinto; tengo la impresión de que ni siquiera lo conozco.

—¿Tienes hambre? Tu madre se ha encargado de llenar la nevera, pero podemos comprar algo hecho por el camino, si lo prefieres.

No tengo hambre, pero digo que sí y consigo esbozar una media sonrisa.

—Lo único que me apetece es estar en casa. Ya apañaré algo allí.

—Estupendo —replica—. Podemos preparar algo juntos... llevas años prometiéndome que me darías clases de cocina.

Su voz suena excesivamente alegre. No sé si existe algo peor que notar que alguien te está obligando a tragar alegría cuando no te sientes en absoluto feliz.

Dar clases de cocina a Seth es una de esas cosas de las que siempre hablábamos pero que nunca tuvimos realmente intención de hacer. Es como decir que te apuntarás a clases de bailes de salón o a hacer paracaidismo en pareja. «¡Imagínatelo!» o «¿Verdad que sería divertido?». Seth tiene tanto interés en la cocina como yo en la construcción de casas.

—Pues sí —digo, y para resultar más convincente, más maleable, añado—: Sería divertido.

Cuando media hora más tarde llegamos a nuestro apartamento, estoy hecha un manojo de nervios. El aire huele a limpio y veo que se ha dejado una ventana abierta en el salón. Dentro hace frío y corro a cerrarla. Seth está pegado a mí, al acecho, como si esperara que yo fuera a saltar en cualquier momento. Tropiezo con él cuando voy hacia la ventana y nos pedimos perdón como si fuéramos desconocidos. No estoy del todo segura de que fuera a recogerme en caso de que me cayera o de si me devolvería a Queen County. Pero esto es lo que yo quería, estar de nuevo en casa. Aunque regreso con circunstancias completamente distintas: mi marido ya no es el hombre que creía que era y yo no soy la mujer que he fingido ser todo este tiempo. Todo está igual, pero me parece horrible e irrevocablemente distinto.

Lo primero que hago es darme una ducha, una ducha larga, caliente, jabonosa. Me aplico champú en el pelo utilizando el doble de dosis que normalmente utilizaría, y pienso en Susan. No hemos intercambiado nuestros datos, pero me gustaría quedar con ella algún día, ver qué tal sigue. Podríamos vernos para tomar un café y fingir que no nos conocimos en una institución para enfermos mentales. Cuando piso la alfombrilla del baño, tengo los pies arrugados. Junto mis manos también arrugadas y me muerdo el labio inferior. Estoy ansiosa, pero por primera vez en mucho tiempo, me siento limpia. Me envuelvo en mi albornoz esponjoso, inspiro hondo y salgo del cuarto de baño dejando a mis espaldas una nube de vapor.

—Voy a quedarme aquí contigo un tiempo —anuncia Seth.

¿Un tiempo? ¿Qué significa «un tiempo»? Si me hubiese dicho esto hace tan solo un mes, me habría emocionado tantísimo que me habría arrojado a sus brazos, pero ahora me limito a mirarlo. ¿Dos días? ¿Tres días? Su presencia me resulta opresiva, y eso que solo llevamos solo unas horas juntos. Mi casa me parece un lugar menos privado incluso que el hospital del que acabo de salir. ¿Habrá estado inspeccionando mis cosas? Mis cajones parecen revueltos, como si unas manos poco habituales hubiesen estado cambiándolo todo de sitio. Seth y yo siempre hemos respetado nuestra respectiva intimidad, pero ahora que sé más cosas sobre él, estoy segura de que él también necesita saber más sobre mí.

—¿Y el trabajo?

—Tú eres más importante que el trabajo. Eres mi prioridad, Thursday. Escúchame bien —dice, cogiéndome las dos manos. Pero sus manos no me gustan, me resultan incómodas. ¿Será porque ha pasado tanto tiempo que ya no reconozco su sensación?—. Sé que te he fallado. Me doy cuenta de que he puesto otras cosas por delante de ti. Quiero solucionar las cosas. Trabajar nuestra relación.

Muevo la cabeza en sentido afirmativo, como si eso fuera justo lo que quiero oír. Fuerzo una sonrisa y me enrollo el cabello húmedo en lo alto de la cabeza. Me muestro tan desenfadada y dócil como la antigua Thursday. ¡Aunque más delgada! La muñequita folladora de Seth.

—Prepararé algo para comer. ¿Tienes hambre?

Necesito distracción, necesito pensar sin que Seth me esté observando todo el rato, pero entonces se levanta y me impide el paso hacia la cocina. El corazón me da un vuelco y la adrenalina me recorre el cuerpo. Si intenta cualquier cosa, estoy preparada, lucharé contra él. Inspiro hondo hasta llenar la totalidad de los pulmones y luego sonrío. Es la sonrisa más genuina que he ofrecido a alguien en muchas semanas.

—No, déjame a mí —dice—. Tú descansa.

Suelto el aire y abro los puños, que mantengo escondidos bajo las mangas del albornoz. Estiro los dedos e intento relajarme. Seth entra en la cocina y mira tímidamente a su alrededor. Incluso en la situación en la que me encuentro, me entran ganas de reír al verlo tan inseguro. Igual que mi padre. No tiene ni idea de qué tiene que hacer. Me quedo inmóvil y digo:

—No estoy enferma, ni cansada, ni destrozada.

Asoma la cabeza por la puerta.

—A lo mejor podría pedirle a tu madre que venga…

Lo dice en un tono normal y alegre, pero no quiero ver a mi madre por aquí. ¿Y desde cuándo llama mi marido a mi madre en busca de apoyo? Mi madre haría aspavientos, me sobreprotegería y me miraría con cara de decepción, pensando en mi matrimonio. Entro en la cocina y lo miro. Está delante de la nevera abierta, con un paquete de pechugas de pollo en la mano. No tiene ni idea de qué hacer con eso. Se lo cojo.

—Lárgate —digo.

Dirijo la cabeza hacia la puerta de la cocina, dándole a entender que tiene que irse.

Abre la boca para hablar, pero le corto.

—No me importa. Prefiero estar ocupada.

Eso parece tranquilizarlo. Da media vuelta para irse al salón y percibo un leve encogimiento de hombros. Este es esencialmente Seth; exagerando sus esfuerzos. Siempre me ha transmitido la falsa ilusión de que lo está intentando, de que trabaja duro para complacerme, pero al final no es más que una farsa y la que hace el trabajo duro soy yo. Saco una sartén del armario, corto a trocitos pequeños una cebolla y un diente de ajo y los incorporo al aceite de oliva caliente. Le odio. Cuando el pollo empieza a freírse, me recuesto en la encimera y me cruzo de brazos. Oigo el televisor encendido en el salón, las noticias. Y entonces me doy cuenta de lo que está pasando: las cosas vuelven a la normalidad. Seth está intentando que todo sea como solía ser antes con la esperanza de que yo me meta en el papel tan fácilmente como he hecho siempre.

Me dejo caer en el suelo, sin saber muy bien qué hacer conmigo misma. Tengo que salir de aquí.

VEINTICUATRO

No tengo permiso para beber con toda la medicación que tomo. Y, en consecuencia, los cuatro días siguientes se me hacen insoportables, con Seth y yo viendo horas y horas de series televisivas, él sentado en un extremo del sofá y yo en el otro. El espacio entre nosotros se amplía a cada día que pasa. Fantaseo imaginándome el golpe seco del vodka deslizándose garganta abajo, el apetecible ardor. El primer golpe de calor en el estómago y su avance lento por las venas hasta instalarse en algún rincón de mi cabeza para hacerme sentir ligera y endeble. ¿Cuándo empecé a beber tanto? Cuando Seth y yo nos conocimos, no tocaba el alcohol. Tal vez fuera el hecho de ver a mi hermana siempre borracha y colocada lo que me apartó del tema, pero en un momento dado, cogí la botella y ya nunca la abandoné.

Seth no bebe, sobriedad misericordiosa. Dejó de beber cuando me quedé embarazada. Lo que me lleva a preguntarme si alguna vez le gustó beber o si simplemente lo reservaba para cuando estábamos juntos. Seth el sexi, el peligroso. Conmigo representaba un papel, hacía realidad una fantasía.

Los frasquitos de color naranja que dictan mi vida están en la cocina, al lado del hervidor eléctrico, una hilera de centinelas. Colocarlos allí fue idea de Seth.

—¿Por qué no en el cuarto de baño? —dije, quejándome, cuando los vi allí.

—Para que no se te olvide —respondió.

Pero en realidad los puso allí para recordarme a mí, y a cualquiera que pueda venir, que estoy enferma. Cada vez que entro en la cocina para servirme un vaso de agua o picar algo, captan mi mirada, y sus etiquetas blancas me miran furibundas.

Mi madre pasa por casa con su sopa *minestrone*. Sopa, como si tuviera un catarro. Me echaría a reír, la verdad, pero sonrío y acepto mi sopa de «enferma». Cuando mi madre ve los frascos, le cambia el color de la cara y mira hacia otro lado, fingiendo que no ha visto nada. La gente considera que tener el cuerpo enfermo es algo normal, merecedor de empatía; te traen sopa y medicinas, te acercan la mano a la frente para ver si tienes fiebre. Pero cuando piensan que lo que tienes enfermo es la cabeza, la cosa cambia. Es mayoritariamente por tu culpa, y digo «mayoritariamente» porque se ha repetido una y otra vez que sufrir una enfermedad mental no es algo que se elija, sino que tiene que ver con la química.

—Siento mucho no estar presente cuando saliste del hospital —dice—. ¿Te comentó papá que había ido a visitar a tía Kel en Florida?

—¿Papá? Pero si papá no me habla. Se avergüenza de mí.

Me mira con extrañeza.

—Lo está intentando. Pero de verdad te lo digo, Thursday, a veces puedes llegar a ser muy egoísta.

¿Soy yo la egoísta? ¿Dónde estaba mi padre? Si tanto le importaba yo, ¿dónde estaba?

La medicación me hace sentir patosa y me dificulta el habla. Seth desaparece unos días, imagino que para volver a Portland y ver a las otras. Mi madre se queda conmigo y me administra las pastillas por la mañana y por la noche. Por la noche me tomo el somnífero, la única pastilla que agradezco de verdad. Dormir es el único momento en el que puedo descansar y dejar de elucubrar sobre los pensamientos complicados que dan vueltas sin cesar en mi cabeza. Planificar, planificar, planificar…

En la siguiente visita de mi madre, la acompaña mi padre. Me llevo una sorpresa al verlo. En todos los años que llevo viviendo en mi apartamento, las visitas de mi padre pueden contarse con los dedos de una mano. «No es de los que les gusta hacer visitas —me dijo en una ocasión mi madre—. Sino de los que les gusta que vengan los demás a visitarlo». Lo achaco a la prepotencia de mi padre; bajo su punto de vista, él es como un rey y los súbditos tienen que acudir a él. Me aparto para que pasen y me pregunto si Seth habrá organizado la visita. Se ha marchado hace apenas diez minutos, con la excusa de que necesitaba pasar unas horas en la oficina de Portland. Justo acababa de vestirme cuando ha sonado el timbre.

—¿Qué hacéis aquí?

Las palabras salen de mi boca antes de que pueda articularlas de un modo más agradable. Mi padre me mira con mala cara, como si no estuviera seguro de sí mismo.

—De verdad, Thursday. Vaya forma de recibir a las visitas —dice mi madre.

Va directa al salón, con el bolso colgando del brazo como un monito de diseño. Mi padre y yo intercambiamos una sonrisa forzada antes de ponernos en marcha para seguirla. Camino por el pasillo tremendamente consciente de su presencia, sintiéndome incómoda por ello. Mi padre no tendría que estar aquí y yo no tendría que haber estado encerrada en el manicomio, y ambos lo sabemos. Tomo asiento en una silla, delante de ellos, y noto un sabor amargo en la boca. Los padres son como carceleros emocionales, siempre preparados con sus miradas serias y sus Taser.

—Tu padre estaba enfermo de preocupación.

Busca en el bolso y saca un pañuelo de papel, con el que se suena con delicadeza la nariz mientras miro a mi padre, que me observa con turbación.

—Ya lo veo —digo.

Tengo ganas de librarme de ellos. Necesito hacer cosas. Decido ir al grano.

—¿Os ha pedido Seth que vinierais?

Mi madre se hace la ofendida.

—Por supuesto que no —responde—. ¿Por qué lo dices?

Abro y cierro la boca. No puedo acusarlo de tenerme prisionera; de hacerlo, parecería que estoy loca. Tengo en la punta de la lengua una réplica argumentando que está preocupado por mí, cuando me gana en velocidad mi padre y habla antes que yo.

—Thursday… —Tiene la misma expresión que utilizaba cuando hablaba con mi hermana y conmigo de pequeñas. No sé si prepararme para recibir el sermón del siglo o sentirme ofendida porque piensa que aún tengo doce años—. Ya basta con el tema ese de Seth.

—Corta el aire con la mano, con la palma hacia abajo, como si estuviera cortando por la mitad el «tema ese de Seth»—. Tienes que dejar atrás todo esto. Necesitas seguir adelante.

—Por supuesto —digo.

—Podrías apuntarte a un gimnasio —sugiere mi madre.

—Lo haré —replico, con un gesto de asentimiento.

—De acuerdo, pues…

Mi padre toma asiento. Ya ha hecho su trabajo. Es libre para volver a casa y ver las noticias y comer los platos que le prepara mi madre.

—Estoy tremendamente cansada —digo.

Mi padre parece quedarse aliviado al oír esto.

—Pues ve a acostarte —dice—. Te queremos.

Es mentira. Lo odio.

Los acompaño a la puerta, formulando mentalmente lo que haré en cuanto ponga el cierre de seguridad cuando se hayan marchado. Llamar a Hannah… preparar una bolsa… irme. Llamar a Hannah… preparar una bolsa… irme. Pero apenas he entrado en el dormitorio para empezar a buscar mi teléfono cuando Seth abre la puerta. Y con esa cara, además, como queriendo decir «¡Cariño, ya estoy en casa!». Aparece por sorpresa para rescatarme de mí misma. Me enderezo junto a la mesita de noche y me maldigo en silencio por no haber conseguido librarme antes de mis padres.

—¿Qué estás haciendo?

Sería una pregunta normal de no ser por todo lo sucedido en las últimas semanas. Ahora, su tono me asusta.

—Busco mi pomada de cortisona. —Sonrío—. Me parece que me está saliendo un sarpullido por culpa de la medicación.

Me rasco el brazo, distraída.

—¿Y no estará en el armario botiquín?

—Hace unos meses la tenía aquí, junto a la cama, aunque quizás…

Miro hacia el cuarto de baño, sin dejar de rascarme.

—Iré a buscártela.

Habla con un tono animado, pero capto en su mirada un cambio apenas perceptible. Camina de otra manera, con pasos más agarrotados, con los hombros formando un ángulo rígido. «¿Qué estás haciendo?» El escalofrío que me recorre la espalda se retrasa hasta veo que se encamina hacia el baño y enciende la luz. Reaparece unos segundos después con la pomada. Pongo una sonrisa en mi cara, como si le estuviera agradecida… como si me sintiera aliviada. Es la sonrisa que habría lucido y sentido unos meses atrás. Monto el numerito de desenroscar el tapón y aplicarme la pomada en el brazo. Seth se inclina para examinarme la piel. Por primera vez me doy cuenta de que empieza a lucir muchas canas. El estrés de las esposas y el estrés de controlar tantas mentiras deben de estar cobrándose su peaje. Y ha engordado, además.

—No veo nada —dice.

—Pues me pica.

Mis palabras suenan planas, incluso para mis oídos. Seth se endereza y me mira a los ojos.

—No he dicho en ningún momento que no te estuviera picando.

Nos quedamos ahí durante lo que me parecen muchos minutos,

pero sé que no son más que unos segundos, mirándonos el uno al otro.

—Mi madre…

Empiezo a contarle que ha venido a visitarme con mi padre. Seth está mirándome otra vez el brazo.

—Ha dicho que volverá mañana. Que se quedará contigo —me corta Seth, sin levantar la vista.

—No necesito ninguna niñera —digo—. Estoy bien.

Vuelve la cabeza por primera vez.

—Te queremos, Thursday. Hasta que no vuelvas a estar bien, alguien estará siempre aquí contigo.

«Tengo que salir de aquí. Tengo que irme.»

Nos acostamos a la misma hora —a la hora que se acuestan las parejas—, pero Seth no duerme en la cama conmigo. Duerme en el sofá, con la tele encendida toda la noche. Son las únicas horas del día que paso sola y agradezco tener la cama únicamente para mí. Es demasiado, tanto fingir. Siempre que voy al baño, llama a la puerta y me pregunta si estoy bien. El quinto día después de mi vuelta a casa, Seth me devuelve el teléfono, me devuelve el teléfono como si yo fuera una niña que necesita permiso para utilizarlo. Hay mensajes de mi jefe deseándome una pronta recuperación e informándome de que mis turnos se han cubierto sin problema, mensajes de Lauren de antes de que se enterara de dónde estaba y mensajes de Anna de hace cuatro días diciéndome que a ver cuándo charlábamos. Le envió un mensaje rápido a Anna disculpándome por estar muy ocupada y diciéndole que la llamaré pronto.

Cuando busco los mensajes de Hannah, descubro que han sido eliminados, igual que su número.

—Mi buzón de voz está vacío —digo, sin darle importancia—. ¿Has borrado tú los mensajes?

Seth levanta la vista del libro que está leyendo, un *thriller* que ha elegido de entre toda mi colección. No ha girado ni una página

211

en cinco minutos. Niega con la cabeza y las comisuras de su boca se comban hacia abajo cuando me mira.

—No.

¿Ya está? ¿No? Retoma la «lectura» de su libro, pero no mueve los ojos. Me está observando. Dejo el teléfono y canturreo mientras muevo cosas en mi mesita de despacho, fingiendo que estoy quitando el polvo. Soy una esposa feliz. Me siento segura y a salvo con mi marido en casa. Cuando vuelve a mirarme, sonrío y coloco correctamente un montoncito de facturas, asegurándome de que las esquinas queden bien alineadas. «¿Qué estás tramando, cabrón?»

Mis dedos ansían abrir el portátil, buscar el nombre de Hannah como hice el primer día. Está en la mesa, cargándose desde la última vez que lo utilicé. Está protegido con contraseña, de modo que es imposible que Seth haya podido adivinarla y borrado también todo lo que tengo allí.

Pero la verdad es que tengo miedo. Vi la mirada de sus ojos el día que caí y me golpeé la cabeza en la cocina. Y Hannah… Seth pegó a Hannah. Dios mío, ni siquiera sé si sigue bien.

Espero el momento. La sexta noche en casa, machaco uno de mis somníferos mientras caliento la sopa en la cocina. Seth está buscando algo que ver en la tele, puesto que ya hemos acabado las dos temporadas de un programa de telebasura.

Sirvo la sopa y echo el polvo en su cuenco de *minestrone*, luego le añado salsa picante, tal y como a él le gusta. Superamos un episodio entero de *Friends* antes de que él empiece a echar cabezadas en el sofá, hasta que se queda con la boca abierta y la cabeza echada hacia atrás, roncando. Lo llamo, «Seth», y luego «¿Seth…?», subiendo un poco más la voz. Viendo que no me responde después de zarandearlo por el brazo, me levanto con cuidado. Tengo el corazón a mil. La moqueta amortigua mis pasos, aunque aún siguen sonándome como una estampida de elefantes. ¿Qué hará si me pilla? Nunca he curioseado su teléfono. No teníamos reglas establecidas sobre nuestra privacidad excepto las relacionadas con las esposas. Nunca miré entre sus cosas igual que él nunca miró entre las mías. Es decir, hasta que él borró los mensajes de Hannah. Estamos en una nueva era de nuestro matrimonio.

Su teléfono está bocabajo en la mesita de centro. Intento recordar si esto es normal, si lo ha hecho antes. Pero no... su teléfono siempre estaba bocarriba, expuesto sin problemas. Recuerdo que una vez, una amiga de la universidad me contó que se enteró de que su novio le estaba siendo infiel porque siempre dejaba el teléfono bocabajo. «Tendría que habérmelo imaginado —me dijo—. Es un indicador clarísimo». Pero Seth no es que esté siéndome infiel, ¿verdad? Lo que no quiere es que vea los nombres de ellas aparecer en la pantalla. Ahora está enfrascado en intentar convencerme de que no existen. Sin despegar los ojos de su cara, cojo el teléfono. En la tele sale un anuncio de una mujer con piel de cocodrilo y cuando utiliza la hidratante que publicitan se vuelve mágicamente suave. Se acaricia el brazo y me sonríe con convencimiento mientras tecleo la contraseña de Seth.

Su contraseña siempre ha sido la misma desde que nos conocimos, algo espantosamente predecible que le he visto teclear en el teléfono cientos de veces. Me quedo sorprendida al ver que el aparato se ilumina y tengo acceso a la pantalla de inicio. Aunque es natural que no la haya cambiado: cree que domina la situación, que me tiene controlada. Su teléfono jamás se separa de él y yo estoy supervisada todos los minutos del día. Pero también podría ser que él quiera que lo vea. Voy primero a sus contactos y busco los nombres de Hannah y de Regina. No sale nada, nada de nada. Mi marido no conoce ni a una sola Hannah ni a una sola Regina. Pero hace solo unas semanas, cuando estuvimos bebiendo sidra en el mercado, el nombre de Regina apareció en la pantalla, una llamada relacionada con su perra. No me lo imaginaba. No tiene guardado ningún mensaje de texto que pueda resultar interesante: mi madre, mi hermana preguntando cómo estoy, trabajo, clientes, subcontratas... yo. En el buzón de voz sucede lo mismo, así como en el correo electrónico.

No me he movido de donde estoy, pero me doy cuenta de que estoy respirando con dificultad. Lo ha borrado todo. Seth quería que encontrara esto y viera que no hay... nada. Devuelvo el teléfono a la mesita, cuidando de colocarlo tal y como él lo había dejado, y me acerco con sigilo a mi ordenador portátil. Pero no se enciende. El botón de encendido se mantiene tercamente oscuro mientras lo presiono. Le ha hecho alguna cosa. Me seco en el pantalón el sudor que me impregna las palmas; con mano temblorosa, presiono el botón una última vez. No sé si estoy enfadada o muerta de miedo. ¿Por qué lo ha hecho? Aunque también podría ser que no hubiera sido él. Los ordenadores dejan de funcionar a menudo. Dos... tres... cuatro... nada. No, lo compré hace justo un año. Y funcionaba a la perfección antes... antes de que le dijera a mi marido que había descubierto a su otra esposa, eso es.

Busco rápidamente mi teléfono para enviarle un mensaje a Lo contándole lo que me ha pasado. Plasmo mis pensamientos en oleadas mientras voy mirando por encima del hombro a Seth para comprobar que sigue dormido. Envío un mensaje tras otro hasta que veo docenas de burbujitas azules en la pantalla. Parece de loca, y me arrepiento de inmediato de haberlos mandado. Los borro todos por si acaso Seth me mira el teléfono y me quedo a la espera de que Lo me responda, puesto que la burbuja indica que ha visto lo que he enviado, pero no entra nada.

Seth me ha escondido las llaves del coche y la cartera. Son poco más de las siete cuando cojo una muda y busco el llavero con el juego de llaves de recambio que guardo en el cajón de los trastos. Necesitaré dinero. Me muerdo el labio cuando saco de su cartera un billete nuevo de cien dólares. Guarda quinientos más en la caja del pan para casos de urgencia. El trayecto hasta la cocina me resulta largo y sufro pensando qué voy a hacer si el dinero no está, pero cuando levanto la tapa, lo primero que veo es el fajo de billetes, sujetos con celo en una esquina, acompañados por una solitaria pasa. Meto en una bolsa cuatro cosas y, con Seth durmiendo aún en el sofá, me dirijo a la puerta. Me quedo paralizada cuando los carrillones de la puerta suenan, y el sonido me parece tan potente que estoy convencida de que ha despertado a todo el edificio. Mi cuerpo se tensa; tendré las manos de Seth encima en cualquier momento, tirando de mí. Vuelvo velozmente la cabeza para ver lo cerca que lo tengo, lista para echar a correr antes de que me alcance, pero cuando mis ojos inspeccionan mi entorno, lo veo todavía tumbado en el sofá, durmiendo.

No sé cuánto tiempo estaré fuera. Si me quedo sin dinero, puedo llamar a Anna, pedirle algo, pero sé que insistiría en venir y tendría que explicárselo todo. No… pienso… tiene que haber otra manera. Y entonces se me ocurre. Voy hacia el ascensor con un nudo en la garganta. ¿Y si se despierta? ¿Qué sería capaz de hacer para detenerme? Si intentara inmovilizarme, ¿conseguiría escaparme? Podría gritar y a lo mejor saldría algún vecino en mi ayuda. Pulso el botón del ascensor imaginándome todas las cosas que podrían ir terriblemente mal. Corre, corre… Tardará un poco en deducir dónde voy. Antes hablará con mi madre y con Anna, quizás incluso con el hospital para ver si alguien tiene noticias de mí. Eso me dará unas horas de ventaja. Como último recurso, imaginará que he ido a ver a Hannah pero, a esas alturas, yo ya habré llegado allí. Cuando el ascensor cobra vida, se me ocurre que Seth podría haberme instalado un dispositivo de seguimiento en el móvil. Sería bastante propio de él, ¿verdad? Hay aplicaciones que lo hacen. Localizadores de teléfono. Cojo el teléfono y me quedo mirándolo. Seth es un planificador. Seth no deja nada al azar. Cuando se abren las puertas, dudo solo un instante antes de dejarlo caer en el suelo del ascensor y salir.

VEINTICINCO

Delante de la casa hay macetas nuevas, cosas enormes de cerámica que parecen pesar cincuenta kilos cada una. Me pregunto si Seth las habrá arrastrado desde el coche hasta el camino de acceso y las habrá colocado donde ella le ha ido diciendo, desde la distancia y dando instrucciones. La familia feliz. Ha plantado en ellas caléndulas de color naranja y amarillo. Se asientan pulcramente en la tierra, nuevas en el barrio y mansas aún en su crecimiento.

Me pregunto qué más habrá cambiado, si ya se le notará su estado cuando abra la puerta, si se sujetará el vientre mientras me habla. Yo tenía la costumbre de hacerlo incluso antes de que se me notara, siempre consciente de la vida que crecía dentro de mí. Paso de largo las macetas y enfilo el caminito que conduce hasta la puerta de entrada. Dentro, se oye la tele, un programa de esos con risas de fondo. Estupendo, está en casa.

Me paro un momento antes de llamar al timbre. He salido corriendo de casa y ni siquiera me he pasado la mano por el pelo antes de dejar el coche. Pero ya es demasiado tarde. Llamo y me retiro un poco de la puerta. Un minuto más tarde, oigo pasos y luego el «clic» la cerradura. La puerta se abre emitiendo un sonido de succión y el aroma a canela se enmaraña con la brisa nocturna.

Hannah está descalza en la puerta, muy distinta a la última vez que la vi. Va con pantalón de pijama y camiseta de tirantes, el pelo

216

recogido en una cola de caballo baja. Es un alivio verla, tiene buen aspecto. Arquea las cejas y ladea ligeramente la cabeza. «¿Por qué pondrá esa cara?», me pregunto. De pronto me siento avergonzada por cómo voy vestida, por el pelo que llevo. Seguramente se me ve tan desquiciada como me siento. Y ella, Hannah, siempre tan resplandeciente y bien puesta, como una bella pieza de porcelana china.

—Te… te dejé un mensaje… no sabía si estabas bien. ¡Pero estás estupenda! —Y entonces, cuando veo que me mira con extrañeza, añado—: He estado sin teléfono…

Me quedo sin habla. Algo no va bien. Hannah me observa con educación, pero permanece inexpresiva. Lo único que me da a entender que me ha oído es que abre un poco los ojos y que el blanco destella antes de que sus parpados, adormilados y lentos, vuelvan a descender.

—Lo siento —dice—. No sé si te he entendido muy bien. ¿A quién venías a ver?

—A ti —respondo—. Venía a verte a ti.

Mi voz es un susurro inseguro, se evapora al instante. Corrijo mi expresión, intentando transmitir seguridad.

Levanta una mano y se toca ligeramente el hueco de la clavícula. Está confusa, parpadea.

—No la conozco —dice—. ¿Sería posible que se hubiera equivocado de casa? —Mira a lo lejos, hacia la calle, como si quisiera ver si me está esperando alguien o estoy sola—. ¿Qué número de casa busca? Conozco prácticamente a todo el mundo que vive en esta calle —dice, muy servicial.

Abro y cierro la boca y noto una oleada de frío que me sacude desde el cuello hasta los talones. Mi respiración se acelera y los ojos me hierven.

—¿Hannah…? —digo, en un último intento.

Hace un gesto negativo.

—Lo siento…

Su voz suena ahora más firme; quiere volver a entrar y seguir viendo ese programa con banda sonora de risas.

—Soy...

Miro a mi alrededor, arriba y abajo de la calle. No hay nadie fuera, solo se ven los pulcros exteriores de las casas, las ventanas iluminadas por una luz cálida y amarillenta. Me siento aparte de todo, aislada dentro de mí misma. La luz amarillenta no es para mí, es para otros. Retrocedo un paso.

—Soy yo, Thursday —insisto—. Estamos las dos... Yo también estoy casada con Seth.

Junta las cejas y mira a sus espaldas, hacia el interior de la casa.

—Lo siento, creo que hay un error. Voy a buscar a mi marido, a lo mejor él puede ayudarle...

Está volviéndose, va a llamar a alguien. Y entonces me doy cuenta de que no lleva el pelo recogido en una cola de caballo baja, sino que lo lleva corto, a lo chico.

—El pelo... —digo—. ¿Te lo has cortado hace poco?

Me fijo también en su barriga, está totalmente plana. A punto estoy de acercarle la mano de lo confusa que me siento.

Parece asustada y su mirada clama para pedir ayuda. Levanta una mano hacia la nuca para tocárselo.

—Espero que encuentre a quien está buscando —dice, y me cierra la puerta en las narices.

El aroma a canela desaparece de pronto y me quedo con el olor a tierra húmeda y hojas podridas.

Me tambaleo, camino marcha atrás y doy media vuelta cuando voy por la mitad del camino de acceso y echo a correr hacia la calle donde he dejado aparcado el coche. Mientras forcejeo para abrir la puerta, me vuelvo de nuevo para mirar la casa y veo que las cortinas de la segunda planta se mueven, como si estuviera observándome alguien detrás de ellas. Ella, Hannah. Pero ¿por qué dice que no me conoce? ¿Qué está pasando? Subo al coche y apoyo la frente en el volante mientras la respiración sale de entre mis labios en jadeos mudos. Esto es una locura, me estoy volviendo loca. La idea me resulta tan turbadora que pongo rápidamente el coche en marcha y me alejo de la casa. Temo que pueda llamar a la policía. ¿Qué les explicaría yo?

Después de introducir una dirección en el navegador del coche, me dirijo a la autopista. Imagino que Seth me buscará primero en hoteles grandes, hoteles que dispongan de albornoz y minibar. Nunca se le ocurriría otra cosa, puesto que se casó con una mujer a la que le gustan las mejores cosas de la vida.

Me duele la cabeza y caigo en la cuenta de que no tengo nada con que poder aliviarlo; el tubito de aspirinas que utilizo cuando viajo está en el bolso que me escondió Seth. Por primera vez en mucho tiempo, mis ideas son claras y transparentes y creo que lo más probable es que el dolor de cabeza sea el resultado del bajón de fármacos que está experimentando mi cuerpo, ya que llevo unos días fingiendo que me los tomo. Pienso en los frascos de color naranja dispuestos al lado del hervidor, en su sabor amargo cuando se funden como una pasta en mi lengua. En teoría son para ayudarme, pero me hacen sentirme como una loca, asfixian mis pensamientos y me provocan inseguridad. ¿Es esto lo que quiere Seth? ¿Que dude de mí misma y confíe solamente en él?

Diez minutos más tarde, el navegador del coche me lleva por una pista sin asfaltar. Está oscuro, pero sé que a mi izquierda, al otro lado de un bosque tupido, hay un lago. De día, el lago está lleno de gente practicando el esquí acuático y el *paddle* surf, un lugar donde universitarios y familias practican deporte. El camino se acaba y paro el coche. La casa que se eleva delante de mí está oscura y sus grandes ventanas me miran como ojos huecos. Cojo la bolsa que tengo en el asiento del acompañante y salgo del coche. «Por favor, Dios mío, que esto me salga bien», pienso, antes de echar a andar hacia la casa. La casa tiene dos plantas, está rodeada de bosque y se accede a ella por un camino sinuoso. Es el típico diseño cuadrado que se hizo popular en los años sesenta. Por los alrededores hay aún material de construcción y tengo que sortear un tubo de metal cuando salgo del coche. Recorro el camino, con los zapatos hundiéndose en la gravilla. De la puerta de entrada cuelga una caja de seguridad y me arrodillo para abrirla, pensando en que habría hecho bien trayendo una linterna. El código es el mismo que en todas las casas de Seth; me lo reveló en una ocasión cuando empezábamos a salir y me llevó a ver una casa que estaba construyendo en Seattle. Recuerdo que nos paseamos por aquella mansión de diez mil metros cuadrados, admirando los detalles del interior, y que luego hicimos el amor sobre la isla de la cocina.

Tecleo los números y rezo para que Seth no haya cambiado el código. Se abre con un complaciente clic y extraigo la llave. La introduzco en la cerradura, se abre la puerta y entro. Miro a mi alrededor y experimento una intensa sensación de logro. Estoy escondiéndome a la vista de todo el mundo. El ambiente huele como a tabaco y toallas húmedas y decido respirar por la boca mientras me adentro despacio en la casa, mirando hacia todos lados. La casa Cottonmouth: el origen de un sinfín de dolores de cabeza. Está en el 66 de Cottonmouth Road, de ahí su nombre. Hace cuatro meses, el propietario de la casa sufrió un ictus y tuvo que ser hospitalizado. Su hijo, al no saber cuál sería el destino que le aguardaba a su padre y consciente de que no podría hacerse cargo de los gastos de la obra, suspendió el proyecto indefinidamente. Seth se llevó un buen disgusto y se quejaba del tema a menudo, razón por la cual yo tenía memorizados todos los detalles. Abro las cortinas para dejar que la débil luz de la luna penetre en el pequeño espacio de la entrada. La moqueta está muy gastada, y el que en su día fuera un espléndido azul marino parece ahora la tonalidad de un pantalón vaquero desteñido. Está enrollada en los lugares donde los trabajadores habían empezado a trabajar en los suelos. Observo por la ventana el cielo estrellado. Si fuera de día, el cielo tendría un color gris ganso y las nubes se verían opresivamente cargadas. Tiempo… este lugar ha tenido mucho tiempo para agrietarse, ajarse y decolorarse. Entro en el pequeño aseo del vestíbulo y me arriesgo a encender la luz. Hago pis acuclillada y arrugo la nariz para defenderme del olor correoso que sube por el desagüe. En el anticuado lavabo hay manchas de óxido y el grifo emite un chirrido cuando lo cierro. Levanto la vista hacia el espejo y veo piel blanca y descolorida y ojeras oscuras bajo los ojos. No me extraña que Hannah se haya asustado tanto cuando ha abierto la puerta.

Subo arriba y encuentro un dormitorio. Las paredes están cubiertas con un papel pintado con motivos florales que empieza a desprenderse por las esquinas y hay una cama apoyada contra una pared. Me siento en una esquina de la cama y el colchón se hunde bajo mi peso. ¿Qué estoy haciendo aquí? ¿Me habré equivocado en mi decisión de venir a este lugar? Pienso en cómo me ha mirado Hannah, como si no supiera quién soy. ¿La habrá alertado Seth? ¿La habrá amenazado? O... Dios mío. Me paso las manos por el pelo, se me engancha en los enredos y me encojo de dolor. O... ¿podría ser que no me hubiese visto nunca? ¿Es posible inventarse por completo una relación? En otras circunstancias, llamaría a mi médico, le preguntaría qué opina, pero no me fío de mi médico, ni de mi marido, ni de mí misma. Seth se ha apoderado de todos nosotros.

La cabeza me sigue doliendo. Me tumbo en la cama de lado y acerco las rodillas al pecho. Echaré tan solo una cabezadita. Hasta que me pase un poco el dolor de cabeza y pueda pensar con claridad.

Cuando me despierto, es de día. No sé qué hora es. En estos últimos meses, el sueño se ha convertido en un hecho confuso, una combinación, estoy segura de ello, de tantos cambios de cama y de tantos medicamentos. Me siento e inspecciono la habitación en busca de un reloj, pero las paredes están desnudas, cubiertas tan solo por el papel pintado floral que se abomba por varios sitios. ¿Se habrá despertado ya Seth? ¿Habrá empezado a hacer llamadas para localizarme? No he pensado en la posibilidad de que hubiera instalado un dispositivo de seguimiento en el coche, pero me parecería muy extremo. Seth no lo haría... ¿o sí?

Me ducho en el cuarto de baño principal y presto atención a los sonidos metálicos que emiten las tuberías para acomodarse al agua tibia que cae por la alcachofa de la ducha. La toalla que encuentro es áspera y rasca. La tiro al suelo antes de estar completamente seca y me visto rápidamente con la piel todavía húmeda. Con las prisas, solo he traído unos vaqueros y un jersey. Y el jersey, que en su día me iba ceñido, me queda completamente holgado. Tendré que apañarme con esto. Olvido mis inseguridades mientras me calzo mis Converse y cojo las llaves para ir a la puerta.

Ha llegado la hora de hablar con Regina.

VEINTISÉIS

Adele canta en la radio mientras sorteo el tráfico de primera hora de la mañana. Hoy me siento mejor, soy más yo. Subo el volumen y al mismo tiempo piso el freno con fuerza. La camioneta contra la que he estado a punto de estamparme avanza unos metros más y esta vez la sigo con más cautela. La voz de Adele es tan melancólica que de repente siento toda la soledad de mi situación. ¿Qué estoy haciendo aquí? A lo mejor sí que estoy loca. Estaciono en el aparcamiento y Adele deja de cantar cuando apago el motor. No, Seth es un mentiroso y tengo que encontrar la manera de demostrarlo. Llevo toda la mañana reproduciendo mentalmente lo que pasó con Hannah. Se me forma un nudo en el estómago al recordar el vacío de sus ojos cuando me miró. Algo va mal y tengo que llegar al fondo de la cuestión. Ponerme en contacto con Regina es la única opción que se me ocurre. Pienso en el perfil de Will Moffit que creé en la página de citas. Hace mucho que no lo consulto y me pregunto si Regina pensará que Will la ha mandado a paseo.

Las oficinas de Markel & Abek están ubicadas en un edificio de piedra blanca de tres plantas situado enfrente de un pequeño lago. Comparten edificio con una compañía crediticia y el despacho de un pediatra. Observo las ventanillas de los coches que pasan en dirección al garaje subterráneo del edificio. Una de esas personas podría ser Regina. Me planteo la posibilidad de abordarla en el aparcamiento, pero sé que el resultado sería nefasto y me haría quedar como una desequilibrada. No, tengo que hacerlo bien, tal y como lo he planeado. Me lo repito una y otra vez, pero justo antes de salir del coche me pongo a llorar. Son lágrimas sin sentido y no consigo identificar si estoy asustada, triste o enfadada, pero no puedo parar de llorar. Me seco los ojos con el dorso de la mano, y luego me seco la mano en los vaqueros.

Algo va mal, pero no sé qué. Me seco los ojos por última vez y me embadurno los labios con brillo, un exiguo intento de no parecer una mujer que se está derrumbando. Cuando abro las puertas del edificio, oigo el grito de un niño y el sonido de unos pasitos. Un segundo después, dobla en tromba la esquina un minúsculo humano rubio y, acto seguido, aparece su agotada madre, persiguiéndolo.

—Perdón —dice.

Lo coge en brazos después de que haya chocado contra mí. El pequeño se acurruca contra su madre, satisfecho consigo mismo, y esconde la cabeza en el hombro de ella. Noto una punzada de algo en el pecho, pero la ignoro y sonrío a la madre, que se instala el niño en la cadera y emprende camino de vuelta hacia la consulta del pediatra.

Estoy a punto de seguirlos para ver qué pasa, pero entonces recuerdo por qué estoy aquí. Subo por la escalera hasta el segundo piso y ralentizo el paso al ver las puertas de cristal. Detrás de ellas hay una sala de espera grande flanqueada por sofás de cuero marrón, elegantes y masculinos. En el fondo de la sala, y directamente en mi línea de visión, está el mostrador de recepción. Una mujer con moño alto y gafas teclea algo en el ordenador con el teléfono pegado al oído. Me siento cohibida con mi jersey grandote y mis vaqueros gastados. Ojalá hubiera pensado en traer una vestimenta más adecuada.

Cruzo las puertas, me acerco a la recepcionista y la saludo con una sonrisa justo cuando da por finalizada la llamada.

—Bienvenida —dice, con un profesionalismo ensayado—. ¿En qué puedo ayudarla?

—Tengo una cita —digo—. Con Regina Coele. —Hago una pausa e intento recordar el nombre que utilicé cuando concerté la cita. Parece que haga años, no solo semanas—. Soy Lauren Brian.

Uno las manos a la altura de la cintura e intento parecer aburrida. La recepcionista me mira brevemente antes de teclear algo en el ordenador.

—Veo que no vino a la cita que tenía la semana pasada, señora Brian. —Pone mala cara—. No tenemos nada programado para usted a lo largo del día de hoy —añade, y me mira con expectación.

Me llevo la mano a la frente y recompongo la cara para esbozar lo que espero que parezca una expresión de perplejidad.

—Es que… es que... —digo, titubeando.

Se me llenan los ojos de lágrimas cuando la miro. El día de la cita estaba encerrada en Queen County, comiendo Jell-O y observando los ojos sin pestañas de Susan. No tengo que fingir que estoy aturullada, porque lo estoy de veras. Separo la mano de la cara y la dejo caer abruptamente.

—Es que todo está siendo tan complicado… me estoy divorciando —digo—. Debo de haberme liado con las fechas y…

Veo que se ablanda.

—Deme un minuto.

Se levanta y desaparece por un pasillo, seguramente en dirección a la parte donde los abogados tienen sus despachos. Observo la sala de espera, relativamente vacía al ser tan temprano. Hay una mujer mayor sentada en la esquina opuesta con un vaso de Starbucks en la mano y un ejemplar de *Good Housekeeping* en la otra. Me siento en el borde de la silla más próxima al mostrador de recepción, con los dedos cruzados y la pierna dando saltitos al ritmo de mis nervios.

La recepcionista reaparece pasados unos minutos y toma de nuevo asiento. Su expresión resulta ilegible.

—Señora Brian, la señorita Coele se ofrece a saltarse la comida si está dispuesta a volver a las doce en punto.

¡Una buena persona, una persona estupenda! Noto que algo me salta dentro del pecho y me acerco al mostrador.

—Lo estoy —replico rápidamente—. Gracias por hacerme este favor.

Lo digo con sinceridad y sé que la gratitud se me nota en la voz.

Hace un gesto de asentimiento, como queriendo restarle importancia. El teléfono está sonando de nuevo; la estoy molestando. Me aparto del mostrador y miro la hora en el reloj que hay en la pared. Cuatro horas para pasar el rato.

Encuentro una pequeña tienda de ropa en un centro comercial cercano. Pretty Missy. Miro el escaparate, pensando en lo poco que me gusta el nombre. Los calcetines hasta la rodilla con adorno de bolitas y las camisetas con mensajes positivos son suficientes para hacerme dar marcha atrás, pero tengo que matar el tiempo con algo y mis alternativas son limitadas. Al entrar en la tienda, veo de refilón mi reflejo en el cristal del escaparate. Mi jersey naranja me recuerda un uniforme carcelario. Remuevo los percheros durante media hora antes de decidirme por una chaqueta de ante de color marrón y una blusa blanca para llevar debajo. Mejor, pienso. Pago en metálico a la vendedora y me cambio en el coche. Tiro el jersey al asiento de atrás antes de recomponerme. La ropa nueva me pica y me rasco hasta dejarme la piel encarnada.

Conduciendo de vuelta hacia el edificio blanco de oficinas veo un bar con el cartel de *Abierto* destellando de forma esporádica en la ventana. Miro cómo voy de tiempo: faltan aún tres horas. Es demasiado pronto para beber, pero estaciono de todos modos. Solo hay dos coches más. Uno de ellos será seguramente del camarero y el otro del borracho del pueblo. Me fijo en el Mercedes antiguo mientras, con los zapatos crujiendo sobre la gravilla, me encamino hacia la puerta. Noto ya el sabor del alcohol en la garganta. ¿Cuánto hace que no me tomo una copa?

Cuando abro la puerta, el aroma a antro me saluda: una combinación de ambiente cargado, cerveza derramada y olor corporal. Inspiro hondo, me instalo en un taburete junto a la barra y pido un vodka con soda a un tipo con ojos cansados y camiseta de Van Halen. Agradezco que no me dirija ni la palabra, que se limite a deslizar la copa por encima del mostrador sin ni siquiera mirarme a los ojos y que pase rápidamente a hacer otra cosa. Este sería el momento en el que sacaría el teléfono del bolso y miraría las actualizaciones de mis amigos en Facebook, o en el que tal vez echaría un vistazo a las rebajas de mis tiendas *online* favoritas. Pero fijo la vista en la copa, el lenguaje corporal sincero de todo aquel que se sienta en un bar antes de la hora de comer, y planeo lo que pienso decirle a Regina.

VEINTISIETE

Estoy achispada. Tres vodkas con soda y sin comer nada en toda la mañana. Mi visión oscila tremendamente y mis extremidades están flojas y poco disciplinadas. Me regaño mientras me paso la mano por el pelo en el minúsculo baño del bar y pongo mala cara al ver mi imagen reflejada. Parezco una borracha: cara hinchada, ojos rojos y piel con manchas. Al menos he dejado atrás mi jersey naranja. Me echo agua en la cara en el pequeño lavabo antes de salir.

Dispongo exactamente de treinta minutos para serenarme y adecentarme antes de ver a la primera esposa de mi marido. Lo que piense de mí es importante, razón por la cual lo de beber ha sido muy mala idea. Yo era, técnicamente, su sustituta. A pesar del destello verde fluorescente de celos que siento hacia ella, siento también una especie de relación de parentesco. Quiero gustarle. Sé que podría ayudarme. Soy como un perrito complaciente, maltratado pero que sigue meneando la cola pidiendo amor. Me paro en una estación de servicio y compro colirio, chicle y desodorante. En el último minuto, le pido al vendedor un teléfono de prepago. Lo del desodorante tal vez no haya sido muy acertado —huele a vainilla— pero en el bar hacía calor y tengo las axilas y la espalda sudadas. Huelo a madalena dulce y sudorosa. Entro en las oficinas con cinco minutos de retraso. La recepcionista me mira con fastidio cuando me ve llegar. «Lo mínimo que podría usted hacer, señora...»

—Por aquí —dice, levantándose.

La sigo por un pasillo lleno de puertas. Está fatal la disposición que han pensado. Me recuerda el instituto, la caminata hasta el despacho del director. Soy consciente de que desprendo una nube de vainilla y sudor.

Regina está sentada detrás de su mesa cuando llama la recepcionista y abre la puerta. La recepcionista se aparta sin mirarme a los ojos y me deja pasar por su lado. Regina se levanta en cuanto me ve. Es menuda, como dijo Seth, pero mucho más guapa que en foto. La miro boquiabierta, y me doy cuenta de ello en cuanto nos quedamos las dos a solas en el despacho después de que la recepcionista se haya marchado. La situación es surrealista. Me indica que tome asiento en una de las dos sillas con tapicería de cuero que hay dispuestas frente a la mesa de despacho. Y en lugar de volver a sentarse, rodea la mesa, se instala en la silla vacía que queda a mi lado y cruza las piernas. Capto su perfume de inmediato, el aroma adormilado de la lavanda. Me debilito en mi asiento, como si con ello pudiera eliminar el olor a vainilla y sudor.

—¿Puedo ofrecerle agua o un café? —pregunta—. ¿Un té, quizás?

—Estoy bien, gracias.

Me retiro el pelo detrás de las orejas y enderezo la espalda. El director nunca debe saber que estoy muerta de miedo.

—Tengo entendido que se está planteando el divorcio.

La cadencia de su voz es hipnótica, profunda y a la vez femenina, como la de una de esas estrellas de cine de las películas en blanco y negro.

—No solo planteándomelo —replico—. Y, por cierto, gracias por saltarse la comida para recibirme. No era consciente de que se me había pasado la fecha de la cita. Ha sido muy amable por su parte.

Mi madre siempre dice que la gente confiada ni se excede dando las gracias ni se excede pensando demasiado.

—Los negocios son así —dice Regina—. Trabajar ahora y comer después, ¿no? —Sonríe—. Cuénteme su situación.

Carraspeo un poco antes de seguir hablando. Noto en el puño de la manga la etiqueta del precio que me he olvidado arrancar. Empujo el cartoncito con el dedo para que no asome.

—Mi marido es polígamo.

Es una afirmación pensada para hacer tambalear a cualquier persona normal y corriente. A menudo he pensado en soltarla delante de desconocidos o de mis compañeros de trabajo solo para ver qué cara se les queda.

Pero la cara de Regina se mantiene exactamente igual. Es casi como si no me hubiera oído. No pide que le aclare nada ni que me explique más, y no es hasta que dice «Continúe» cuando sigo hablando.

—Yo soy su esposa legal. Pero tiene dos más.

Me mira, fijamente.

—¿Hay hijos de por medio?

Hago una pausa, pensando en Hannah, en cómo me miró como si no me hubiera visto nunca cuando anoche llamé a su puerta. La confusión y el dolor en la mirada de Seth cuando le dije al doctor lo que él era. Siento una exasperante sensación de duda en algún rincón de mi cabeza. «Estás loca, estás loca, estás loca».

—Su tercera esposa está embarazada, de poco tiempo.

—Y esas otras esposas, ¿comparten casa con su… marido?

Niego con la cabeza.

—Las dos viven aquí, en Portland. Yo vivo en Seattle.

Examino su cara en busca de algún indicio de reconocimiento de la situación. ¿Sabe tan poco sobre mí como yo sabía sobre ella?

—¿Conocen ellas su existencia? —pregunta.

La miro un buen rato, observo sus labios carnosos perfilados y pintados en un tono cereza, las pecas que cubren su nariz y que no logra ocultar el maquillaje. Es ahora o nunca, para esto he venido.

—¿La conoces tú, Regina? ¿Cuánto te ha contado él sobre mí?

Sigue imperturbable. Cruza las piernas, se acomoda en la silla y me clava sus ojos inexpresivos. Permanecemos así muchísimo rato, ella observándome y yo observándola. Tengo la sensación de estar a punto de caer por el borde de un precipicio.

—Thursday —dice.

Quiero saltar de la silla y gritar. Una sola palabra valida todo aquello por lo que estoy aquí. Regina conoce mi nombre, sabe quién soy. Mi baja autoestima es viscosa y pegajosa, pero el hecho de que Regina acabe de pronunciar mi nombre la ha limpiado de golpe.

—Sí —digo sin aliento… patética.

Su cara muestra una repugnancia no disimulada. Suspira, descruza las piernas y se inclina hacia delante, apoyando los antebrazos sobre los muslos. Ahora ya no se la ve tan peripuesta, sino simplemente cansada. Resulta asombroso hasta qué punto una expresión facial puede llegar a cambiar el aspecto de una persona.

—Seth se ha puesto en contacto conmigo. Me ha dicho que tal vez vendrías.

Mira el suelo, algún punto entre sus tacones, antes de enderezarse.

De modo que Seth ya sabe dónde estoy. Me conoce mejor de lo que pensaba. La miro y el estómago me da un vuelco. Porque mientras yo me he estado imaginando que correría a llamar a mi madre y a Anna, ha ido directo a Regina. Parpadeo con fuerza para intentar disimular la expresión de sorpresa que debe de estar dibujada en mi cara. Creía haber sido inteligente, pero por lo que se ve, mi marido es más listo que yo. Qué tonta he sido. Pero esta ha sido la tónica de mi vida estos últimos años: ser una tonta. Seth lo ha anticipado todo, mi disidencia de su plan. Lo ha pensado todo, ha predicho mis movimientos. Tal vez solo estas últimas semanas, aunque quizás siempre.

—Muy bien, Thursday, ya que has venido hasta aquí, podrías contarme por qué querías verme. Entiendo que no es para hablar sobre un divorcio.

Tiene las comisuras de los labios hacia abajo, una expresión resuelta y asqueada. Se equivoca mucho con respecto al divorcio, pero no se lo digo. Que piense lo que quiera pensar. Lo que yo ando buscando son respuestas sobre el hombre con el que ambas nos casamos.

Miro a mi alrededor en busca de toques personales de la mujer con la que estoy hablando: marcos con fotos, alfombras, cualquier cosa que me explique algo más quién es. La decoración es masculina, lo cual podría tener muy poco que ver con ella; las mujeres no suelen decantarse por tanta madera de cerezo. Le van los helechos, hay tres en total: uno en una estantería con las hojas derramándose hacia los lados, otro más pequeño sobre la mesa y el tercero, el más sano de los tres, en el alféizar de la ventana. Están bien cuidados, frondosos.

—He venido porque no conozco a mi marido. Y esperaba que pudieras aportarme un poco de luz.

Es una forma agradable de exponerlo, la verdad. Mi marido pega a mujeres y me ha hecho encerrar por formular demasiadas preguntas. Resulta que soy una mujer tonta y necesito que Regina me diga que ella también fue tonta por confiar en él, y después podré contarle lo de Hannah.

—¿Tu marido?

Su expresión es de estar pasándoselo en grande; enarca las cejas.

Me gustaría decirle que no es el momento de empezar a jugar a ver quién la tiene más grande, de pelearnos por quién es la propietaria de Seth, pero me quedo callada.

—No sé si podré ayudarte… de hecho, no sé si quiero hacerlo.

Se alisa la falda y mira el reloj. Es sutil, pero lo ha hecho para que me dé cuenta. Estoy haciéndole perder el tiempo. De pronto, no me siento tan segura como hace un momento. La temperatura ha cambiado.

—Has estado ocho años con Seth… —empiezo a decir.

—Cinco —dice ella, cortándome—. Seth y yo estuvimos cinco años juntos antes del divorcio, aunque eso lo sabes de sobra porque tú fuiste la razón de que nos divorciáramos.

La miro sin entender nada. Por supuesto que lo fui, pero ella accedió. Esto no está yendo como me esperaba. ¿Por qué parece tan amargada si accedió a ello? Seth conoció a Regina y se casó con ella cinco años antes de conocerme a mí. Recuerdo los celos por todo el tiempo adicional que llevaban juntos, por saber que nunca podría ponerme al mismo nivel en ese sentido.

—¿Y estos últimos tres?

—Estos últimos tres ¿qué? —me espeta, y su compostura se esfuma por un breve momento cuando algo destella en sus ojos.

—Que lleváis juntos. El matrimonio plural...

Regina me mira como si acabara de darle un bofetón. Su cuello esbelto se echa bruscamente hacia atrás. Veo un estallido de rosa elevándose por encima de su escote. La he puesto nerviosa. No sé si es bueno o malo, pero al menos existe algo capaz de ponerla nerviosa.

—Lo siento —dice—. No sé a qué te refieres.

Sé que si me levanto de un salto de mi asiento y empiezo a zarandearla y a gritar «¡Dime la verdad, mala puta!», llamarán a la policía. O, como mínimo, me escoltarán fuera del edificio y una persona más pensará que estoy loca.

—Aparte del breve contacto que mantuvimos cuando me dijo que probablemente vendrías a verme, no he visto ni he hablado con mi exmarido desde hace años —declara.

Sus palabras desmontan mi siguiente pregunta. Se me queda la boca abierta hasta que me obligo a cerrarla. Frunzo el entrecejo.

Miro a Regina, luego bajo la vista hacia mis manos. Tengo las ideas confusas, estoy espesa. Nada tiene sentido, tampoco Regina. Solo oigo ruido blanco y el latido de mi propio corazón.

—¿Qué quieres decir? —consigo articular por fin.

—Creo que deberías irte.

Inexpresiva, se levanta y se dirige hacia la puerta.

La sigo, pues no se me ocurre qué más puedo hacer. Mi cabeza es una maraña de pensamientos que gira en torno a Regina y Hannah.

—Necesitas ayuda, Thursday —dice, mirándome directamente—. Sufres alucinaciones. Seth me mencionó que estabas enferma, pero...

—No estoy enferma. —Lo digo con tanta fuerza que ambas nos quedamos pestañeando unos segundos. Lo repito, ya más calmada—. No estoy enferma, a pesar de todo lo que te haya podido contar Seth.

—Sal.

Abre la puerta y la miro fijamente al pasar por su lado. La cabeza me funciona a toda velocidad.

—Solo dime una cosa. Por favor…

Cierra la boca hasta formar una línea fina, pero no parece negarse.

—Los padres de Seth, ¿los conociste?

Parece confusa.

—Los padres de Seth están muertos —dice, y mueve la cabeza—. Murieron hace años.

—Gracias —musito, antes de salir.

VEINTIOCHO

El coche de Hannah está aparcado en su lugar habitual, junto a la acera. Me acerco y poso un instante la mano sobre el capó para comprobar si está caliente. Frío. Lleva unas horas sin utilizarlo. Al menos, sé que está en casa. Enfilo con rapidez el camino de acceso, dejo atrás las macetas y llego a la puerta de entrada.

Estoy inquieta, tengo la sensación de que me están observando, aunque en barrios como este siempre hay alguien que está observando. Es precisamente por esto por lo que Seth y yo elegimos el anonimato de un apartamento en vez de una casa en un barrio residencial: vecinos que te obsequian con platos con sus guisos que luego quieren que les devuelvas, que pasean el perro por los alrededores de tu casa al atardecer para así poder curiosear por las ventanas. Miro por encima del hombro y estudio con recelo las ventanas de las casas más próximas.

—Estás realmente como una cabra, Thursday —murmuro.

Un nuevo nivel de locura: hablarte a ti misma en público.

La presión en el pecho se hace insoportable cuando me acerco a la puerta. Tengo la sensación de que no puedo respirar bien. Mi pie tropieza con una piedrecita y resbalo un poco. «Tranquila, tranquila». Bajo la vista, mis adorados zapatos planos empiezan a oler. Si Hannah me invita a pasar no quiero quitármelos. ¿Me hizo descalzar la otra vez? No me acuerdo. Llamo al timbre y me retiro un poco para esperar. ¿Y si no es Hannah la que abre la puerta?

235

¿Y si lo hace un marido que vive con ella? ¿Qué diré? El corazón me va a mil mientras espero y me clavo las uñas en la palma de las manos. He empezado a sudar. Me siento cada vez más pegajosa.

Un minuto se transforma en dos, y dos se transforman en tres. Vuelvo a llamar y miro por la ventana. No hay luces encendidas, aunque eso tampoco es un dato revelador en pleno día. Pero es un día oscuro, la verdad. El sol ha estado haciendo breves apariciones cada media hora en busca de agujeros entre las nubes. Recorro la parte lateral de la casa, paso por delante de los ventanales del comedor y luego cruzo la valla, que es muy fácil de abrir. Si alguien me ve, llamará a la policía, seguro: una mujer que no se parece en nada a Hannah dando vueltas por una casa de un barrio acomodado.

La otra vez no estuve en el jardín de atrás, ni siquiera le eché un vistazo desde dentro de la casa. Es bonito, el pequeño jardín secreto de Hannah. Me lo imagino en verano, lleno de flores, pero ahora las ramas están desnudas y el enrejado de los rosales está vacío. Hay dos paulonias imperiales; una crece cerca de la parte posterior de la casa, junto a una ventana.

Observo el interior, examino la casa en busca de alguna señal de vida, y entonces me doy cuenta de que hay una ventana abierta, que la mosquitera es lo único que me separa del interior.

—¿Hannah…? —digo—. ¿Estás bien? Vengo para…

Me quedo a la espera. Nada, ni siquiera un murmullo. Estudio la mosquitera; sería fácil abrirla. Lo hice en su día en la casa de mi infancia, cuando un día mi madre nos dejó sin querer fuera cuando estábamos regando el jardín. El hecho de que la ventana esté abierta significa que Hannah no puede andar muy lejos. A lo mejor ha ido un momento al supermercado o a correos. Pero ya que el coche está aparcado fuera, ¿será Seth quien la habrá llevado? Si quiero hacerlo, tengo que ser rápida.

Antes de que acabe cambiando de idea, utilizo mis llaves para hacer palanca, despegar la mosquitera y dejarla con cuidado en la hierba. Con manos temblorosas, me encaramo por encima del anaquel y salto al salón. Y con todo el cuerpo tenso, espero a que suene alguna alarma, pero al cabo de unos segundos, y viendo que no pasa nada, avanzo unos pasos con cautela. No recuerdo haber visto a Hannah manipulando ninguna alarma.

La casa huele como si hubieran estado cocinando. No necesito entrar en la cocina para saber que Hannah estaba preparando alguna cosa cuando se ha ido. Echo a correr, doblo una esquina y subo la escalera. Mis pies parecen retumbar sobre los suelos de madera. La primera puerta da al dormitorio principal. La abro y examino con la mirada la habitación en busca... ¿en busca de qué? Corro hasta la mesita de noche más próxima a la puerta y abro el cajón. Una caja de pañuelos de papel, algunos libros de bolsillo, aspirinas... lo normal. En algún lado tiene que haber una fotografía de Hannah con su marido.

Miro los cajones del tocador, pero son estériles y organizados: ropa interior, doblada en cuadraditos y dispuesta en pulcras hileras. Camisetas de tirantes en toda la gama de tonos neutros, calcetines, bragas... nada de hombre. ¿Dónde tendrá él sus cajones? Me acerco al armario, un vestidor pequeño, y veo jerséis del color de diversas piedras preciosas y vaqueros. Nada de trajes, nada de camisas de vestir, nada de mocasines marrones junto a las zapatillas deportivas y los zapatos planos. Es imposible adivinar si un hombre comparte esta habitación con ella.

Al lado del vestidor hay un pequeño cuarto de baño: un único lavabo, un único cepillo de dientes, gel con aroma a peonias en la estantería de la bañera. El botiquín: un diafragma dentro de un estuche de plástico, varios frascos de medicamentos para el dolor de cabeza, antiácidos. Nada de vitaminas para el embarazo, nada de espuma de afeitar. Examino el suelo en busca de pelos de Seth, que son muy distintos a los pelos rubios de Hannah. Si hubiera utilizado este baño habría pelo; yo me paso el día barriendo el de casa. Nada, nada, nada de nada. ¿Qué está pasando?

Paso a la siguiente habitación, un despacho. Una mesa de trabajo apoyada contra la pared del fondo, muy impropia de Hannah. Moderna y cuadrada, con líneas duras, algo barato de IKEA.

Un bote con bolígrafos, una grapadora… Busco una factura, algo que lleve el nombre de ella, o incluso el de él. Da igual, solo necesito respuestas. De un modo u otro, tengo que saber si estoy loca o si Seth está loco.

Ninguna factura, nada de correo. Todo es estéril, escenificado. Dios mío, ¿por qué todo parece como si formara parte de un escenario? El único armario de la habitación está vacío, con la excepción de un aspirador. No hay fotos en las paredes. ¿Vi alguna foto cuando me enseñó la casa? Sí, una de un búfalo, tal vez… no, ¡de una alpaca! Tenía una fotografía grande enmarcada de una alpaca. Me pareció extraña.

Paso la mano por el espacio de la pared donde estaba colgada y busco un agujero en la pintura, donde en su día estuvo el clavo. Está ahí, lo encuentro, lijado y pintado de nuevo para que no se note.

Otro dormitorio en esta planta, y un baño. Una colcha con motivo floral en la cama, una lámpara de anticuario en la mesita de noche. Nada personal, nada como yo lo recuerdo.

¿Qué es lo que he olido abajo cuando he saltado por la ventana? Hannah estaba cocinando y se ha marchado repentinamente. Bajo de nuevo y me paro en el umbral de la cocina. Una bandeja de galletas recién horneadas, esponjosas, con los trocitos de chocolate aún calientes del horno. Me acerco a la isla; hay algo más… un montón de papeles… solicitudes. Cojo una, me tiembla la mano.

—Disculpe.

Oigo una voz a mis espaldas. No es la de Hannah. Es evidente que no es la de Hannah.

—¿Cómo ha entrado? Las visitas no empiezan hasta de aquí a una hora.

Veo una mujer en el umbral de la puerta; tiene las cejas unidas en una expresión de recelo. Tiene todo el aspecto de una agente inmobiliaria: el pelo recogido en una cola de caballo baja, pantalón negro y camisa de color rosa. Positiva pero no autoritaria. Va descalza, con los pies cubiertos por calcetines de media. Sujeta en la mano una caja de calcetines desechables para que los visitantes se cubran los zapatos con ellos para ver la casa.

—Lo siento —replico rápidamente—. Ha sido un error. Puedo volver, claro está… ya me voy.

El corazón me retumba en el pecho y camino hacia la puerta. Pero cuando voy a pasar por su lado, la mujer no se aparta. Me mira con muy mala cara.

—¿Cómo ha entrado? —repite, cruzando los brazos sobre el pecho.

Es la típica pesada. Si su hijo recibe un empujón en el patio del colegio, eleva una queja al consejo escolar. Si el perro del vecino no para de ladrar, intimida a la asociación de propietarios con la amenaza de interponerles una demanda. Podría contarle la verdad, pero hay enormes probabilidades de que llame a la policía. Veo que lleva el teléfono sujeto al cinturón. Una auténtica profesional.

—Mire —digo—. No es mi intención molestar. Me marcho y ya está.

—Oh, no, eso sí que no.

Se instala en la puerta, ocupando el umbral en su totalidad y coge el teléfono. Veo detrás de mí la ventana abierta, las ramas del árbol temblando a merced del viento. Si vuelve la cabeza hacia la izquierda, sabrá cómo he entrado. Y me caerá toda la mierda encima. Sereno la expresión, me cuadro de hombros.

—Apártese. Ya.

Lo hace, y la postura militar que ha adoptado hace apenas un minuto se desvanece. Su cara adquiere de pronto una expresión de cautela cuando me ve abrir la puerta y salir. Pienso en la posibilidad de ir a colocar de nuevo la mosquitera, pero de hacerlo estaría dándole tiempo para llamar a la policía.

Pasos largos me conducen de vuelta al coche. No vuelvo la vista atrás cuando entro y pongo el motor en marcha. Conduzco sin rumbo varios kilómetros antes de pararme en el aparcamiento de una farmacia. Saco del bolsillo del pantalón el formulario de solicitud que he guardado y lo leo. Hannah no me mencionó en ningún momento nada sobre una mudanza. ¿Dónde está? Anoche estaba allí, viendo la tele con alguien, y hoy, la casa está en alquiler.

Sin teléfono, no puedo llamar a nadie, no puedo buscar por Internet. Podría ir a una biblioteca, utilizar los ordenadores de allí. Pero no, tengo aún una persona a la que seguir, una historia que no cuadra. No sé casi nada sobre la primera esposa de Seth. Y hay algo en ella que me inquieta, algo que no consigo identificar. Necesito saber más cosas sobre Regina Coele. Por el momento, Hannah y Seth pueden esperar.

VEINTINUEVE

No estoy loca.

Seth hace como si no pasara nada y Hannah ha desaparecido muy convenientemente, lo que me deja con una única opción: Regina Coele. Ella sabe algo. Estoy convencida. De no ser así, no se habría mostrado tan ansiosa por echarme de su despacho con la excusa de que llevaba años sin hablar o ver a Seth. Pero recuerdo aquel día en el mercado callejero, cuando ella le envió un mensaje. Vi su nombre escrito en la pantalla. Seguro que diría que era una llamada de cortesía sobre el perro.

Su manera de hablar me ha parecido muy rebuscada. Entrenada, planeada… como si hubieran urdido todo esto juntos para hacerme quedar como una loca. Pero ¿por qué? ¿Y qué implicación tendría Hannah en todo esto? Se me forma un nudo en el estómago al pensar en Hannah. La he engañado conscientemente al no decirle quién era yo en realidad. Y si Seth se lo contó cuando descubrió qué había hecho, sería normal que me tuviese miedo. Pero ¿llegar hasta el extremo de poner la casa en alquiler porque otra esposa de Seth la ha localizado?

Es posible que Seth le haya obligado a hacer las maletas y poner la casa en alquiler si cree que yo podría pregonar a los cuatro vientos su poligamia. Pero ¿por qué? No está legalmente casado con ninguna de ellas y, en consecuencia, no corre ningún peligro ante la ley. Muchos hombres mantienen romances y acostarse con otras mujeres fuera del matrimonio no está penado. ¿Lo habrá hecho por mantener su reputación? ¿Por el negocio? Seth nunca ha sido el típico hombre al que le importe lo que los demás piensen de él, pero el matrimonio plural invoca imágenes de tipos como Warren Jeffs y de polvorientos centros fundamentalistas de Utah, cosas con las que ningún hombre de negocios en su sano juicio querría verse relacionado. ¿Llegaría Seth a estos extremos para proteger su reputación? Es lo que tengo que averiguar. Y antes de hacer mis planes, necesito saber cuáles son los suyos.

Me siento extrañamente optimista mientras serpenteo entre el tráfico del final de la jornada en dirección al edificio de piedra blanca donde Regina ejerce su profesión. No pienso irme de allí sin respuestas. Imagino que estará con su último cliente, o con el penúltimo, puesto que ya sé que trabaja muchas horas.

«Se queda hasta tarde, trabaja muy duro», me comentó Seth en una ocasión.

Recuerdo que el orgullo en su tono de voz me dejó confusa. ¿No tendría que estar quejándose en vez de expresarlo como si fuese una cualidad que admirar? Intento imaginarme qué hará Regina cuando salga. ¿Será de las que se va a tomar una copa con sus amistades después de trabajar? ¿O irá directamente a casa para calentarse un plato de comida basura y cenar delante del televisor? Visualizo su despacho, la ausencia de detalles personales que hable sobre quién es. No, no es de las que pierde el tiempo tomando copas en un bar. Sino de las que trabajan en casa. Me la imagino saliendo de la oficina con un montón de carpetas de color marrón bajo el brazo, depositándolas con cuidado en el asiento del acompañante antes de emprender el camino de vuelta a casa. Cenando luego en un extremo de una mesa grande de comedor, con las carpetas abiertas delante de ella y las gafas posadas sobre el puente de la nariz. Es la imagen que Seth me ofreció, la imagen que engendró mi desagrado hacia ella. Demasiado ocupada para satisfacer las necesidades de nuestro marido. Aunque también es posible que Seth me contara esa historia para que yo entrara en acción, para que le compensara

242

con creces lo que Regina no hacía. Y lo hice, ¿verdad? Siempre deseosa de ser mucho más que suficiente. Cuando Seth se unió a Hannah, me morí de celos. Y me sentí, además, tremendamente culpable; que no pudiéramos tener un hijo era culpa mía, mi cuerpo roto había hecho fracasar mi matrimonio. En un intento de comprender mi papel, recuerdo que le pregunté qué obtenía de cada una de nosotras, por qué nuestros papeles eran distintos. Y me respondió diciéndome que pensara en el sol.

—El sol da luz, calor y energía.

—¿Y tú qué eres, entonces? ¿La tierra? —repliqué con sorna—. Parece que somos nosotras las que giramos a tu alrededor, y no al revés.

Se tensó ante mi reacción, pero consiguió mover la boca para esbozar una sonrisa.

—No te pongas tan técnica, Thursday. Me has pedido que me explicara.

Me empequeñecí, temerosa de que mi sarcasmo le hiciera quererme menos.

—¿Y yo qué soy? —pregunté con voz edulcorada.

Su analogía me había enojado. Pero intenté disimularlo y me limité a mover con nerviosismo la pierna bajo la mesa. Es lo que siempre hacía, esconder las cosas allá donde él no pudiera verlas. Las tres servíamos básicamente para satisfacer sus necesidades, pero ¿qué extrae el sol de la tierra? El matrimonio de mis padres estaba muy lejos de ser perfecto, pero se necesitaban mutuamente.

—Tú eres mi energía —respondió, sin dudarlo un instante.

En aquel momento me gustó, eso de ser la energía de Seth. Me quedé temporalmente saciada con aquel orgasmo verbal. Yo era la que le llenaba de motivación y determinación, la que le ayudaba a seguir adelante. En mi cabeza, conseguí que sonara más importante que las otras dos. Regina sería la luz y Hannah el calor. ¿Cómo es posible disfrutar del calor y de la luz si no tienes energía?

Pero ahora, mientras espero en el aparcamiento a que aparezca Regina, esbozo una mueca de asco al pensar en todas las formas con las que justifiqué lo que estaba pasando. Hannah era el nuevo coñito caliente de Seth. Regina era su primer amor. Las mujeres enamoradas pierden en primer lugar la visión y después pierden todo su coraje. Tamborileo sobre el volante. No estoy loca… o quizás sí lo estoy… pero solo hay una forma de averiguarlo.

Regina sale del edificio una hora y cuarenta minutos después. Justo como Seth la describió. Se ha quedado hasta más tarde que la recepcionista, que ha salido hace una hora y ha abandonado el aparcamiento a toda velocidad a bordo de su Ford, como si tuviera un millón de lugares mejores donde estar que aquí. Regina, con un maletín en la mano, camina a paso ligero en dirección a su Mercedes antiguo. El coche ha vivido días mejores; la pintura de la carrocería se ve gastada y tiene una abolladura en el parachoques. Es el tipo de coche que no es lo bastante viejo como para ser *vintage* pero sí demasiado viejo para ser considerado «bonito» según los estándares de la mayoría. Teniendo en cuenta que Regina trabaja como abogada en un bufete privado, cabría esperar que condujera un modelo nuevo y llamativo. Pongo en marcha el motor en cuanto ella sale del aparcamiento y empiezo a seguirla a escasa distancia.

El estómago me da un vuelco cuando veo que se incorpora a la autopista. Sujeto el volante con fuerza y me concentro en su parachoques. Con el tráfico que hay sería complicado no perderla. Consigo mantenerme varios coches por detrás y, cuando sale de la autopista, estoy casi pegada a ella, con el corazón retumbándome en el pecho y provocando el estruendo de varios cláxones por la brusquedad de mi desvío. Diez minutos más tarde, después de seguirla por un anodino barrio residencial, entra en un deslucido complejo de apartamentos que lleva por nombre Marina Point. No hay mar ni puerto a la vista, solo bloques de edificios con perfiles rectos y pintados de un tono gris carcelario. El césped exiguo que los rodea está amarillento y ralo. Todo parece ictérico, y la poca gente que pulula por el exterior está congregada en una escalera, fumando. Si abriera la ventanilla sabría si fuman tabaco o maría, pero no tengo tiempo para eso. Regina pasa por encima de los reductores de velocidad del suelo como si no estuvieran allí. Imagino que pasará de largo los edificios, que tal vez se trate de algún tipo de atajo, pero de pronto se para en una plaza numerada de residente.

Con el coche parado, observo mi sórdido entorno. No me cuadra. Una mujer con una colección de zapatos Louboutin ni conduce ese coche ni vive aquí. Llego a la conclusión de que habrá ido a visitar a alguien, una parada rápida de camino a casa. A lo mejor ha venido a dejarle una documentación a algún cliente. Pero cuando sale del coche, lo hace cargada con el maletín y las carpetas y se esfuerza para que no se le caiga nada al suelo mientras cierra manualmente la puerta. Tengo que ver en qué bloque entra. Aparco rápidamente al otro lado de la calle y espero a que empiece a subir las escaleras antes de salir. Corro y llego al tercer piso justo a tiempo de ver cómo se cierra su puerta. El sonido del pestillo de seguridad resuena en el pasillo de hormigón cuando Regina se encierra dentro. Miro a mi alrededor. No hay alfombrillas en el suelo, ni plantas de decoración, solo cuatro puertas lisas, con placas de plástico barato identificando el número correspondiente a cada una de ellas. Un lugar de último recurso. Miro fijamente la puerta durante varios minutos: 4L. Y entonces, llamo.

Cuando abre la puerta lo hace a cara limpia. En los pocos minutos que lleva en casa ha tenido ya tiempo para desmaquillarse. Resulta interesante que sea de las que se retira el maquillaje del día tan solo llegar, cuando yo soy de las que duermen sin lavarse la cara.

Ni siquiera intenta disimular su sorpresa; se mueve con rapidez y empuja la puerta para cerrarla. La puerta se mueve hacia mí, pero yo soy más veloz. Pongo el pie en el hueco y me retuerzo de dolor cuando me presiona los dedos.

Regina abre de golpe y me mira, furibunda. Sin maquillaje, parece una niña. Una niña rabiosa e insolente que no se sale con la suya.

—¿Qué pasa? ¿Qué quieres?

Sujeta la puerta para intentar mantenerme fuera y clava sus uñas rojas en la pintura gris descascarillada.

—Ya sabes qué quiero —respondo.

Y entonces, hago algo que me deja sorprendida: la empujo para abrirme paso y entro en su casa sin invitación.

Vuelve el cuerpo hacia mí, tiene la boca entreabierta. Veo que sus ojos recorren la estancia en busca del teléfono. ¿A quién pretende llamar, a Seth o a la policía? Está encima de la mesa del comedor y lo encuentro yo antes que ella. Me abalanzo a por él, me lo guardo en el bolsillo antes de que le dé tiempo a impedírmelo y la miro solemnemente.

—Solo quiero hablar —digo—. Es por eso por lo que estoy aquí.

Sé que está pensando en el rellano exterior. Y percibo que su decisión flota en el ambiente. Si grita para pedir ayuda, ¿quién acudirá?

Debe de llegar a la conclusión de que escuchándome sus probabilidades de éxito serán mayores porque cierra la puerta y la rigidez abandona su cuerpo. Pasa por mi lado con un nerviosismo febril. Olor y energía, una mujer atrapada en el interior de un espacio con alguien a quien preferiría evitar. Desdeño el hecho de que no esté tan interesada en mí como yo en ella. ¿No es esa la marca distintiva de la mujer que quiere saber cosas sobre las otras mujeres? Abusamos de la información, nos comparamos en vez de mantener cada cosa en su sitio. Incluso cuando examino su cara limpia y su pelo grueso, estoy comparando.

—De acuerdo, Thursday —dice—. Hablemos.

TREINTA

Es un apartamento barato lleno de cosas caras. Un sofá modular de cuero que en su día debió de ocupar un salón mucho más grande, varios tomos de una edición de lujo encima de una mesa de mármol. Todo es demasiado grande, lo que hace la estancia más pequeña y asfixiante. Busco con la mirada una vía de escape por la ventana que hay por encima del conjunto de mesa y sillas de hierro forjado y no veo más que filas de edificios insípidos de color gris. Hace mucho calor en el apartamento, tiene la calefacción tan fuerte que parece que sea verano. Vive en una negación total, pienso. Regina se acerca a la parte del sofá más alejada de donde yo me encuentro y toma asiento, sin invitarme a seguir su ejemplo. Se acurruca en la esquina, una bolita de mujer. Me siento, de todos modos; me instalo de cara a ella, tan al borde del asiento de cuero, que casi resbalo y caigo al suelo. Intento no mirarla, aunque es muy difícil no hacerlo cuando llevas tanto tiempo preguntándote cómo será determinada persona.

—Y bien —dice—. ¿Qué quieres saber?

Nada que ver con la actitud de «¿En qué puedo ayudarte?» de antes, cuando estaba acompañada por helechos, madera y títulos universitarios. Aquí, en el salón de su apartamento, estoy rodeada por todos lados de sus cosas.

—Quiero que me cuentes la verdad —respondo.

—¿La verdad? —dice con incredulidad—. Creo que nunca

has querido la verdad, Thursday. Que lo único que has querido es a Seth. Lo sé todo al respecto...

—¿Y eso qué? ¿Y por qué has dicho antes que Seth y tú solo estuvisteis juntos cinco años?

—Porque lo estuvimos —dice, exasperada. Y añade—: Antes de que llegases tú.

—¿Te refieres a cuando estabais solo vosotros dos?

—¡No! Dios, estás loca de verdad... —Mueve la cabeza en un gesto de incredulidad—. Tuviste un lío con Seth, Thursday. Fuiste la razón de que nos divorciáramos.

El silencio que sigue es ensordecedor. Noto una fuerte punzada de dolor en la cabeza, me atraviesa como una flecha de sien a sien.

—No es verdad —replico—. ¿Por qué dices eso?

Se queda mirándome, inexpresiva.

—Porque sí es la verdad.

Niego con la cabeza. Tengo la boca seca. Quiero algo de beber, pero el orgullo me impide pedirle un vaso de agua.

—No. Él me contó que...

—Para —dice, cortándome. Abre mucho los ojos. Los cierra de golpe, borrándome de su visión—. Para de una vez.

En otras circunstancias, me habría callado, pero esta vez no. Llevo demasiado tiempo en la oscuridad y necesito respuestas.

—¿Cuándo fue la última vez que viste a Seth?

Pone cara de asco, sus labios se fruncen en un mohín.

—Ya te he dicho que...

Baja la vista y la fija en su regazo, o en sus manos, o en el estampado del pantalón de pijama, pero no en mí. Veo que sus hombros se mueven al ritmo de un suspiro.

—Vi a Seth la semana pasada —dice—. Aquí, en el apartamento. —Cuando se da cuenta de cómo la miro, añade—: Me debe dinero.

—¿Por qué?

—Porque lo perdí todo —responde de mala gana—. ¿Crees de verdad que viviría si no en un lugar como este?

¿Regina y sus Louboutin? Me entran ganas de reír: no, seguramente no. Yo tengo dinero para comprar todos los pares que me apetezca de zapatos con suela roja pero no soy de ese tipo. Regina, en cambio, está acostumbrada a regalarse lujos. Va vestida de diseño y lo más probable es que en otros tiempos condujera el último modelo de Mercedes y no el trillado coche que tiene aparcado abajo.

—Vas a tener que ponerme un poco al corriente de todo esto, Regina. No sé de qué me hablas —digo. Intento mantener un tono de voz paciente, pero me da la impresión de que parece que esté hablando entre dientes.

—Sus negocios. Las cosas empezaron a caer en picado hace unos años. Justo antes de que se casara contigo —dice, subrayando sus palabras—. Seth pidió una segunda hipoteca sobre la casa que habíamos adquirido juntos para poder mantener el negocio a flote, pero ni aun así lo consiguió. Había demasiadas deudas. Ejecutaron la hipoteca de la casa. Prometió que lo arreglaría todo, que solucionaría sus problemas económicos, pero como puedes ver... —levanta la vista hacia el techo—, sigo aquí.

¿Por qué no sabía yo nada de todo esto? ¿Por qué nunca me contó nada? Yo tenía dinero suficiente para contribuir y... Muevo la cabeza, negando esas ideas. No puedo creer que esté pensando estas cosas. Pero aun así, sentada delante de su otra esposa, después de haber estado encerrada, pienso en cómo podía haberlo ayudado.

—¿Y te dio tu dinero? —pregunto.

Estoy intentando imaginármelo todo. Seth nunca hablaba sobre su situación económica, y muy especialmente sobre todo lo relacionado con las otras. Tenemos cuentas separadas, aunque cuando nos casamos le di una tarjeta de crédito para poder disponer de la mía. Siempre di por sentado que con ellas hacía lo mismo.

Regina suelta el aire y sus mejillas se hinchan. Parece una niña. No entiendo cómo la gente puede tomársela en serio.

—Sí, algo. Pero no lo bastante. Tengo cobradores llamando constantemente a la puerta. Resulta estresante.

—Si no mantienes una relación con él, ¿por qué no te envió el dinero? ¿Por qué tuvo que venir aquí?

Su boca se tensa y es como una pincelada de color piel en su cara. Comprendo en este momento que es una mujer sola y amargada, que no tiene nada que ver con la imagen de poder y elegancia que me he imaginado. Qué duro es cuando caen nuestros ídolos, me digo. Prefiero la versión de Regina que me había creado mentalmente, la que me hacía sentirme insegura.

—Nuestra perra murió —dice—. Y quería comentarme en persona que pronto tendría más dinero para mí. Una transacción que al parecer hará efectiva en pocas semanas.

Así que lo del perro no era mentira. Pero me pregunto si Seth estaría mintiendo con respecto a eso de la transacción. Seth cierra pedidos constantemente. Sus clientes dicen de él que es eficiente y trabajador. Tiene una crítica mala en Yelp, un tema que me destaca semanalmente. Los pagos que recibe por sus trabajos son suficientes pero no lo bastante grandes como para liquidar deudas sustanciosas, o para recomprar grandes casas.

Pongo a prueba lo del nombre de la perra.

—¿*Smidge*?

Regina me mira, horrorizada.

—¿Cómo lo sabes?

—Seth me lo dijo —respondo, encogiéndome de hombros.

A mí también me contaba cosas, pienso. Solo que nunca sabré lo que era verdad y lo que no.

Regina parpadea y aparta la vista, como si le resultara increíble que Seth hubiera hecho una cosa así.

—Aún no he sido ni capaz de tirar sus cosas.

Señala un espacio entre el carrito de la tele y la cocina y veo que hay una cesta con juguetes de perro. Está llena a rebosar de pelotas de colores intensos y peluches, un perro mimado.

—¿Mantuvisteis relaciones sexuales cuando vino?

Regina vuelve la cabeza de golpe y su cara es la máscara de la rabia.

—¿Cómo te atreves? —dice.

Pero debajo de su enfado intuyo alguna cosa... un reconocimiento.

—Ya veo que sí.

Me recojo el pelo detrás de las orejas. No siento nada; por supuesto que no. Sé que Seth ha estado manteniendo relaciones sexuales con sus dos esposas todo este tiempo. Y simplemente me he asegurado de que el sexo conmigo fuera mejor que el que ellas pudieran ofrecerle. Yo me depilaba más, era más flexible, respondía mejor a sus caricias. Regina vuelve a parpadear.

—¿Por qué finges conmigo? Seth se comporta como si estuviera loca, como si me estuviera inventando las relaciones que mantiene contigo y con Hannah. Lo único que quiero es la verdad.

—No conozco a Hannah —dice Regina—. Y ya te he dicho que acabamos hace mucho tiempo.

Tiene las piernas dobladas debajo de su cuerpo y no puedo evitar pensar que lo hace para parecer más alta, como esos tacones que lleva.

Hago un gesto negativo con la cabeza. No estoy loca. No.

Se le hinchan las aletas de la nariz y veo cómo su pecho se levanta y desciende con un ritmo entrecortado de respiración. Está intentando controlarse. Pero ¿por qué? De pronto, se levanta, va hacia la puerta y adivino que está a punto de decirme que me vaya. Tengo que hacer alguna cosa, obligarla a hablar.

—Perdí un bebé…

Las palabras salen de mi boca y acabo sintiendo una punzada de dolor en el pecho.

Regina se queda paralizada, dándome aún la espalda.

Todo fue a partir de que perdiera el bebé. Mi vida empezó a deshilacharse, hebra tras hebra. Tal vez entonces estaba tan consumida por el dolor que no supe distinguir las señales, pero ahora las veo con claridad. El desapego de Seth, su deseo de tener otra mujer, su obsesión por el sexo cuando estábamos juntos. Dejé de ser la mujer con la que quería hablar para convertirme en la mujer a la que quería follar. A eso quedó reducida mi utilidad.

—Estaba embarazada de cinco meses. Tuve que… —Trago las lágrimas de emoción. Necesito sacar todo esto—. Tuve que parirlo.

Por el rabillo del ojo veo que se vuelve hacia mí. La miro; la expresión de su cara es de horror, tiene la boca floja y los ojos muy abiertos. Me muerdo la mejilla por dentro y me obligo a seguir hablando.

—Era pelirrojo… tenía poquito pelo… pero era pelirrojo. No tengo ni idea de dónde salió así. En mi familia no hay nadie pelirrojo…

Hablar de mi bebé valida su existencia, por mucho que fuera breve. Era minúsculo y su pelo rojo era más bien un polvillo anaranjado. Las enfermeras se quedaron maravilladas al verlo, lo cual solo sirvió para que me sintiera más triste si cabe. En aquel momento me aferré a ese pequeño detalle, a su cuerpo tan menudo que se perdía en el interior de la manta donde lo envolvieron. Me permitieron tenerlo entre mis brazos unos minutos y recuerdo que mi cabeza oscilaba entre el éxtasis y el dolor. «Lo he creado yo. Está muerto. Lo he creado yo». No le puse nombre, aunque Seth quería. Ponerle nombre habría hecho su muerte más real y yo quería olvidar.

Todo lo que he mantenido tan cuidadosamente guardado se remueve en mi interior y los conductos lagrimales me arden.

—La madre de Seth —dice en voz baja Regina.

Trago saliva. Nunca vi una fotografía de sus padres. Seth me dijo que no les gustaba que les hicieran fotos.

—¿Ella?

Quiero que diga más cosas. Necesito que lo haga.

—Sí. Largo y precioso.

Engullo el nudo que se me ha formado en la garganta.

—¿Qué les pasó? ¿Cómo murieron?

Regina une las manos en el regazo y mueve la cabeza con tristeza.

—Su padre disparó contra su madre y luego se suicidó con la misma arma. Fue una tragedia, un golpe enorme para la familia.

Me quedo boquiabierta.

—No lo entiendo. ¿Cuándo murieron? ¿Y las demás esposas? ¿Y los otros hijos?

Regina se encoge de hombros.

—Cuando todo eso pasó ya estábamos casados. Su padre no estaba bien. De pequeño le habían diagnosticado esquizofrenia, decía que Dios le ordenaba hacer cosas. Eran muy... religiosos.

—¿Llegaste a conocerlos?

Pienso en las tarjetas, las que supuestamente venían de ellos, escritas de mano de su madre. No, Regina no tiene razón. Los padres de Seth nos enviaron un regalo de bodas. ¿No? No, todo fue una mentira perfectamente construida por Seth.

—Sí. Eran gente rara. Me alegré cuando nos fuimos de allí. Ni siquiera vinieron a nuestra boda.

Me gustaría decirle que tampoco asistieron a la nuestra, pero ha cogido carrerilla y no quiero interrumpirla.

—Seth estaba obsesionado con su padre.

—¿En qué sentido?

Parece aliviada de poder hablar de otra cosa que no sea sobre su relación con Seth.

—No lo sé. Supongo que en el sentido en que suelen estarlo los chicos con sus padres. Estaban unidos. Su padre lo llevó fatal que nos marcháramos. Dijo que Seth estaba abandonando a la familia.

—¿Intentasteis tener hijos? —pregunto, un cambio repentino de tema.

A Regina no le gusta la pregunta.

—Sabes bien que yo no quería hijos.

—¿Por qué?

—¿Consideras todavía necesario que una mujer tenga que dar explicaciones sobre por qué no quiere hijos? —me espeta.

—No... me refiero a... a que te casaste con el hijo de un polígamo. Imagino que debió de decirte de antemano que quería tener hijos.

Aparta la vista.

—Él dio por sentado que yo cambiaría de idea y yo di por sentado que él me amaba lo suficiente como para olvidarse del tema.

Algo me inquieta en el fondo de mi corazón, porque todo me resulta de lo más familiar, como la canción de la que conoces la melodía pero no el título.

Su voz ha recuperado el tono defensivo, ha subido otra vez la guardia.

—He respondido a todas tus preguntas, Thursday. Por favor. —Mira hacia la puerta—. Me gustaría estar sola.

Saco su teléfono del bolsillo y lo dejo en la mesa antes de echar a andar. Antes de irme, me vuelvo y veo que está junto a la ventana, mirando sin ver nada, y deposito un papel encima de las revistas con el número del teléfono de prepago que he comprado.

—Seth pegó a Hannah. Es necesario que lo sepas. Cuando lo descubrí y se lo dije a la cara, también se puso violento conmigo.

Veo la tensión de un músculo en su sien, una pulsación minúscula.

—Adiós, Regina.

TREINTA Y UNO

Cuando salgo del apartamento de Regina, la cabeza me da vueltas. Me paro antes de empezar a bajar la escalera y me veo obligada a sujetarme a la barandilla. Alguien ha grabado con una llave en el metal la palabra «concha». Regina podría estar mintiéndome en todo. No puedo fiarme de la otra esposa de mi marido, ¿verdad? Pero ¿podría ser que Seth le hubiese mentido también a ella? ¿Que le hubiese mentido sobre mí y nuestra relación? Siempre pensé que quizás me escondía cosas sobre su resplandeciente nueva esposa, Hannah, pero tal vez tampoco informara a Regina. ¿Nos habría mentido a todas? ¿Quién era este hombre? ¿Tan incondicional había sido mi amor que era como si incluso me hubiera arrancado mis propios ojos? Seth, que me dijo que Regina no quería tener hijos y que por eso había buscado una segunda esposa. Seth, que nunca le contó a Regina que yo había sufrido un aborto de nuestro bebé. Hay muchísimos secretos y yo he estado ciega demasiado tiempo. Me pone enferma pensar que he permitido que todo esto pasara. Necesito hablar con Hannah, obligarla a que me cuente qué está sucediendo. ¿Dónde habrá escondido Seth a Hannah?

Vuelvo a Cottonmouth, sintiéndome peor a cada minuto que pasa. Mi estómago grita pidiendo comida. ¿Cuándo fue la última vez que comí? Paro en un establecimiento de comida para llevar y pido un bocadillo y un refresco sin salir del coche, pero cuando abro el paquete, me pongo enferma solo de verlo. Lo tiro y bebo despacio la Coca-Cola. Estoy febril, noto la cara pegajosa y caliente. Entro en la casa y la cabeza sigue dándome vueltas. Las paredes vacías giran a mi alrededor y el olor a pintura y podredumbre me provoca náuseas. De pronto, no quiero estar más aquí. Dormiré unos minutos, el tiempo mínimo para sentirme mejor. Entro en la habitación y cierro la puerta. No son más que las ocho, pero me duele el cuerpo de puro agotamiento. Me tumbo en la cama, que huele a rancio, se me cierran los ojos y duermo.

—¿Thursday?

Me siento en la cama, grogui, y busco el teléfono. No está. Lo localizo pero no veo la hora. Me acerco el aparato al oído y alguien pronuncia mi nombre. Sí. Estoy en Portland. Dejé el teléfono en el suelo de un ascensor. Esto es un teléfono de prepago.

—Sí... —digo, intentando desenredar las sabanas y sentarme—. ¿Quién llama?

Una mujer pronuncia otra vez mi nombre.

—¿Thursday? —Y a continuación—: Soy Regina.

De pronto estoy completamente despierta, con mis cinco sentidos alerta. Muevo las piernas hacia el lateral de la cama y me levanto.

—¿Qué pasa? ¿Ha pasado algo?

—No...

Su voz suena insegura.

Empiezo a recorrer repetidas veces el pequeño espacio que separa la cama de la ventana y el teléfono desconocido se me pega a la mano.

—Seth sabe que estás aquí. Le dije que viniste al bufete. Está buscándote.

Me siento de repente. No me sorprende. ¿Cuánto tiempo pasará hasta que me localice?

—¿Por qué has decidido decírmelo?

Se produce una pausa prolongada. La oigo respirar contra el teléfono, un respirar húmedo, como si hubiera estado llorando.

—¿Podemos vernos en algún lado para hablar?

—¿Cuándo?

—Ahora —dice—. Cerca de mi apartamento hay un restaurante que está abierto toda la noche. Larry's, se llama. Puedo estar allí en media hora.

—De acuerdo —digo con cautela—. ¿Y cómo sé que puedo confiar en ti?

—Creo que no te queda otra elección.

Cuelga. Es abogada; está acostumbrada a tener la última palabra.

Cuelgo el teléfono y remuevo mi poca ropa. Lo único que tengo relativamente limpio es el jersey naranja. Me lo pongo, y a continuación los vaqueros. Tengo el pelo sucio y enredado. Me lo recojo rápidamente en una coleta, me echo agua en la cara y salgo por la puerta cinco minutos después de terminar la conversación con Regina. Es solo cuando enciendo el motor del coche y el salpicadero se ilumina cuando veo que son las cuatro y media de la mañana. ¿Qué le habrá dado para llamarme en plena noche?

Estoy sentada en un reservado de Larry's. El local está prácticamente vacío y tengo una taza de café delante cuando Regina hace su entrada. Va vestida con vaqueros y sudadera y lleva el pelo recogido en un moño alto. Podría confundirse sin problemas con una estudiante universitaria. Lleva una mochila colgada al hombro, no de las de excursión, sino de las que se utilizan a modo de bolso. Veo que inspecciona con la mirada el restaurante, buscándome. Estoy empezando a jadear. Levanto la mano cuando su cabeza se vuelve hacia donde estoy sentada y entonces me ve. Se toma su tiempo para llegar hasta donde estoy y tengo la sensación de que se está cuestionando la decisión que ha tomado de citarse conmigo. Toma asiento delante de mí y deja la mochila a su lado. Al instante me doy cuenta de que tiene los ojos hinchados y rojos. Tarda más de un minuto en instalarse, haciendo no tengo ni idea qué, antes de levantar la vista. Ha venido, me doy cuenta, para quitarse un peso de encima.

—Lo mismo que ella —le dice de mala gana a la camarera cuando se acerca a la mesa.

Le sonrío, como queriendo disculparme, y desaparece con rapidez. Ser sincera la pone rabiosa. Un riesgo en su profesión. Me recuerda a mi hermana, tan mandona y tan segura de sí misma que cuando se relaciona con los demás siempre parece que esté enfadada. Mi hermana y yo somos muy distintas; nuestra relación siempre ha sido tibia, algo sin lo cual ambas podríamos sobrevivir sin problemas. Pero por el bien de nuestra madre, intentamos vernos al menos una vez al mes, un encuentro que suele acabar transformándose en una cena incómoda. Documentamos la noche con una selfi exageradamente entusiasta que luego le enviamos a nuestra madre. La emoción que la embarga al ver que de vez en cuando salimos juntas hace que todo el ritual sea más soportable.

Decido sacar ventaja del tema y estar enfadada con ella por estar enfadada conmigo.

—¿Y bien? —digo con tensión—. ¿Qué hago aquí?

Se pasa los dedos por debajo de los ojos y luego se toca las pestañas en busca del rímel. «Te lo has quitado todo al llegar a casa», me gustaría recordarle. Y entonces, me mira fijamente y dice:

—Durante nuestro primer año de casados, tuve un aborto.

El corazón me da un vuelco. Me gustaría cogerle la mano, pero la expresión gélida de su rostro me lleva a contenerme. Regina no es de las que quieren consuelo. Y tampoco respondo con el típico «Lo siento». No somos dos amigas compartiendo sus penas mientras toman un café.

—Entendido —digo.

A falta de algo mejor que hacer, enlazo con las manos la taza de café vacía. La cafeína corre ya por mi organismo y me está poniendo nerviosa.

Muchas mujeres sufren abortos, la mayoría en el inicio del embarazo. A lo mejor está tratando de encontrar algún tipo de afinidad.

—Estaba de veintiuna semanas —dice—. No sabía lo tuyo. Seth… nunca me lo contó.

Dejo la taza de café y apoyo la espalda en el asiento.

—Entendido —vuelvo a decir—. ¿Qué te contó?

Me mira, insegura.

—Que tú aún no te habías quedado embarazada. Que lo estabais intentando.

—Me dijiste que no habías hablado con Seth hasta hace muy poco, que habíais acabado hacía años. ¿Por qué tendría que comentarle todo eso a su exesposa?

La camarera reaparece con una cafetera llena y una taza. Llena la taza sin decir palabra y la deja delante de Regina; se inclina a continuación para rellenarme la mía. Cuando se ha ido, Regina se acerca la taza, la envuelve con ambas manos, pero no bebe.

La miro sin decir palabra, a la espera de que continúe.

—¿Qué recuerdas de tu aborto? —pregunta.

La pregunta me exaspera. No recuerdo gran cosa, intento no recordar; los detalles de mi aborto me resultan muy dolorosos.

—Thursday… —Regina extiende la mano por encima de la mesa para tocar la mía y me quedo mirándola, sorprendida—. Por favor —dice—. Es importante.

—De acuerdo. —Me paso la lengua por los labios e intento recordar los detalles del día más doloroso de mi vida—. Recuerdo mucho dolor… y sangre. Recuerdo que me llevó corriendo al hospital…

—¿Y antes de eso? ¿Dónde estabas?

—Estaba… Estábamos fuera. De viaje de fin de semana por el norte.

Se inclina hacia delante y apoya los codos en la mesa. Une las cejas y entre ellas se marca una arruga profunda.

—¿Qué comiste… bebiste…? ¿Te dio Seth alguna cosa?

Muevo la cabeza sin entender nada.

—Pues claro que comimos. Seth no bebía alcohol porque no podía. Yo tomé un té…

—¿Qué tipo de té?

El tono de urgencia de su voz no me pasa desapercibido. Parece como si quisiera saltar por encima de la mesa y zarandearme.

—Era un té que me dijo que le había enviado su madre para que me lo tomara. Para ayudarme con las náuseas.

En el instante en que estas palabras salen de mi boca noto que me quedo blanca. Estoy mareada. Me sujeto al borde de la mesa para mantener el equilibrio y cierro los ojos. Regina me dijo que los padres de Seth habían muerto. ¿De dónde salía en realidad aquel té y por qué me diría Seth que nos lo enviaba su madre?

—Tenía unos mareos espantosos… todo el día…

Me estoy balanceando de un lado a otro. Inspiro profundamente varias veces para sosegarme.

—Un té de hierbas —dice en voz baja Regina—. En un saquito marrón.

Asiento.

—Sí.

—¿Era la primera vez que te lo daba?

Intento recordar. Sé que me quejaba, que el médico me había prescrito algo para las náuseas pero que no me funcionaba y que entonces Seth me sugirió que probara con el té de su madre.

«Tuvo más de un embarazo, Thursday —me dijo con una sonrisa cuando le pregunté si era seguro—. Todas mis madres lo han tomado.»

Recuerdo que me reí con el comentario y que él me guiñó el ojo. Al final, me preparó el té, hirviendo agua en el pequeño hervidor de la habitación. Sabía como a regaliz y cilantro y en cuanto le puse azúcar, no estaba tan malo.

—¿Estuviste bebiéndolo todo el fin de semana? —pregunta Regina.

Asiento de nuevo.

—Entendido —dice—. De acuerdo…

Está muy blanca y parpadea. Y entonces abre su boquita de piñón y me cuenta una historia. Y deseo que la retire por completo, que la engulla de nuevo para así imaginar que no la he escuchado. No soy tan tonta. No soy tan ingenua. A mí nadie me utiliza con tanta facilidad.

TREINTA Y DOS

Salgo del restaurante una hora más tarde sin tener dónde ir. No quiero volver a la casa Cottonmouth, con su papel pintado desconchándose por todos lados y su olor a humedad. Después de que Regina le contara a Seth que estoy en Portland, no ha perdido ni un minuto para venir hasta aquí. ¿Para qué? ¿Para hacerme entrar en razón? ¿Para llevarme a la fuerza a Seattle? No estoy preparada para verlo. Podría volver a casa, conducir las dos horas que me separan de allí y llegar antes que él. Tendría tiempo suficiente para recoger unas cuantas cosas e irme a casa de mis padres. Pero mi madre no me creyó cuando estuve en el hospital e intenté contarle la verdad. No tengo ni idea de qué tipo de comunicación han mantenido estos últimos días. Lo más probable es que Seth le haya contado a mi madre una verdad a medias: que desaparecí en plena noche y que deben encontrarme antes de que yo misma me haga daño. Estoy sola. La confrontación con Seth es inevitable, sé que muy pronto tendré que enfrentarme a él, pero Regina me ha pedido más tiempo y voy a concederle ese tiempo. Lo que me ha contado bajo la luz de los fluorescentes de Larry's me ha provocado escalofríos, me ha revuelto el estómago, me ha hecho dudar de mí misma. Mi café se ha enfriado y ha aparecido una fina película por encima de su superficie mientras yo me iba encorvando en el asiento y escuchaba el gélido relato de su experiencia.

Conduzco hasta que veo un centro comercial que alberga un establecimiento de una importante cadena de supermercados. No abren hasta dentro de unas horas. Aparco en la parte posterior del edificio, fuera de la vista de la calle, en un lugar donde no me siento expuesta, y reclino el asiento al máximo para poder dormir. Solo unas horas.

Me despierto sobresaltada porque alguien está aporreando la ventanilla del coche. Me incorporo al instante, grogui y desorientada.

—No puede estacionar aquí —ruge un hombre, mirándome desde el otro lado del cristal.

Lleva un chaleco naranja y amarillo y mientras vuelve a aporrear el cristal, mira por encima del hombro, distraído. Me encojo de miedo cuando el puño se estampa contra la ventanilla, muy cerca de mi cara. Tiene un puño grande y oscuro, a conjunto con sus espaldas, también enormes.

Cuando vuelve a mirarme, dice:

—Está en medio del paso.

Miro detrás de él y veo un camión de basura parado en el callejón, a la espera de recoger el contenedor que mi coche está bloqueando. Sin levantar el asiento, pongo el motor en marcha, piso el acelerador y rodeo el edificio. Me paro en otro lugar, descolocada por el despertar tan repentino y la brutalidad del hombre que lo ha provocado. Me froto los ojos y bostezo. Necesito un lugar más privado, donde poder pensar sin que me griten los basureros. Me decido por la biblioteca pública; allí tendrán ordenadores que podré utilizar. Pasé por delante la última vez que estuve en la ciudad y cené con Seth; la elegante estructura de ladrillo y piedra me llamó la atención por su belleza, típica de la vieja escuela.

No recuerdo la calle donde está ni el nombre del establecimiento, de modo que tengo que fiarme de la memoria para localizarlo. Tengo que fiarme de mi instinto para localizarlo. Paso cuarenta minutos dando vueltas por las concurridas calles de Portland, intentando recordar dónde vi el edificio. Al final lo vislumbro; delante hay un grupo de vagabundos recogiendo sus trastos y preparándose para cruzar la ciudad para pasar el día. Es todavía pronto y el solar que hace las veces de aparcamiento está relativamente vacío y encuentro sitio cerca del edificio. El olor a orina me ataca en cuanto salgo del coche. Además, sin chaqueta hace mucho frío. Corro hasta el edificio y encuentro las puertas abiertas. Exhalo un suspiro de alivio y entro, temblorosa y tirando de las mangas de mi jersey naranja para protegerme las manos como si fueran guantes. El interior de la biblioteca es un espacio abierto bajo una cúpula acristalada. Cruzo a toda velocidad el vestíbulo y me acerco a los ordenadores.

—Dos horas —dice—. Nada de comer ni de beber.

La voz de la mujer es seca, crispada y antipática. Parece más una grabación que una persona. Cuando ve que respondo con un obediente gesto de asentimiento, me mira con recelo, como si estuviera escondiendo el desayuno bajo el jersey, pero me permite acceder a la sala.

Delante de uno de los ordenadores hay un señor mayor, tocado con un sombrero de fieltro y aporreando el teclado con ganas y con solo dos dedos. No levanta la vista cuando paso por su lado y, en consecuencia, me da tiempo a mirar la pantalla. Una página de citas. Está escribiendo mensajes a una potencial pareja. «¡Bien hecho!», pienso. Seth me habría tachado de fisgona, se habría reído de mi «ojo que todo lo ve», como lo llama. Tengo que recordarme que la opinión de Seth ya no cuenta para nada y que de no haber sido por mi curiosidad, seguiría sin enterarme de nada, casada con un hombre al que creía conocer.

Elijo uno de los ordenadores del fondo y me instalo en una silla de plástico. Tengo mal sabor de boca por el café del restaurante y la cabezadita que he dado en el coche, el pelo hecho una maraña grasienta. La bibliotecaria de esta planta no para de lanzarme miradas, como si en cualquier momento fuera yo a huir corriendo con uno de estos ordenadores anticuados bajo el brazo. Tamborileo sobre la mesa con impaciencia a la espera de que Internet se cargue y miro a mi alrededor cada pocos minutos, como si Seth fuera a aparecer en cualquier momento por aquí. La pantalla cobra vida por fin, introduzco mi primera búsqueda y apoyo la barbilla en la palma de la mano mientras espero. Estoy aquí para ver si averiguo tres cosas, y lo de los padres de Seth es el primer punto de mi lista: la poligamia de mamá y papá. Tecleo los nombres en la casilla de búsqueda, los nombres que Regina me facilitó: Perry y Phyllis Ellington y, a continuación, asesinato/suicidio. No hay artículos, no hay cobertura de prensa. Lo único que encuentro es una necrológica con sus fechas de nacimiento y fallecimiento y en donde consta como único hijo superviviente Seth Arnold Ellington. Según Seth, había otros hermanos de otras madres, hermanos mucho más jóvenes que él, puesto que su padre se casó con otras mujeres siendo Seth adolescente. Pero teniendo en cuenta que Perry y Phyllis vivían aparte de las normas de la sociedad, hay poca información sobre cómo encontrar a los hermanastros de Seth, que ahora deben de ser adolescentes. Perry estaba casado legalmente con la madre de Seth, que compartía tumba con él. Las únicas personas que sabían lo que de verdad había sucedido entre Perry y Phyllis eran las otras esposas… y mi marido.

Abandono esta búsqueda y pienso en el fármaco que Regina me ha mencionado en el restaurante: misoprostol. Un fármaco que se utiliza para iniciar el parto y que, junto con la mifepristona, puede provocar el aborto en el segundo trimestre del embarazo. Administrado por vía oral, puede utilizarse de manera inocua hasta el día cuarenta y nueve de embarazo, después de lo cual está demostrado que supone un riesgo grave para la madre. Me tiemblan las manos cuando vuelvo a recordar el día que mi bebé falleció. Muevo el ratón de enlace a enlace. Siento frío en mi interior, como si la información que tengo delante hubiera extinguido mi calor corporal. Utilizado en momentos más avanzados del embarazo resulta peligroso también para la madre, provocando hipotensión, pérdida de conciencia e infecciones posteriores al aborto. Suelto el ratón y me recuesto en la silla. Me tapo los ojos con las manos. El día del aborto, Seth se paró en la gasolinera para comprar algún tentempié. Recuerdo que entró en el coche con vasos de papel con té caliente y que me sentí agradecida por tener un marido tan atento. El té, el té que dijo que le había enviado su madre muerta. Dios mío. Si Regina estaba en lo cierto, Seth habría provocado el aborto.

El dolor que siento es casi insoportable. En el momento del aborto, no vi el informe médico del hospital, no quise verlo. Seth fue mi protector durante aquellos días: lloró conmigo, me protegió de las cosas que yo no quería oír. No habría conseguido superar aquel momento sin él. Me dijo que su decisión de tomar una segunda esposa surgió a partir de que Regina le comunicó que no quería tener hijos. ¿Por qué, entonces, acabar con la vida de su hijo no nato, poniendo con ello también en riesgo la mía? Nada tiene sentido. Quiero tirarme del pelo, gritar por pura frustración. No puedo tener respuestas hasta que Seth me las dé. Quiero ver mis informes médicos. Quiero oírlo todo.

Mi última búsqueda es la más dolorosa, y tiene su origen en las últimas palabras que pronunció Regina cuando nos despedimos en el restaurante:

«Creo que hay algo que no le funciona muy bien.»

TREINTA Y TRES

Por mucho que lo intente, no puedo dejar de pensar en lo que me ha dicho Regina. La toma de conciencia de una situación es algo que empieza a hervir lentamente, pero en cuanto alcanzas el punto de ebullición, la rabia arde y escupe. Mi marido está enfermo, no solo es un hombre controlador, sino que está repugnantemente enfermo. ¿Por qué nunca lo presioné más para que me contara más cosas sobre su vida familiar? Me escondió su trauma, dejó siempre sin respuesta mis preguntas sobre su infancia, redirigiéndolo todo hacia mí. Y ahora tengo muchísimo miedo por Hannah, por el bebé que lleva en el vientre.

No siempre he sido tan confiada, ¿verdad? Hubo un tiempo en el que no permitía la entrada de personas nuevas en mi vida por temor a que me distrajeran de mis objetivos. ¿Qué fue lo que me atrajo de Seth? Era guapo, sí, pero muchos hombres lo eran. Y flirteó conmigo, pero tampoco fue el primero en hacerlo. A mi alrededor había hombres que me hablaban, que me hacían proposiciones, que se daban codazos entre ellos para captar mi atención. Respondía a su interés con una cortesía indiferente. A veces salía a cenar con ellos, o a tomar una cerveza, o hacía las cosas que se suponía que hacían las chicas de mi edad, pero nada de eso me gustó nunca mucho, no tenía nada que ver con lo que yo imaginaba que había que sentir. No, hasta que apareció Seth.

Cuando intento identificar por qué me sentí tan atraída hacia él, tan extasiada ante sus insinuaciones, siempre acabo resumiéndolo en lo mismo: Seth estaba interesado en todo lo que era yo. Formulaba preguntas y parecía fascinado con mis respuestas. Recuerdo cómo levantaba las cejas cuando yo decía algo ingenioso, la suave curvatura de sus labios cuando me oía hablar. En aquel momento no me pareció que tuviese un motivo oculto, sino que simplemente se sentía tan atraído hacia mí como yo hacia él: pura química. Me había ayudado aquella primera noche en la cafetería con las preguntas del examen y me había formulado preguntas detalladas sobre por qué quería ser enfermera. Nunca nadie me había formulado aquel tipo de preguntas, ni siquiera mis padres. Pero era eso, ¿verdad? Seth tenía un plan cuidadosamente elaborado, una estrategia. Una mujer como yo, distanciada de la familia, consagrada a sus estudios, anhelaba en secreto establecer una conexión con alguien. No creo que a mí me importara en aquel momento quién pudiera protagonizar aquella conexión: un hombre, una mujer, una amiga o una tía a la que no veía desde hacía mucho tiempo. Sino que simplemente esperaba que alguien se percatara de que yo existía. No sé ahora si estoy más enfadada conmigo misma por haber caído en su día en la trampa o por no haberme dado cuenta de todo esto antes. Pero sé que el ser humano desea ser escuchado y que cuando alguien te escucha, sentimos una conexión con esa persona. No soy en absoluto distinta a cualquier otra mujer a quien alguien la hace sentirse especial para luego, con el paso del tiempo, acabar siendo abandonada por el hombre por el que lo ha dejado todo. Seth es un charlatán, un encantador de serpientes. Utiliza su personalidad para manipular a las mujeres. Cuando me contó lo de Regina, yo ya estaba perdidamente enamorada de Seth. Y estaba dispuesta a cualquier cosa que pudiera ofrecerme con tal de ser amada por él. Me avergüenzo ahora al pensarlo.

En estos momentos, Hannah vive bajo su presión, confía ciegamente en él, sueña despierta con la vida que compartirán con su hijo. Si lo que Regina ha insinuado es correcto, Seth está planeando hacerle a ella lo mismo que hizo con nosotras.

Me siento en un banco cualquiera de la ciudad, con una hilera de puestos de comida delante de mí. Un hombre con una gorra de los Dodgers pasa por mi lado mirando con anhelo el puesto de tacos que hay al otro lado de la calle. Me pregunto por qué no se comprará un taco para sentirse feliz. Empieza a lloviznar, pero no me muevo. Hay algo en todo esto que me inquieta, algo que no cuadra. Cierro los ojos e intento encajar todas las piezas. Regina, Thursday, Hannah y Seth: ¿qué tenemos en común? ¿Qué papel estamos jugando en el juego de Seth? Hay personas que tienen momentos de claridad absoluta; y mi momento llega como un mirón encorvado sobre mí. Lo contemplo solo unos instantes antes de tomar mi decisión. Me levanto justo en el mismo momento en que el hombre con la gorra de los Dodgers cruza a paso ligero la calle. Pero en vez de incorporarse a la cola de los tacos, se dirige al puesto de ensaladas. Sonrío para mis adentros: los dos hemos tomado nuestra decisión.

Llevo una semana en casa. Hogar dulce hogar. Me llevó prácticamente tres horas limpiarlo todo. La noche que llegué, encontré el apartamento sumido en el caos, como si Seth hubiera pensado que tirar todos los cojines y el contenido de mis cajones por el suelo le proporcionaría la respuesta sobre mi paradero. La casa olía a podrido y, después de una somera inspección, descubrí el cubo de basura de la cocina lleno a rebosar, la tapa apoyada en cajas vacías de comida rápida y piezas de fruta a medio comer. Mi casa me parecía un lugar raro… desconocido. Lo primero que hice fue buscar en el armario la nueve milímetros que mi padre me regaló. Luego abrí todas las ventanas y tuve una vela encendida durante horas hasta que se marchó el mal olor. Seth había encontrado mi teléfono en el suelo del ascensor; estaba en la cocina, con la pantalla rota y al lado de los frascos de medicamentos que dejé allí. Lo cogí y lo puse bocabajo sobre mi mano. Me pareció como una advertencia a la que debía prestar atención. Dejé el teléfono donde lo había encontrado y me fui con los frascos al cuarto de baño. Abrí los tapones, uno a uno, y vertí el contenido en el inodoro. El sonido del agua corriendo, el zumbido de la cisterna llenándose de nuevo, resultaron de lo más satisfactorio: mi cárcel desaparecía. Mi ordenador no estaba por ningún lado, aunque tuvo la gentileza de dejarme la cartera y las llaves. Llamé a un cerrajero y le ofrecí un importe adicional por venir a instalar cerraduras nuevas aquella misma tarde y, mientras esperaba, cambié el código de la alarma.

Después de que el cerrajero hubiera cambiado las dos cerraduras de la puerta de entrada, me fui andando al centro, con mis relucientes llaves nuevas en el bolsillo, para comprarme un teléfono y un ordenador nuevos. Al haber estado ausente cinco días, tendría que dedicar la semana a concertar visitas y hacer llamadas. Necesitaba mirar mi correo y escuchar los mensajes del contestador y mi teléfono de prepago solo servía para hacer llamadas y enviar mensajes de texto. Mientras esperaba para cruzar la calle, la misma calle en la que había coincidido con Lauren hacía aparentemente una eternidad, observé los rostros de los transeúntes. Cuando pones distancia con respecto a tus propios pensamientos y te paras a mirar a la gente, a mirarla de verdad, te das cuenta de una cosa sorprendente. Absolutamente todo el mundo —desde el hombre de negocios, con el teléfono pegado al oído y los mocasines sorteando los charcos, hasta los turistas que se detienen en las esquinas preguntándose hacia qué dirección ir— tiene cierta vulnerabilidad. ¿Los aman sus padres? ¿Los ama un hombre, una mujer? Y si la persona que los ama se marcha, ¿hasta qué punto será inmenso su dolor? Pasamos la vida intentando no estar solos, intentando encontrarle un propósito a nuestra carrera profesional, a nuestro amante, a nuestros hijos, pero en cualquier momento, todo aquello por lo que hemos trabajado tan duro puede sernos arrebatado. Me siento mejor sabiendo que no estoy sola, que todo el mundo es tan frágil y se siente tan solo como yo.

Con las cerraduras y el código de la alarma cambiados y la pistola en la mesita de noche, consigo dormir aquella primera noche.

269

Aunque no sin pesadillas.

Seth no ha intentado ponerse en contacto conmigo, aunque el lunes después de mi vuelta a casa, Regina me llama al teléfono de prepago, que he dejado cargándose y olvidado en una esquina de mi habitación. De entrada, el sonido me sorprende, el tintineo de la llamada me resulta desconocido. Cuando veo que es su número, respondo enseguida y me acerco el teléfono al oído mientras que con la otra mano pongo la tele en silencio con el mando a distancia.

—¿Hola? ¿Thursday?

—Sí —digo.

—La he encontrado. Sé dónde tiene a Hannah.

Salgo para Portland una hora después. Lo único que cojo es mi teléfono móvil y la pistola, que meto en el bolso antes de salir por la puerta. Tengo que darme prisa. Me repito mentalmente las palabras de Regina, una y otra vez.

Aquel día, en el restaurante, Regina me contó una historia de manipulación y abusos. En absoluto evidentes, porque no se lo vio venir. Se había casado con el encantador y dicharachero Seth y el primer año que pasaron juntos fue mágico. Pero poco después de mudarse a Seattle, Seth cambió. Me lo describió como taciturno y malhumorado. La mayoría de las noches ni siquiera se acostaba en la cama y por las mañanas ella se lo encontraba allí donde lo había dejado la noche anterior: sentado delante del televisor con ojos vidriosos. Se negaba a lavarse y comía solo una vez al día. La situación empezó a asustar a Regina y lo animó a buscar ayuda. Seth le dijo que estaba luchando contra la depresión y le prometió que todo mejoraría en poco tiempo. Empezó entonces a trabajar con Alex, a hacer crecer la empresa, y la situación mejoró aparentemente durante un tiempo.

Fue por pura casualidad por lo que Regina vio los mensajes de correo electrónico del padre de Seth. Seth se olvidó de cerrar una ventana y cuando ella se sentó delante del ordenador, lo vio todo. Me explicó que eran mensajes enviados antes de que el padre de Seth matara a su esposa y acabara después con su propia vida. Eran mensajes retorcidos. Su padre elucubraba sobre conspiraciones del gobierno para matarlo a él y a sus esposas y llevarse a sus hijos. El hombre sospechaba que la madre de Seth le estaba poniendo fármacos en la comida para que se encontrara cansado y confuso. El último mensaje que le envió a Seth era del día antes de su muerte y detallaba su plan para matar a su esposa y después suicidarse. Serían solo ellos dos; perdonaba la vida a sus otras esposas. Regina buscó en el correo de Seth sus respuestas, segura de que había intentado tranquilizar a su padre, convencerlo de que buscara ayuda, pero no encontró absolutamente nada. Le comentó entonces a Seth todo lo que había visto y él se puso furioso. Fue el único momento en el que vi a Regina hacer gala de una emoción distinta a su dura frialdad. Sus ojos se llenaron de lágrimas cuando me contó que Seth rompió todo lo que encontró a su alcance: jarrones, platos, que incluso tiró el televisor al suelo. La acusó de meter las narices donde no tenía que hacerlo. Y luego la amenazó. La agarró por el cuello y la empujó contra la pared hasta que Regina le confesó a gritos que estaba embarazada.

Seth la había soltado de inmediato y le había sonreído como si los últimos diez minutos no hubieran existido. Y entonces, había roto a llorar. La había enlazado por la cintura y había llorado de forma incontrolable, diciéndole que lo sentía y que hablar sobre la muerte de sus padres había desencadenado algo desconocido en su interior. Y, con Regina aturdida entre sus brazos, Seth le había prometido que buscaría ayuda, que todo iba a cambiar. Siguieron adelante, y durante los primeros meses de embarazo todo fue perfecto: Seth, el futuro padre cariñoso y complaciente. Regina olvidó prácticamente el incidente. Pero entonces, de repente, sufrió un aborto cuando estaba de veintiuna semanas. Tenía ya barriga y había empezado a notar los movimientos del bebé. Lo dio a luz, una niña. Seth se mostró aparentemente devastado y prometió que volverían a intentarlo. Pero Regina se negó. Temerosa de volver a experimentar todo aquel proceso, empezó a tomar medidas anticonceptivas —un implante en el brazo— y se concentró en su carrera profesional. Seth le suplicó que se sacara aquello, y cuando ella se negó, empezaron a distanciarse. Al final, Seth le sugirió un matrimonio plural, porque quería tener hijos. Cuando Regina le dijo que no, Seth le pidió el divorcio y ella se lo concedió, aunque él no dejó de pasarse por su casa. Él pagaba la mitad de las facturas, pues ese era el acuerdo de divorcio al que habían llegado. Cuando iba a Portland por trabajo, Seth dormía en su antigua casa, primero en la habitación de invitados y luego de nuevo en la cama matrimonial. Podría decirse que casi vi un sentimiento de vergüenza reflejado en la cara de Regina cuando me contó que cuando él la visitaba mantenían relaciones sexuales, aun estando Seth casado con otra mujer. Me comentó que no tenía noticias de lo de Hannah, y me la creí.

—La semana antes del aborto, empezó a prepararme un té —me había contado Regina—. Me pareció extraño, puesto que nunca había sido mucho de meterse en la cocina. Ni siquiera preparaba el café por las mañanas y entonces, de repente, empezó a hervir agua y a realizar infusiones con hojas como un auténtico experto. No se me pasó por la cabeza hasta que tú lo mencionaste.

—Podría ser pura coincidencia —le dije.

Regina hizo un gesto negativo.

—Era el mayor de los hermanos y les guardaba rencor. Creía que ellos se llevaban todas las atenciones. Me había comentado que aborrecía tener que compartir espacio con un puñado de mocosos…

—Pero ¿qué dices?

Y se me quedó mirando como si esperara que yo lo captara, hasta que finalmente dijo:

—Creo que va a hacer lo mismo con esta otra chica, Hannah. Tenemos que detenerlo. Pero necesitaré unos días para averiguar dónde está.

TREINTA Y CUATRO

Regina me envía una dirección en Pearl District y la introduzco en el teléfono mientras espero el semáforo para incorporarme a la 5. El corazón me retumba; es como si lo tuviera atrapado en la garganta. Intento controlar la punzada de pánico que me inunda el pecho. Tengo que darme prisa. Tengo que ayudar a Hannah. Solo he estado en Pearl District de pasada, circulando en coche por un barrio que en su día fue una zona de almacenes y que hoy es famoso por sus galerías de arte y sus viviendas de lujo. Seth y yo comimos en una ocasión en un restaurante a orillas del río Willamette —ostras vivas, recuerdo—, y luego volvimos al coche paseando cogidos de la mano. Fue un día perfecto. Poco después descubrí que estaba embarazada y me pregunté si nuestro bebé habría sido concebido aquella noche, bajo las almidonadas sábanas del hotel.

Mientras conduzco, hago unas cuantas llamadas imprescindibles y mantengo la voz tranquila a pesar de que por dentro me siento como una maniaca. He intentado llamar a Regina después de que me enviara el mensaje, pero mi llamada ha ido a parar directamente al buzón de voz. «Estará allí», me digo. Trabajamos en equipo. Alguna cosa me inquieta en algún rincón de la cabeza, pero lo olvido. Regina es todo lo que tengo y confiaré en ella. Conduzco con nerviosismo, me inclino hacia delante constantemente en el asiento y suelto palabrotas contra los coches que se cruzan en mi camino. ¿Estará bien Hannah o la habrá hecho Seth su prisionera? ¿Se sentirá aliviada cuando me vea o volverá a comportarse como si no supiera quién soy?

Todo resulta tremendamente perturbador, me pasan por la cabeza ideas que llevarían a cualquiera a cuestionar su propia cordura. Y en las últimas semanas he tenido más que suficiente de eso. Piso el acelerador y mi coche está a punto de estamparse contra la parte trasera de un camión. Me pego a su parachoques hasta que se aparta del carril más rápido. Cuando paso a toda velocidad por su lado, el chófer me levanta el dedo en un gesto vulgar y grita alguna cosa que se pierde en el viento. Lo ignoro y avanzo hasta el siguiente coche, estampándome casi otra vez contra la trasera. Y sigo así varios kilómetros, hasta que veo el destello de unas luces azules y rojas por el retrovisor; suena a mis espaldas el zumbido de la sirena y me veo obligada a cruzar dos carriles para alcanzar la cuneta. Con un nudo en el estómago, espero a que el agente se acerque a la ventanilla.

—Documentación, por favor, señora.

Estoy preparada, le entrego la documentación, obligándole casi a que me mire a los ojos. Lo hace, aunque no puedo verlos detrás de las gafas de sol reflectantes, las típicas que llevan los policías en las películas. Con mi documentación en la mano, el agente regresa al coche patrulla. Reaparece al cabo de unos minutos.

—¿Sabe por qué la he hecho parar?

—Superaba el exceso de velocidad —respondo, sin dudarlo un instante.

Su cara no traiciona ninguna emoción; sigue mirándome desde detrás de sus gafas, pétreo y expectante.

—Llego tarde. Soy culpable, me merezco la multa, sin duda alguna.

Nada. Tamborileo sobre el volante, ansiosa porque se dé prisa y acabemos de una vez con el tema. Me devuelve la documentación.

—La próxima vez vaya con más cuidado.

¿Y ya está? Miro su placa: «Agente Morales».

—Oh… gracias —digo.

—Listos —dice—. Que tenga un buen día.

Me lleva diez minutos volverme a incorporar a la autopista. El corazón sigue retumbándome con fuerza. Pero en cuanto me pongo en camino, me siento casi bien, mucho mejor que antes. Suelto un poco el gas y me pongo detrás de una furgoneta descubierta, cumpliendo con los límites de velocidad.

Cruzo el puente que da acceso a la ciudad justo cuando el sol empieza a ponerse. Una cálida luz anaranjada ilumina los edificios y por un instante tengo la impresión de que es verano… de que estoy a mucha distancia del momento actual. Todo está aclarado, un enorme malentendido, y mi vida vuelve a la normalidad. La sensación es tan abrumadora que me veo obligada a combatirla, a ahuyentarla. El mayor enemigo de una mujer puede ser a veces la esperanza de que todo han sido imaginaciones suyas. De que la loca es ella, no las circunstancias que rodean su vida. Resulta alucinante la responsabilidad emocional que una mujer es capaz de aceptar con tal de mantener viva una ilusión. Pienso en cómo debe de estar el tiempo en el exterior, en que el aire es lo bastante frío como para que cuando respire se forme una nube de vaho. Mi vida es un engaño caótico, retorcido y amedrentador, mi cabeza es fácil de engatusar… y esta es la lección que he aprendido últimamente: las cosas no son siempre lo que parecen. Ahuyento estas sensaciones y recupero mi determinación mientras dejo atrás el puente y me adentro en el tráfico del centro de Portland. Seth y su pequeño harén. Antes de salir he mirado la cuenta del banco y he detectado un patrón de retiradas de dinero en efectivo: dos por semana durante los últimos seis meses. ¿Cómo es posible que no me haya dado cuenta antes? Seth estaba sacando dinero de mi cuenta para devolvérselo a Regina. Me pregunto si ella sabrá de dónde sale este dinero, si eso marcaría alguna diferencia. Seth va a responder por todo esto. Piso de nuevo con ganas el acelerador.

El navegador me dirige hacia un edificio que está aún en construcción. Apartamentos, cuatro plantas, nuevos a estrenar; en la calle hay carteles anunciando el precio. «¡Visite nuestra oficina de ventas!». La parte oeste está sin habitar, en el lado este hay todavía andamios y plásticos cubriendo los pisos que no tienen paredes. Aparco y salgo, dubitativa. ¿Cómo es posible que Seth pueda permitirse comprarle esto a Hannah teniendo a Regina viviendo en aquella basura? Supongo que estará aún tratando de impresionar a Hannah. Que es la manera de darle sensación de seguridad a su esposa embarazada. Llamo a Regina sin separarme del coche, pero vuelve a saltarme directamente el contestador. Con voz temblorosa, le dejo un mensaje.

—Regina… estoy aquí, donde Hannah… Esperaba que tú también estuvieras… Voy a entrar. Tengo… tengo que impedir que esto pase…

Cuelgo antes de echarme a llorar.

Las puertas de acceso al edificio no van con tarjeta, como en el mío. Llegar a la planta de Hannah me resulta relativamente sencillo, gracias a las normas relajadas que rigen en la obra. Estudio primero el mapa laminado con el plano del edificio que cuelga en la pared del vestíbulo y veo que su apartamento se encuentra en la segunda planta. Mientras subo en el ascensor, me llevo la mano a la espalda y toco el frío metal de la nueve milímetros. La he traspasado del bolso a la cintura del pantalón antes de salir del coche.

No tengo ni idea de cuál es el estado mental de Seth, no sé cómo reaccionará cuando descubra que estoy aquí. Está enfermo, es una especie de abortista en serie que acaba con la vida de sus propios hijos poniendo en peligro además la vida de sus diversas esposas. Dios mío, pero ¿qué me ha pasado para acabar atrapada en esta situación? Recuerdo su mirada la tarde que lo ataqué, la gélida crueldad que vi en su cara antes de perder el conocimiento. Y «perder el conocimiento» es tal vez una expresión demasiado generalista. Porque estoy segura de que fue él quien me derribó, quien me golpeó la cabeza contra el suelo, pero mis recuerdos son confusos.

Salgo del ascensor con el corazón acelerado y me dirijo al apartamento de Hannah. ¿Estará Seth con ella o estará sola? Su puerta es la más alejada del ascensor. ¿Me oirá alguien si todo sale mal? Me paro en medio del pasillo y apoyo la mano en la pared mientras respiro hondo unas cuantas veces. Y luego sigo adelante, caminando más rápido de lo que lo haría normalmente.

—Acabemos con esto —murmuro.

Me planto delante de la puerta, me sudan las manos. Llamo. Mi puño produce un potente «pam, pam» que resuena por todo el pasillo. El olor a pintura fresca y a moqueta recién instalada me inunda la nariz y vuelvo la cabeza para ver si responde alguna otra puerta. Oigo el sonido de un pestillo de seguridad y se abre la puerta de golpe. La he pillado por sorpresa. Hannah está en el umbral con la boca ligeramente entreabierta y un paño de cocina en la mano.

—Tengo que hablar contigo —digo, antes de que ella pueda decir cualquier cosa—. Es muy importante… —Viendo que no se queda muy convencida, añado—: Es sobre Seth.

Presiona los labios y su frente se arruga mientras me evalúa. Su bonito rostro adopta una expresión de preocupación. Mira a sus espaldas, hacia el interior del apartamento, y por primera vez me doy cuenta de lo joven que es Hannah. No es más que una niña. Tendrá la misma edad que tenía yo cuando empecé en la escuela de enfermería. Yo también me enamoré entonces de Seth, confié en él de todo corazón. ¿Qué habría hecho yo si Regina se hubiera presentado en mi casa diciendo lo que acabo de decirle a Hannah? Tarda un minuto en decidir qué hacer. Me obligo a no mirarle el vientre, en mantener los ojos clavados en su cara. No quiero saber. ¿Y si llego tarde? No sería capaz de vivir con eso.

Entra en el apartamento, dejando la puerta abierta. Lo entiendo como la señal de que tengo permiso para acceder. Hannah entra en el salón, donde está el sofá que vi en su anterior casa. Se cruza de brazos y se queda mirándome. Se la ve incómoda. Cierro la puerta con cuidado y doy unos pasos hacia ella. Hay cajas apiladas contra las paredes, sin abrir y sin etiqueta alguna. Se mueve con prisas. Al otro lado de la puerta del dormitorio veo una cama sin hacer, las sábanas amontonadas. Busco a Seth, como es habitual en mí: un par de zapatos o el vaso de agua que deja siempre en la mesita de noche. Pero no sé qué costumbres tiene aquí, con Hannah, y por lo que sé, podrían ser muy distintas a aquellas con las que yo estoy familiarizada. Me acerco a Hannah y me mira, sorprendida.

—¿Cómo te encuentras? —pregunto, con amabilidad.

Su mano se mueve automáticamente para abarcar su vientre. Recuerdo muy bien ese gesto, siempre consciente de la vida que tu cuerpo está alimentando. Noto una liberación en el pecho: alivio. Sigue embarazada.

—Me dijiste que te pegó, Hannah —digo—. ¿Era verdad?

—No, tú dijiste que me pegó, Thursday —dice—. Intenté decirte que no era cierto y no quisiste escucharme.

—Eso no es verdad —replico—. Vi los moratones…

Hannah está afectada. Mira a su alrededor, como si buscara una vía de escape.

—Se enfadó porque te localicé y porque vine a verte —digo—. Cuando volví a casa después de la última vez que tú y yo nos vimos, le conté que habíamos estado juntas y lo que había visto.

Hannah abre mucho los ojos, pero su boca permanece tercamente cerrada, como si le diera miedo hablar sobre el tema.

—Nos peleamos, y la pelea acabó volviéndose violenta y lo siguiente que sé es que estaba en el hospital.

Hannah mueve la cabeza, como si no pudiera creerse lo que le estoy contando.

—Sabes de sobra que hay algo en él que no funciona correctamente. Su infancia… la forma en que nos ha pedido que vivamos…

—¿Nos ha pedido que vivamos? —repite—. Pero ¿de qué hablas?

Se oye el sonido de una llave en la cerradura y se abre la puerta de entrada. Noto que se me cierra la garganta y de pronto no puedo ni respirar el aire del pequeño apartamento. Me llevo la mano al cuello. No sé qué espero encontrar ahí, un collar, quizás, cualquier cosa que tocar para distraerme.

Seth cruza la puerta cargado con bolsas de plástico. De entrada, no me ve. Camina hacia Hannah con una sonrisa relajada y se inclina para besarla.

—Te traigo las peras en conserva que tanto te gustan —dice, y se detiene en seco al ver la expresión de la cara de ella—. ¿Qué pasa, Han?

La cabeza de Hannah gira en dirección a mí y Seth sigue su mirada. Su expresión se vuelve de incredulidad, como si no pudiese creer que los he localizado. Deja las bolsas y un bote de peras rueda por el suelo.

La cara de niña de Hannah se queda blanca y sus labios adquieren el color de la harina.

—Estoy aquí por Hannah —digo—. Para ponerla sobre aviso con respecto a ti.

TREINTA Y CINCO

Seth se acerca a mí y me agarra por el brazo sin que me dé tiempo a escabullirme. La expresión de sorpresa que lucía en la cara hace tan solo un momento ha desaparecido y ha quedado sustituida por otra cosa. Tengo miedo de mirarlo, así que mantengo los ojos fijos en Hannah mientras él tira de mí hacia el sofá. Me empuja y se me doblan las rodillas cuando caigo sentada en el sofá de dos plazas. Es blando, con cojines grandes y mullidos, y me hundo. Lucho por enderezarme, me siento torpe y estúpida. Forcejeo con mi cuerpo hasta que quedo posada en el borde, con las rodillas juntas, lista para ponerme de nuevo en pie. Hannah no me mira. Se ha colocado al lado de Seth y no levanta la vista. Me pregunto qué le habrá contado Seth, quién se piensa Hannah que soy.

—¿Cómo nos has encontrado? —pregunta.

Cierro la boca con fuerza. No pienso decirle que Regina me ha ayudado.

—Thursday —dice Seth, y avanza un paso hacia mí.

Me encojo de miedo y al instante me avergüenzo del gesto. Estoy segura de que no se le ocurriría hacerme nada delante de Hannah.

—Voy a llamar a la policía —dice, sacando el teléfono del bolsillo—. Esto es acoso. Eres un peligro, tanto para ti misma como para Hannah.

Abro y cierro la boca para protestar, pero estoy tan conmocionada que soy incapaz de articular palabra. ¿Acoso? ¿Cómo puede comportarse como si yo fuera el peligro para Hannah cuando es él el que la está maltratando?

—Has ido demasiado lejos —prosigue—. Se acabó, y hace tiempo que se acabó. —Rodea los hombros de Hannah con un brazo. ¿Son imaginaciones mías o ella se ha puesto muy rígida? —Se lo he contado todo a Hannah. Lo sabe todo sobre nosotros.

¿Que lo sabe todo sobre nosotros? ¿Qué es lo que sabe? Me atraviesa la frente una punzada de dolor y entrecierro los ojos, parpadeo para combatirlo.

No miro a Seth; hago como si no estuviera aquí. Miro a Hannah, solo a ella, a la pobre chica cuya vida Seth acabará arruinando. Es menuda, mucho más joven que Seth; el brazo con el que la rodea parece casi el de un padre.

—Hannah —digo con delicadeza—. ¿Qué te ha contado Seth sobre mí?

Hannah levanta de repente la cabeza y me mira a los ojos. La espalda de Seth se pone rígida. Hannah mira entonces a Seth, que tiene los ojos clavados en mí.

—Le he contado la verdad —dice Seth—. Se ha acabado, Thursday.

—No te lo he preguntado a ti, se lo he preguntado a Hannah. —La miro—. Cuando fui a tu casa, fingiste que no me conocías…

Hannah se muerde el labio y parpadea a toda velocidad.

—Sabía quién eras —dice—. Viniste a nuestra casa fingiendo ser otra persona. Has estado acosándonos…

Su voz va subiendo de tono.

Necesito que se tranquilice y que aplique la lógica, que me escuche de verdad.

—Tienes razón. Fui a tu casa. Sentía curiosidad por saber quién eras. Sabía que Seth mantenía relaciones con otras dos mujeres fuera de nuestro matrimonio y quería… verte.

Sacude la cabeza como si acabara de darle un bofetón.

—Pero ¿de qué hablas?

Mira a Seth y luego vuelve a mirarme a mí.

—Seth y yo seguimos casados —digo.

—Estás loca —dice Hannah con voz temblorosa.

Miro a Seth con los ojos tan abiertos que tengo la sensación de que se me saldrán de las órbitas.

—¿Es eso lo que le has contado? —pregunto, dirigiéndome a Seth—. ¿Nunca ha sabido nada sobre el matrimonio plural? ¿Era una historia reservada solo para mí, entonces?

Se le tensa un músculo de la mandíbula y por su mirada adivino que he acertado.

—Vivimos juntos como marido y mujer en todos los sentidos —digo, volviéndome hacia Hannah.

Hannah empieza a llorar. Seth intenta consolarla, pero ella lo aparta de un empujón y su llanto llena toda la casa.

—Mira lo que has hecho —le dice Hannah a Seth—. Mira lo que has traído a nuestras vidas.

Miro a Seth por primera vez. Veo que abre y cierra la boca. ¿Traído a sus vidas? Fue Seth el que incorporó a Hannah a mi vida. Yo estaba allí primero.

Me quedo un instante en *shock*. Me lo imagino como mi marido, no como este monstruo. Como el hombre que amé, que me besaba con delicadeza en la boca y me daba masajes en el cuello después de una larga jornada de trabajo. Yo le preparaba comidas y él elogiaba mis habilidades; cuando en el apartamento se estropeaba alguna cosa, cogía la caja de herramientas y la reparaba, y yo me sentía orgullosa de lo bien que lo hacía todo. El dolor se apodera de mí y de pronto desaparece, queda sustituido por la rabia. ¿Cómo se atreve? ¿Cómo se atreve a amarme en un minuto y a rechazarme en el siguiente?

Pero la atención de Seth no está centrada en mí. Está centrada en Hannah.

—No está bien —dice—. Acaba de salir de un hospital psiquiátrico. Lo siento, Hannah... Te quiero, te quiero solo a ti.

—¿Que no estoy bien? —digo—. Estuve ingresada porque tú me metiste allí, porque te daba miedo lo que pudiera decir de ti. —Vuelvo de nuevo la atención a su temblorosa novia—. Fue

282

bueno conmigo, o eso pensaba yo, y me creí todo lo que me contó. Cuando perdí mi bebé, dejé de serle útil. ¿Es ese el tipo de hombre con el que quieres estar, Hannah? ¿Con alguien que te miente, que te maltrata, que busca otras mujeres para satisfacer sus insaciables necesidades de enfermo? Porque no estoy solo yo —digo—. Ha estado también con Regina.

—¿Has venido aquí para esto? —dice Seth entre dientes—. ¿Para acusarme de maltratar a la mujer que amo? La violenta eres tú. Tú fuiste la que me atacó cuando intenté acabar las cosas contigo. Hemos tenido que alejarnos de ti.

—¡Tenía moratones en los brazos! —grito—. ¡Los vi!

—Ya te dije el porqué de esos moratones —interviene Hannah—. Me salen moratones con facilidad.

Hago un gesto de negación con la cabeza.

—Y el ojo… aquel día tenías un ojo morado…

Hannah mira a Seth, insegura, y por un momento pienso que ya la tengo, que está a punto de reconocer lo que ha pasado. Pero lo que dice me deja sorprendida.

—Sucedió mientras hacíamos el amor. No quise decírtelo en aquel momento. Tú y yo acabábamos de conocernos y me dio corte confesártelo. Seth me dio un codazo en el ojo sin querer.

La miro con incredulidad. ¿Por qué sigue mintiendo?

—A mí me empujó una vez, cuando estábamos discutiendo. Me hice daño en la oreja. Tal vez no me pegó directamente, pero…

—Thursday, fuiste tú la que se abalanzó sobre mí, la que me empezó a aporrear el pecho. Intenté apartarte… te caíste…

La voz de Seth suena exasperada y entre sus cejas aparece una arruga marcada. ¡Qué buen actor! Hannah nos mira, a él y a mí, como si no supiera a quién creer. Me aferro a ello, porque sé que conseguir que me crea será la única manera de apartarla de él.

—No, yo no recuerdo que fuera así.

Seth suelta una risotada amarga.

—Me parece que hay muchas cosas que no recuerdas bien —dice, apretando los dientes.

—¿Por qué consta mi nombre en vuestra casa? —pregunto. Me vuelvo entonces hacia Hannah—. La casa en la que estabas viviendo es de mi propiedad.

Hannah mira hacia el otro lado, pero a Seth se le salen los ojos de las órbitas.

—¡Porque es tu casa, Thursday! Te la legó tu abuela.

—¡No! —grito.

Pero en algún lugar, en algún rincón de mi cabeza, sé que es verdad. Cuando mi abuela falleció, yo ya había adquirido mi apartamento y le ofrecí a Seth la posibilidad de utilizar la casa mientras yo estaba en Seattle y él en Portland. Me dijo que haría las reformas que yo quería sin cobrar nada, a cambio de poder alojarse allí. Se me escapa un grito de la garganta. Me llevo la mano al cuello. Mi respiración se vuelve entrecortada. ¿Cómo es posible que no me diera cuenta de que aquella era mi casa, la casa de mi abuela? Hannah me la enseñó y yo la seguí por las diversas estancias como si no hubiera estado allí en mi vida.

—Tu administrador de fincas la ha puesto en alquiler —dice Seth.

No me gusta nada cómo me está mirando: la lástima y la repugnancia ensucian sus facciones.

—Estás loca —sentencia.

Lo dice con desdén, moviendo la cabeza de un lado a otro. Se alegra de haber acabado conmigo, me ve como algo que quitarse de encima; siempre me ha visto así.

—No, no lo estoy.

Estoy temblando tantísimo que oigo incluso cómo me castañetean los dientes.

Ríe cuando lo miro.

—Por supuesto que lo estás. Siempre has estado loca. Estabas obsesionada con mi exesposa igual que estás obsesionada con Hannah. Fuimos un error, Thursday, eso es todo. Me gustaba follar contigo, ¿me escuchas bien? Eso es lo único que eras para mí.

Se vuelve hacia Hannah y tengo que sujetarme en el sofá con una mano. El dolor que siento me da pánico; lo noto en los dedos de los pies…. en el pecho… en los ojos.

—Pequeña —le dice a Hannah—, cometí un error. Por favor…

—¿Por qué no me dijiste que era su casa? —dice Hannah, que está retrocediendo despacio, moviendo la cabeza con incredulidad.

—Iba a hacerlo… cuando acabara con Thursday. No quería que te preocuparas. El bebé… Por favor, Hannah, todo ha sido un error. Lo siento mucho. —Acaba de ser pillado en otra mentira. Esperanzada, doy un paso hacia Hannah y Seth me grita—. ¡Ni se te ocurra acercarte a ella!

—Un error ¿con qué? —digo, gritando—. ¡Soy tu mujer!

La estancia se queda en silencio y Seth y Hannah me miran, horrorizados.

—No, Thursday —oigo a mis espaldas—. Eres su amante.

Me quedo paralizada y se me hiela la sangre en las venas. Cuando me vuelvo, veo a Regina en la puerta, con el bolso colgado del hombro y mirando a su alrededor con inseguridad. Nuestros ojos se encuentran por un segundo antes de que Regina localice a Hannah llorando cerca de la cocina. Entra.

—Eras su amante y le ofreciste la posibilidad de vivir en tu casa con su nueva esposa.

—Eso no es verdad.

Pero lo es. Ahora lo recuerdo. Cuando Seth se casó con Hannah, mis inquilinos acababan de mudarse; la casa estaba libre. Se la ofrecí. Pensé que con ello me ganaría el favor de Seth, que me convertiría en la esposa generosa, altruista. Miro a Regina y se me llenan los ojos de lágrimas.

—Tú fuiste el motivo de que nuestro matrimonio terminara —dice—. Tuviste un romance con Seth.

Me rugen los oídos. Siento hormigueo en la punta de los dedos.

—Regina me lo contó todo, Thursday —dice Seth—. Que

285

fuiste a su despacho fingiendo ser otra persona y que entraste en su casa a la fuerza. Tus teorías locas sobre cómo provoqué yo tu aborto, que insististe en que mis padres seguían vivos...

—¡Fuiste tú quien me dijo que tus padres vivían! No vinieron a nuestra boda... dijiste que fue porque tu padre estaba ingresado en el hospital...

—No —dice Seth, interrumpiéndome y negando despacio con la cabeza—. Esa fue la razón por la que no asistieron a mi boda con Regina. Te lo conté así.

—No.

—Sí, Thursday. Dios mío, Dios mío —dice Seth.

Cuando Regina me mira no veo nada en su cara; carece por completo de expresión. La miro, y ella me mira.

—¿Por qué has hecho esto? —pregunto.

—¿Está todo el mundo bien? —dice Regina, mirando a Seth y a Hannah.

—Regina... —digo.

Me interrumpe.

—Me dejó un mensaje en el teléfono. Diciéndome que iba a venir aquí. Yo no sabía... Estaba preocupada.

Siento un escalofrío; se inicia en la nuca y desciende por todo mi cuerpo como una mano invisible. Intento mirarla a los ojos. Pero ¿qué está haciendo? Seguro que venía a respaldarme. Quiero preguntarle qué pasa, por qué no me mira, pero tengo la lengua pegada al paladar y las pulsaciones aceleradas.

—He llamado a la policía —me explica—. Y les he dicho que ibas a venir aquí con la intención de hacerles daño a Seth o a Hannah, que habías amenazado con hacerlo.

Me tiembla todo el cuerpo. Es una trampa, todo era una trampa. Cuando me dijo que sabía dónde estaba Hannah, yo estaba tan preocupada que ni me tomé la molestia de preguntarle cómo lo había averiguado. Regina siempre ha sabido dónde estaban y yo he caído en su emboscada.

Miro a Hannah, que no para de llorar. Pienso en el lóbrego

apartamento de Regina, en su amargura, en todo lo que me contó sobre Seth. Quiere hacerme quedar como una loca.

—Eres una mala puta —digo, acercándome a ella.

No tengo ni idea de qué pretendo hacer, pero de pronto la tengo delante de mí y mis manos le rodean el cuello. Ha sido un error; Seth se abalanza sobre mí en un abrir y cerrar de ojos y me agarra por las muñecas para apartarme de Regina. Lucho contra él, le lanzo patadas y noto que mi pie impacta contra su espinilla. Ruge de dolor y cae sobre mí, derribándome. Busco la pistola que me he guardado antes en la cintura por si acaso. Tengo la mano atrapada y mis dedos rozan el frío metal; todo el peso de Seth cae sobre la parte superior de mi cuerpo. Oigo los chillidos de Hannah, oigo que Regina grita mi nombre. No puedo permitir que le haga daño al bebé de Hannah. Intento liberar el arma, arrancarla de la opresión del pantalón vaquero. Mi dedo localiza el gatillo. Y cuando la rodilla de Seth se proyecta con fuerza contra mi estómago, aprieto el gatillo. Oigo un estallido y luego los gritos de Regina, diciéndole a Hannah que llame al 911. Me quedo completamente sin aire al mismo tiempo que noto sangre en las manos. Seth se derrumba encima de mí y la pistola queda atrapada entre nosotros. Su sangre me calienta el vientre. Apenas puedo respirar. Y es cuando pierdo el aire cuando recuerdo. Seth acercándose a mí en la cafetería, diciéndome que estaba casado, mi enfado inicial, y luego nuestro romance, cuando me quedé embarazada… y su esposa, Regina, que lo abandonó. Recuerdo que pensé que se casaría conmigo ya que Regina ya no estaba en la foto, que seríamos una familia. Pero entonces perdí el bebé… Dios mío. Me desperté en el hospital y el médico me comunicó que nunca más podría tener hijos. La expresión en la cara de Seth…

Y entonces me abandonó. Por Hannah. Por una zorra que había conocido y que era joven y fértil y podía darle hijos. Ambos eran de Utah; ella diez años más joven que él. Le supliqué que volviera conmigo, le dije que no me importaba si se casaba con Hannah, que igualmente lo querría. Y así fue como empezó nuestro segundo romance.

TREINTA Y SEIS

Esta vez es distinto; me siento más relajada, menos ansiosa. El personal me conoce por el nombre y ya no me siento como una víctima sin cara. El doctor Steinbridge viene a visitarme tres veces por semana. Dice que vamos progresando.

Deambulo por los largos pasillos con olor a cerrado y reflexiono sobre mis alternativas, pormenorizo mis puntos débiles. Hay muchos momentos de mi vida en los que tendría que haber estado despierta y he estado sumida, en cambio, en un trance de amodorramiento emocional. He sido yo la que ha permitido que me pasaran muchas de las cosas que me han pasado.

Asisto a todas las clases y grupos de trabajo; mi actividad favorita es el yoga holístico, donde nos reunimos todas en una habitación sin ventanas, nos tumbamos sobre esterillas de color morado, respiramos profundamente y vaciamos la mente de todos nuestros problemas. Tenemos muchísimos problemas, muchísimos trastornos. Lauren viene a visitarme dos veces por semana y me trae cosas para cenar de mis restaurantes de comida rápida favoritos y mi madre viene a verme también, siempre con cara de culpabilidad y cargada con recipientes de plástico llenos a rebosar de galletas caseras.

—Así hay para todo el mundo —dice.

Nunca le he preguntado qué opina sobre la situación con Seth, o si está en contacto con él. La verdad es que no creo que me apetezca saberlo. En una ocasión, cuando pronuncié su nombre, se dibujó en su cara una expresión de amargura que quedó sustituida rápidamente por lo que llamo su sonrisa de «¡Todo va bien!».

Anna ha cogido el avión dos veces para venir a visitarme. La primera vez que vino, entró en Queen County con un montón de cosas que decir sobre Seth, y las dijo en voz suficientemente alta como para que todo el mundo lo oyera. Se lo agradezco. Mi padre no ha venido. No espero que lo haga. Soy su niña rota, una molestia. Mentí a mis padres sobre Seth y ahora conocen la verdad: fui su amante, no fui ni siquiera merecedora de un matrimonio.

Durante la última semana que paso en Queen County, me siento sola a cenar junto a la ventana y la bandeja con pastel de carne se coagula delante de mí. Hay Jell-O, por supuesto, siempre Jell-O. El agua tiene siempre sabor a sucio, a metal, pero bebo igualmente, despacio y contemplando el césped de abajo. La ventana se empaña con mi aliento y respiro más fuerte por el simple entretenimiento de ver cómo la mancha de condensación aumenta de tamaño y se encoge, aumenta de tamaño y se encoge.

La terapia ha sido como una brisa, la verdad, incluso me ha ayudado. Después de que la policía irrumpiera en el hogar temporal de Hannah y de Seth y encontrara a Seth desangrándose encima de mí, me llevaron al hospital. Pasé allí tres días recuperándome de las heridas leves que había sufrido antes de que me enviaran a la cárcel a la espera de la lectura de cargos.

Regina me tendió una trampa, es evidente, haciéndome creer que Seth había provocado nuestros abortos. Pero este hecho acabó ayudándome en mi caso. Mi abogada alegó demencia y me enviaron de vuelta a Queen County, esta vez para una estancia mucho más larga. Fue un alivio, la verdad, puesto que temía que me mandaran a algún lugar desconocido.

En el transcurso de mi primera reunión con el doctor Steinbridge, justo el día después de mi llegada, me explicó que yo llevaba algún tiempo acosando a Seth y su nueva esposa. Me dijo también que la exmujer de Seth, Regina, había corroborado la historia diciendo que yo me había presentado sin previo aviso en su trabajo y en su casa, y que había entrado a la fuerza para exigirle que me proporcionara información sobre ellos. Regina había aportado el mensaje de voz que yo le había dejado justo antes de irrumpir en el apartamento de Seth y Hannah. El doctor Steinbridge me lo dejó oír mientras estaba sentada en el sillón de cuero, delante de él. No me moví ni un pelo mientras lo escuchaba, me quedé completamente tensa. Sonaba como una loca, incluso para mis propios oídos. Fue entonces cuando el doctor Steinbridge puso el mensaje en pausa y se quedó a la espera de que yo negara o reivindicara lo que había dicho. No hice ninguna de las dos cosas. Negar lo del acoso no tenía sentido; era verdad, por mucho que Regina me la hubiera jugado. Me quedé sentada en silencio, escuchándolo, y las excusas fueron muriendo una a una en mi lengua.

—No tienes toda la responsabilidad de lo que ha pasado —me dijo el doctor Steinbridge—. Seth es un individuo complicado, por cómo se crio, por los abusos que afirma haber padecido. Engañó a sus dos esposas y te manipuló emocionalmente. Te utilizó y se aprovechó de tu negación de la realidad. Pero no estamos aquí para solucionar los problemas de Seth, sino que estamos aquí para solucionar los tuyos. Cuando te diste cuenta de lo que estaba sucediendo en tu relación con él, tu mente creó una realidad alternativa para afrontar tanto la muerte de tu bebé como el hecho de que Seth seguía adelante en su vida con otra persona.

—Ya, pero él nunca intentó acabar lo suyo conmigo —repliqué.

Y entonces, el buen doctor me mostró media docena de mensajes de correo electrónico que habíamos intercambiado Seth y yo, todos ellos procedentes de mi cuenta de correo. Me dejó leerlos. Seth, siempre lógico, suplicándome que aceptara el hecho de que habíamos terminado y diciéndome que sentía mucho haber engañado a Hannah. Yo no recordaba haber leído aquellos mensajes, no recordaba haberlos respondido. El doctor Steinbridge me dijo que los había anulado de mi cabeza en mi desesperación por pretender que todo aquello no estaba pasando.

—La policía encontró también una cuenta que creaste con el nombre de Will Moffit, la que utilizaste para acceder a Regina…

—Sí, pero solo lo hice porque pensaba que ella lo estaba engañando…

El doctor Steinbridge me miró con lástima.

—¿Y los padres de Seth? Me enviaron tarjetas… las tengo.

—Las tarjetas formaron parte de la defensa de tu caso. Tu abogada las presentó al jurado como prueba para alegar demencia. Las escribiste tú. Recurrió a un especialista en caligrafía para demostrarlo.

Me visualicé en el supermercado, con la montaña de tarjetas en la cinta de la caja registradora. Gimoteé y me tapé los ojos con las manos.

—Está ahí, Thursday, justo delante de ti —dijo el doctor Steinbridge, tocando los papeles con un dedo. Tenía los dedos gloriosamente retorcidos, como ramas nudosas de un árbol. Tocaban las hojas impresas con auténtica fascinación—. Seth y tú nunca estuvisteis casados. Él mantuvo un romance contigo estando casado con su primera esposa, Regina. Regina lo abandonó cuando descubrió que te había dejado embarazada. —Hizo una pausa para permitir que yo asimilara lo que estaba diciéndome—. Pero perdiste el bebé y te sumergiste en un episodio psicótico.

Seth no provocó nuestros abortos, pero Regina me hizo creer que sí. ¿Por qué? Regina había perdido un bebé —todo eso salió en el juicio—, pero en un momento mucho más temprano que en mi caso, a las ocho semanas. Testificó que había sorprendido a Seth amañando sus anticonceptivos. Miré a Regina en aquel momento, sentada en el otro extremo de la sala, y recordé su confesión en el restaurante aquel día; la vi palidecer.

En cuanto convertí mentalmente a Seth en mi enemigo, me resultó muy fácil creerme todo lo que Regina me contaba. Mi bebé estaba sano, se movía y daba patadas, pero de pronto, paró. No encontraron ninguna causa médica. Son cosas que pasan, dijeron, los bebés dejan de vivir.

—Doctor Steinbridge —digo, durante una sesión—. ¿No le parece gracioso que Seth no mencionara todo esto la otra vez que estuve ingresada aquí?

—Nunca afirmó ser tu marido, Thursday. Cuando estuviste aquí la última vez fue porque Seth intentó acabar su relación contigo. Así me lo reconoció cuando hablé en privado con él, me dijo que estaba casado con otra mujer y que tú eras su amante. Su esposa, Hannah, dedujo quién eras la última noche que os visteis. ¿Lo recuerdas?

Recuerdo haber cenado con ella, haber ido al baño y descubrir que se había ido cuando volví a la mesa. Se lo cuento al doctor.

—Seth imaginó que estabas con ella y le envió un mensaje. Le dijo que se marchara enseguida.

—Pero cuando volví a mi apartamento, él estaba allí. Tenía la mano magullada y…

—Sí, bueno, me explicó que le pegó un puñetazo a una pared cuando descubrió que estabas acosando a su esposa. Y que lo atacaste cuando te dijo que se había terminado. Supongo que sintió que era su deber venir a visitarte cuando estuviste ingresada aquí después de aquello.

—Pero vino a recogerme, me llevó a casa.

—No —replica el doctor Steinbridge—. Tu padre vino a buscarte y te llevó a casa.

Suelto una carcajada.

—¿Me toma el pelo? Mi padre vino a verme una única vez después de que saliera de aquí. Le importo un comino.

—Thursday —dice el doctor Steinbridge—. Yo estaba presente. Tu padre vino, te trajo tu ropa, luego se quedó una semana entera contigo hasta que tú pulverizaste somníferos, se lo echaste en la cena y te escapaste para viajar a Portland.

—No —digo.

Noto una sensación rara en las extremidades, como si no formaran parte de mí. El doctor Steinbridge se equivoca. O miente. A lo mejor todo es cosa de Seth, que lo ha sobornado para cerrarle la boca...

—Tomabas una medicación muy fuerte y sufrías aún alucinaciones.

Tengo ganas de echarme a reír. ¿Tan loca se piensan que estoy, hasta el punto de confundir a mi padre con Seth?

Me levanto de repente y mi movimiento es tan brusco que la silla se cae hacia atrás y se estampa contra el suelo con un estruendo metálico. El doctor Steinbridge me mira desde su asiento y mantiene las manos unidas con calma sobre la mesa. Sus ojos, protegidos por esas cejas que parecen orugas, parecen tristes. Me siento como si me estuviese evaporando, como si lentamente estuviera siendo absorbida por el olvido.

—Cierra los ojos, Thursday. Tienes que verlo de nuevo tal y como sucedió todo en realidad.

No necesito hacerlo, no necesito cerrar los ojos, porque estoy viéndolo mentalmente todo.

Veo aquellos días en mi apartamento, excepto que esta vez lo veo de la forma correcta: mi padre a mi lado, dándome las pastillas, mi padre leyendo *thrillers* de mi librería, mi padre viendo *Friends* sentado conmigo en el sofá.

—No —vuelvo a decir, con los ojos llenos de lágrimas.

Seth no vino a buscarme porque me dijo que lo nuestro había acabado y había vuelto con su esposa. Seth me había abandonado por segunda vez. Yo no fui suficiente para él. No fui suficiente. Me merecía estar sola. Mi gemido es como una sirena, un sonido agudo y penetrante. Me clavo las uñas en la cara, en los brazos, en cualquier cosa que quede a mi alcance. Quiero arrancarme la piel, arrancármela hasta que solo me quede músculo y sangre, hasta quedar reducida a una simple cosa, no un ser humano. Noto calor en la punta de los dedos; cargan contra mí y me sujetan. Mi sangre deja manchas en sus uniformes.

En mi primer año como enfermera, un hombre llegó a urgencias con la cabeza destrozada justo dos semanas antes de Navidad. Se llamaba Robbie Clemmins y su accidente fue tan trágico que juré que jamás olvidaría su nombre. Era especialista en trabajos de altura y en su tiempo libre hacía labores de voluntariado en una residencia para ancianos. Y aquel día, estaba colgando las luces de Navidad en el exterior del edificio cuando cayó desde lo alto de dos pisos y aterrizó de espaldas en el suelo, abriéndose la cabeza con el impacto. Cuando lo encontraron, estaba consciente, tumbado de espaldas y hablando con un tono de voz normal y relajado. Estaba recitando una presentación oral que había visto en quinto de primaria sobre cómo despellejar una ardilla. Cuando lo metieron en camilla en urgencias, estaba llorando y murmurando alguna cosa relacionada con su esposa, aunque no estaba casado. Recuerdo que cuando vi el agujero que tenía aquel hombre en la cabeza me entraron ganas de vomitar, y que en la radiografía que le hicieron luego, el cráneo parecía un huevo roto. El impacto le había provocado lesiones en la masa cerebral, y durante una intervención quirúrgica que se prolongó ocho horas, tuvieron que irle retirando fragmentos de hueso que se habían incrustado en el tejido cerebral. Y aunque le salvamos la vida, fuimos incapaces de salvar a la persona que era antes del fatal accidente. Recuerdo que todo aquello me hizo reflexionar sobre la fragilidad del ser humano, me hizo pensar en que somos simplemente almas recubiertas de carne blanda y huesos quebradizos. Un paso erróneo y podemos acabar convertidos en alguien completamente distinto.

Mi cerebro está intacto en el sentido más tradicional del término; no me he caído de un tejado, aunque al parecer sí que caí desde cierta altura de la realidad. El doctor Steinbridge me ha diagnosticado con un sinfín de cosas que no me gusta nada repetir. Pero, para resumirlo de algún modo, podría decirse que tengo un cerebro que no está sano. A menudo, sentada en mi habitación, me imagino mi cerebro en llamas y rezumando diagnósticos. Hay días en los que tengo ganas de abrirme la cabeza y arrancarme el cerebro, y me descubro fantaseando sobre maneras de hacerlo. Quiero ponerme mejor, pero a veces ni siquiera recuerdo qué me pasa. Una tarde, estoy en mi habitación, cuando al levantar la vista veo al doctor Steinbridge en la puerta. Su expresión seria me da a entender que trae noticias.

—Regina Coele ha solicitado una visita contigo —me informa—. No tienes por qué verla si no quieres.

Me siento conmovida; el interés del doctor Steinbridge en mi caso ha adquirido una ternura muy distinta a los modales rígidos y formales del principio de nuestra relación.

—Quiero hablar con ella —replico.

Y es verdad. Llevo un año esperando este momento, pasando los días hasta que llegue el momento de poder enfrentarme cara a cara con las respuestas que conoce la primera esposa de Seth.

—Redactaré el formulario de aprobación. Creo que el encuentro podrá ayudarte, Thursday. A poner las cosas en perspectiva y seguir adelante.

Esto sucede dos semanas antes de que entre una enfermera a decirme que Regina ha venido a verme. El corazón me retumba de camino a la sala de juegos, adonde me dirijo vestida con pantalón de chándal y camiseta de tirantes, con el pelo recogido en lo alto de la cabeza en un moño desenfadado. Cuando me he mirado al espejo antes de salir de la habitación me he visto relajada… guapa, incluso.

Regina va vestida muy elegante, con camisa y pantalón de vestir, el pelo tirante y recogido en un moño a la altura de la nuca. Me acerco al lugar donde está sentada y sonrío a algunas de las enfermeras cuando paso por su lado.

—Hola, Thursday —dice.

Me mira de arriba abajo, con cara de sorprendida. Esperaba encontrarme hecha un asco. Y no estoy hecha un asco. Practico el yoga a diario, como fruta y verduras e incluso duermo bien. Mi cuerpo está sano, por mucho que mi cabeza no lo esté. Tomo asiento delante de ella y le regalo una sonrisa. Me imagino que es una sonrisa tranquila, puesto que ya no me retuerzo con ninguna aprensión.

—Hola —digo.

He pensado en Regina casi cada día desde que volví a ingresar en Queen County. No son pensamientos de rabia ni malvados, sino que es más bien una curiosidad distante. A estas alturas, estoy demasiado medicada como para sentir rabia.

Sus aletas de la nariz se hinchan mientras me observa; ambas esperamos con cautela a que la otra empiece a hablar.

—¿Qué tal estás?

¡Palabras típicas para romper el hielo!

Esquivo la pregunta.

—¿Por qué has venido?

—La verdad es que no lo sé —responde—. Supongo que quería ver cómo estabas.

—¿Para sentirte mejor o peor?

Su piel clara se ruboriza y en las mejillas y en la barbilla le aparecen manchas rojas como una fresa. El juego de Regina tenía un precio elevado; tal vez su intención fuera castigarme a mí, pero Seth y Hannah lo estarán pagando durante el resto de su vida.

—Ambas cosas, supongo. Nunca pretendí que las cosas llegaran tan lejos como llegaron…

—Y entonces, ¿por qué? —pregunto.

—Me arruinaste la vida. Quería que pagaras por ello.

Mis pensamientos corren hacia delante, vuelven hacia atrás en una espiral y acaban hundiéndose en un lodazal de remordimiento y culpabilidad. No sabía que les estaba arruinando la vida… ¿o sí lo sabía? La realidad que me inventé arruinó la vida de todo el mundo, pero Regina no era tan inocente como Hannah. Regina utilizó mi debilidad contra mí, me tendió una trampa.

—Pues conseguiste lo que querías, ¿no?

—Sí —responde por fin—. Supongo que sí.

Tenía tantas ganas de culpar a alguien de la muerte de mi bebé que nunca jamás cuestioné su relato, y Regina tenía tantas ganas de castigarme, que nunca imaginó cuál podía ser el resultado.

—Sabía que tenías problemas de salud mental, pero no tenía ni idea de las historias que te habías metido en la cabeza… sobre lo de la poligamia.

Aparto la vista, avergonzada. La vergüenza es un baño de realidad muy potente. El doctor Steinbridge decía que era justamente la vergüenza lo que me había llevado a crear mi realidad alternativa. Para Seth era lo bastante buena para ser follada, la amante en sus dos matrimonios, pero no lo bastante buena para ser amada.

El doctor Steinbridge me está enseñando a hacer frente a mi vergüenza, a gestionarla. «Toma decisiones con las que puedas vivir…», me dice.

—Quería hacerte quedar como una loca. Pero no sabía que estabas loca.

Me enfurezco al oír esto.

—¿Y crees que tú no lo estás? —le espeto—. ¿Crees que es normal lo que hiciste? Tal vez sea yo la que está aquí encerrada, pero al menos puedo reconocer lo que hice. Me contaste que él te daba miedo para que yo estuviera aún más convencida de que estaba maltratando a Hannah. Me hiciste creer que él había provocado tu aborto y el mío. Y todo con el fin de que acudiera allí aquella noche.

Se queda mirándome y su boca se afina hasta transformarse en una línea recta de negación. Es normal que no quiera considerarse tan mala como yo. Yo tampoco quiero pensar que soy como esta otra mujer; la negación es un disolvente de almas retorcido y perverso.

—La que llegó allí con un arma fuiste tú. Fuiste tú la que disparó contra Seth —murmura—. Quería que tú recibieses un castigo por haberme arruinado la vida… pero no quería que Seth acabase mal.

Me pone rabiosa el tono de asco que capto en su voz. Cierro los ojos para controlar mi cólera. Escucho mentalmente las palabras del doctor Steinbridge: «La única responsable de ti misma eres tú».

—Sí. Pero podrías haberme ayudado y, en cambio, decidiste utilizarme. Tú me abocaste a las alucinaciones.

La cara de Regina es una máscara de superioridad moral. Me hierven las entrañas, siento hormigueo en la punta de los dedos. Seth y Hannah no se merecen lo que les pasó. Seth era un hombre infiel, tuvo un romance conmigo mientras estaba casado con Regina y luego, cuando supo que yo no podía darle hijos, se buscó otra: Hannah. Pero continuó su romance conmigo incluso después de casarse con Hannah. Su rechazo me llevó a perder el contacto con la realidad. Seth no podrá volver a caminar nunca más; mi bala le atravesó la medula espinal. Nunca podrá correr detrás de su hija en un parque, no podrá acompañarla del brazo hasta el altar… Y yo soy la responsable de ello. La punzada de dolor que siento al comprender todo esto me revienta el estómago.

—¿Me mentiste cuando me dijiste que Seth era violento contigo? Dijiste que te había empujado contra una pared…

—No, eso no fue ninguna mentira —responde Regina—. Seth tiene carácter.

Me pica la oreja; siempre me pica cuando pienso en Seth. Pienso de nuevo en Hannah y en los moratones que le vi, y me pregunto una vez más si estaría mintiendo para protegerlo. Supongo que nunca conoceré a verdad. Saber que está en una silla de ruedas es un consuelo. Nunca más podrá hacerle daño físicamente a una mujer y sus días de infidelidad han pasado a mejor vida.

—Me alegro de que ambas estemos lejos de él —digo.

—No, no, no —dice Regina—. Esto no es como un club. Yo no soy como tú. —Ríe—. Tú estás loca.

Y es entonces cuando pienso en Robbie Clemmins y su cerebro destrozado, en su cráneo hecho añicos, en su vida alterada para siempre. Él quedó destrozado de un modo distinto a como yo estoy destrozada, igual que sucede con Regina. Y la diferencia está en que a mí me encerraron aquí para pagar por ello y ella continúa mintiendo. Sus carcajadas me hieren los oídos. Me los tapo con las manos y presiono con fuerza para intentar bloquear el sonido. Es lo mismo que aquel día en la cocina de casa, cuando Seth me dijo que estaba loca y me miró con asco. Temblando, me echo hacia atrás y estampo la cabeza contra la nariz de Regina. La fuerza del impacto me clava la mandíbula. Me muerdo el labio inferior hasta atravesarlo y noto los fragmentos de un diente roto. Regina grita y levanta la mano para tocarse la sangre que brota con violencia de su nariz. Salto por encima de la mesa y la tumbo de un puñetazo. Su cabeza se golpea contra el suelo y veo la sorpresa y el pánico reflejados en sus ojos… unos ojos que el miedo abre de par en par. Robbie no sabía qué le pasaba cuando se quedó tumbado en el suelo, cuando su cerebro empezó a morir, pero Regina lo sabe. Cojo su cabeza con ambas manos y la estampo contra el suelo. Oigo gritos, muchos gritos.

—¡Socorro! —grita alguien—. ¡La va a matar!

Estoy ayudando. Me estoy ayudando.

AGRADECIMIENTOS

Quiero dar las gracias a mi editora, Brittany Lavery, y a todos sus compañeros de HarperCollins. A mi agente, Jane, eres una «salva almas»; antes de que dieras conmigo estaba totalmente desanimada. Miriam, tus indicaciones para ayudarme a dar a luz este libro no tienen precio.

Rhonda Reynolds, con el paso de los años me has tildado de muchas cosas, desde criatura salvaje hasta genio creativo. Pero, de entre todas ellas, mi favorita es «nuera». Gracias por responder a todas mis preguntas sobre enfermería, hospitales y salas de psiquiatría. Te quiero.

Traci Finlay, este viaje empezó contigo. Gracias por estar siempre dispuesta a leer, ayudarme y arreglar los vacíos de la trama. Tus indicaciones e ideas sobre esta historia me han empujado a terminarla. Eres mucho más genial que yo, pero jamás me lo pasas por la cara.

Cait Norman, la otra enfermera de mi vida. Sé que algunas de mis preguntas te asustaron de verdad. Eres una buena hermana.

¡Las PLN! La mejor banda de chicas.

Colleen Hoover, Lori Sabin, Serena Knautz, Erica Rusikoff, Amy Holloway, Alessandra Torre, Christine Estevez y Jaime Iwatsuru. Cindy y Jeff Capshaw. Scarlet, Ryder Atticus y Avett Rowling King. Mamá te quiere. Joshua, por sacarme de todos los lugares malos y nunca quejarte por ello. Eres el mejor ser humano que he conocido.

Printed in the USA
CPSIA information can be obtained
at www.ICGtesting.com
LVHW071513260923
759094LV00001B/5